Een weg terug

Ina van der Beek bij Uitgeverij Zomer & Keuning

Niets is onmogelijk
Dubbel geluk voor Zhong
Spoorloos
Paarse wolken, zwarte zon
Samen alleen
In de schaduw
Je hoort erbij
Als de weg verborgen is
Blijvende herinnering
Verdrongen herinnering
Als een droom uiteenspat
De broosheid van het leven
De reis van je leven

Ina van der Beek

Een weg terug

Z&K

Uitgeverij Zomer & Keuning

ISBN 9789020555332
ISBN e-book 9789020555349
NUR 344

Postbus 13288, 3507 LG Utrecht

Omslagontwerp Liesbeth Thomas, t4design

www.romanserie.nl
www.inavanderbeek.nl

Uitgeverij Zomer & Keuning vindt het belangrijk om op milieuvriendelijke en verantwoorde wijze met natuurlijke bronnen om te gaan. Voor de papieren editie van deze titel is daarom gebruikgemaakt van papier waarvan zeker is dat de productie niet tot bosvernietiging heeft geleid.

1

'Goed gedáán!' Femke geeft haar zusje snel een high-five en wijst dan naar het veld. 'Doorspelen, Lot, jullie zijn er nog niet!'

Lotte draaft weer terug het veld op en met nog meer animo dan daarvoor rent ze achter de bal aan. Femke vindt het leuk om naar voetbal te kijken, zeker naar deze jonge spelertjes.

'Je zusje?'

Femke kijkt opzij en knikt naar de man die ook naar de voetbalwedstrijd staat te kijken.

'Ja, het is haar eerste doelpunt, ze vergat bijna dat de wedstrijd nog verder gaat.'

Hij lacht. 'Ik vind het prachtig om te zien, die F-jes. Ze rennen als een klit achter de bal aan, hè?'

Femke lacht ook. 'Ja, mooi! Lotte is behoorlijk fanatiek.'

In stilte vraagt ze zich af wie de man is. Ze heeft hem nooit eerder op het voetbalveld gezien, terwijl ze toch regelmatig even naar de thuiswedstrijden van haar zusje gaat kijken en ze de ouders van de meeste andere meisjes wel kent. Hij lijkt ook eigenlijk wel jong om de vader van een van de meisjes te kunnen zijn.

Maar als hij wat later begint te klappen als de tegenpartij scoort, begrijpt ze dat hij een supporter is van de gastspelertjes.

'Speelt je dochter mee?' vraagt ze, toch wat aarzelend.

Hij schiet in de lach. 'Nee hoor, zo ver ben ik nog niet. Kijk, die met die rode krullen, dat is mijn nichtje, Madelon. Ze had al vaak gevraagd of ik een keer wilde komen kijken maar het kwam er steeds niet van. Dus vandaag ben ik maar eens meegegaan. En ik heb er geen spijt van, met zulk weer is het geen straf om een uurtje buiten te staan, hè?'

Femke knikt. 'Nee, inderdaad, het is heerlijk. Slim om vandaag te gaan kijken, als het weer omslaat is het minder om aan de kant te staan.'

'Voetbal je zelf ook?' vraagt hij.

'Nee joh, kijken vind ik leuk, maar spelen is niks voor mij. Daar heb ik ook helemaal geen tijd voor. Ik heb een...' Midden in haar zin stopt ze met praten. Ze wijst vlug naar het veld. 'Oei, mooie kans hadden ze, ik moet beter opletten.'

Femke kijkt nu strak naar het veld.

Heel even blijft het stil, dan hoort ze de man naast zich vragen: 'Wat wilde je zeggen?'

'Hoe bedoel je?'

'Je zei: "Ik heb geen tijd, ik heb een..." Verder kwam je niet.'

'Ik weet niet meer wat ik zeggen wilde, vast niet belangrijk.'

Ze haalt even haar schouders op en kijkt weer naar de bal, die heen en weer vliegt tussen de meisjes over het gras. Ze weet heel goed wat ze zeggen wilde en ze begrijpt zelf niet waarom ze dat toch niet heeft gedaan. Of misschien weet ze het ook wel. Deze man is te leuk.

Ze schudt even haar hoofd. Dan klinkt het fluitje, de wedstrijd is afgelopen.

'Ik heet Jurre trouwens,' hoort ze hem zeggen. 'Ik kom vast nog weleens hiernaartoe om een wedstrijd te kijken, mag dat?'

Snapt hij niet dat z'n nichtje iedere uitwedstrijd ergens anders speelt? Dan komt Lotte naar haar toegerend, zodat een reactie haar bespaard wordt.

'Goed hè, Femke! Zag je hoe mooi de bal in het doel ging?'

'Super, Lot! Je eerste doelpunt, echt heel knap. Maar je hele team speelde goed hè, jullie hebben het samen gedaan.'

'Ja hè?' Lotte huppelt weer terug naar de andere kinderen, de coach wenkt haar.

'Ik wacht bij de kantine,' roept Femke haar na.

Terwijl ze wegloopt bij het veld, komt Jurre weer naast haar.

‘Nog meer voetballende familieleden?’ vraagt hij. ‘Broers, vader of partner misschien?’

Ze kijkt opzij naar hem en schudt dan haar hoofd. ‘Ik heb geen broers en geen partner, alleen zusjes die verder geen van allen voetballen en mijn vader kijkt alleen maar voetbal.’

Ze zijn bij de kantine aangekomen en Femke gaat bij een van de houten picknickbanken zitten.

‘En nu wachten tot de dames eindelijk verkleed en uitgekletst zijn,’ zegt ze.

Jurre blijft ook staan. ‘Zal ik wat te drinken voor ons halen?’ vraagt hij. ‘Koffie, thee, colaatje?’

‘Daar heb je geen tijd voor.’ Femke knikt naar het team van zijn nichtje, dat al met hun coach en wat ouders komt aanlopen. ‘Volgens mij krijg je je auto vol meisjes en ga je naar huis. Waar komen jullie eigenlijk vandaan?’

‘Utrecht. Jammer, maar het ziet er inderdaad naar uit dat we gaan. Femke is het, hè?’

En als ze knikt, zegt hij: ‘Vast nog wel tot ziens, Femke.’

Wat een bijzondere gast, denkt Femke, vast niet tot ziens.

Maar ze glimlacht naar hem en zegt: ‘Wie weet.’ Dan staat ze op en loopt naar de kleedkamers.

‘Waarom heb je Merel niet meegenomen?’ vraagt Lotte zodra ze naar buiten komt, haar sporttas in haar hand.

‘Ze was aan een slaapje toe, mama past op haar. Ben je zover? Dan gaan we gauw naar huis, kun je papa en mama vertellen over je doelpunt.’

Even later fietst ze naast haar jongste zusje naar huis. Het vrolijke geklets van Lotte gaat langs haar heen. Waarom was ze stilletjes blij dat ze Merel vandaag niet bij zich had? Mocht die onbekende Jurre niet weten dat ze een dochtertje heeft? En waarom niet, ze is daar altijd toch heel open over? Kleine Merel is het liefste wat ze heeft, ze is trots op die stralende peuter die voor iedereen die maar tegen haar praat, een brede lach heeft.

'Je luistert helemaal niet, Femke! Ik vroeg wie die vader was met wie jij stond te praten.'

'Ik luister wel hoor, ik zit te denken hoe hij heette... Hij hoorde bij het andere team.'

Jurre. Natuurlijk weet ze zijn naam nog wel.

'O nou, maakt niet uit. Ik denk dat papa trots op me is.'

'Vast!' antwoordt ze, 'je weet wat papa heeft gezegd, als je scoort eten we patat.'

'Tss, dat doen we toch al, het is zaterdag.'

Achter elkaar rijden ze het tuinpad op. Lotte mikt haar fiets tegen de muur van de schuur en rent de achterdeur al in.

'Ik heb gescoord, pap!' hoort Femke haar roepen.

Zij zet haar fiets en ook die van Lotte in de schuur, dan volgt ze haar zusje naar binnen.

Lotte staat midden in de keuken en vertelt met rode wangen over haar doelpunt. 'Ik kreeg helemaal een bibber in mijn buik, zo blij was ik, pap!'

'Ik vind het geweldig, meid! Wat jammer dat ik er nu net niet bij was vandaag. Maar gelukkig was Femke er.'

In een flits gaat het door Femke heen dat haar eigen meisje geen vader zal hebben die trots op haar zal zijn. Ongemerkt schudt ze even haar hoofd om die gedachte weg te duwen.

'Slaapt Merel?' Ze is doorgelopen naar de kamer, waar haar moeder bezig is om een flinke stapel schone was op te vouwen.

'Ja, ze ligt er een halfuurtje in, dus ze zal nog wel even slapen. Hier.' Ze schuift een keurig stapeltje kleertjes over de tafel naar Femke toe.

'Ah bedankt, mam. Dat had ik ook zelf kunnen doen, hoor.'

'Nee meid, ik was al blij dat jij mee wilde naar het voetbalveld. Anders had ik mee gemoeten en dat is niet echt mijn hobby in die warmte. En papa was natuurlijk al vroeg met Lisa mee naar korfbal.'

'Ik vond het leuk, hoor!' Femke schiet in de lach en gaat verder: 'Niet te geloven zo fel als die kleine Lot is. Volgens mij was ze eerst van plan om een jongetje te worden, ze is zo anders dan Nora en Lisa hè?'

'Ze lijkt op jou,' antwoordt haar moeder nuchter. 'Jij schopte ook altijd liever tegen de bal dan dat je hem gooide. Hier, als je naar boven gaat, neem dan deze stapel ook meteen mee, het is allemaal van jou en Merel.'

Femke legt de kleertjes van haar dochtertje boven op de grote stapel en loopt de kamer uit. Terwijl ze de trap op loopt hoort ze de stem van haar jongste zusje: 'Mama, ik heb gescoord.'

Zachtjes doet Femke de deur van haar slaapkamer open. Sinds tweeënhalf jaar heeft zij de grootste slaapkamer van het huis, die ze deelt met haar dochter.

Merel slaapt zoals altijd 's middags heel vast. Ze ligt op haar rug, de beide handjes naast het hoofd. Donkere krulletjes plakken tegen haar slaap, het is warm in de slaapkamer.

Femke legt de kleding op de commode en gaat dan op haar eigen bed liggen. Haar gedachten gaan weer terug naar de ontmoeting op het voetbalveld. Jurre... een leuke man, maar niet voor haar.

Natuurlijk heeft ze gemerkt dat hij in haar geïnteresseerd was, ze zag het aan de manier waarop hij naar haar keek. En ja, die interesse was wederzijds, ze weet niet waarom precies, maar ze vond hem leuk. Niet dat hij bijzonder knap was of zo maar zijn uitstraling had iets bij haar geraakt.

Als ze Merel bij zich had gehad, zou hij dan ook zo naar haar hebben gekeken? Nee, natuurlijk niet. Dat is de reden dat ze even blij was dat Merel deze keer thuis was, bij haar oma en tantes.

Terwijl ze dat denkt, schaamt ze zich. Nee, het was niet de bedoeling dat ze drie jaar geleden zwanger werd, maar het is wel gebeurd en nu is Merel het liefste dat ze heeft. Ze is trots op haar dochtertje, ook al merkt ze steeds weer dat mannen die interesse in haar tonen onmiddellijk afhaken als ze Merel ter sprake brengt. Het afgelopen jaar is dat een paar keer gebeurd als ze ergens met vriendinnen was.

Eerder stond ze er zelf niet voor open, maar de laatste tijd verlangt ze meer naar een partner, een nieuwe liefde. De herinnering aan Peter, de vader van Merel, raakt steeds meer op de achtergrond.

Achttien was ze toen ze na het behalen van haar diploma besloot om eerst een jaar te gaan backpacken voor ze aan een studie begon. Samen met haar beste vriendin Emma stippelde ze een reis uit, ze zouden samen door Australië en daarna door Nieuw-Zeeland trekken. Hier en daar een poosje werken en dan weer verder reizen.

En het was een fantastische tijd geweest, ze hadden veel gezien en kennisgemaakt met veel verschillende mensen. Inwoners van de plaatsen waar ze verbleven en ook andere jongelui, overal vandaan, die hetzelfde deden als zij en Emma: reizen, ontdekken. Grenzen verleggen, soms hard werken op het land, in een wijngaard, of wat er ook maar voorbij kwam. Maar ook lange avonden met gesprekken op het strand of ergens in het binnenland.

In Nieuw-Zeeland sloten twee jongens uit Australië zich bij hen aan, met z'n vieren trokken ze een poosje verder. Emma en Paul zagen niks anders in elkaar dan gezellige vrienden, maar Peter en zij waren al heel snel erg verliefd. Ze maakten plannen voor na het eind van hun reis. Femke overwoog om naar Australië te gaan, om samen met Peter te gaan studeren.

Nooit eerder was ze zo verliefd geweest, hun relatie was stormachtig. Emma probeerde haar soms wat af te remmen, te waarschuwen. Ze wist immers niet heel veel over Peter en zijn achtergrond.

Na zes weken moesten ze afscheid nemen, de reistijd van Peter en Paul zat erop, ze moesten terug naar Australië.

Femke had gevraagd of ze met Peter mee kon, maar dat had hij afgewimpeld. 'Maak eerst je reis verder af met Emma,' had hij gezegd. 'Daarna kijken we wel hoe het verder gaat tussen ons.'

De laatste nacht was ze bij hem in zijn tentje gekropen, waren ze verder gegaan dan ze zich had voorgenomen. Maar ze had er op dat moment geen spijt van, ze wilde hem alles geven om hem te laten zien dat ze echt van hem hield. De dag erna was hij vertrokken, samen met Paul.

En dat was zo ongeveer het laatste wat ze van hem gehoord of gezien heeft.

De eerste dagen hadden ze nog contact gehad via de app, daarna was het helemaal stil gebleven. Haar berichtjes bleven ongelezen en als ze probeerde te bellen werd er nooit opgenomen. Langzaam maar zeker had ze beseft dat de liefde van haar kant van een ander kaliber was geweest dan die bij Peter. Via Paul had ze geprobeerd contact te leggen, maar die gaf aan na de reis geen contact meer te hebben met Peter. Ook zij hadden elkaar tijdens het backpacken ontmoet en zagen elkaar niet meer.

Een paar weken was ze er kapot van geweest, ze had lange gesprekken met Emma gehad en toen ze weer verder reisden had ze het gevoel dat ze zes weken in een roes had geleefd, een droom die te mooi leek om waar te zijn.

Daarna kon ze gelukkig weer volop genieten, samen met haar vriendin en de mensen die nu weer op hun pad kwamen.

Pas na een paar maanden besefte ze dat het uitblijven van haar menstruatie niets te maken had met het onregelmatige leven dat ze leidde. De ochtendmisselijkheid maakte haar onmiddellijk duidelijk dat ze zwanger was.

Veel te goed herinnerde ze zich het begin van de onverwachte zwangerschap van haar moeder een paar jaar daarvoor. De komst van Lotte had haar ouders net zo verrast als zij nu was. Met dit verschil dat haar ouders na de eerste verbazing met veel liefde uitkeken naar de geboorte van hun vierde kindje, terwijl zijzelf met grote schrik en zorg naar de toekomst had gekeken.

Zwanger! Van die ene nacht met Peter. Peter, die was verdwenen zonder een spoor na te laten. Hoe moest het nu? Ze zou gaan studeren, samen met Emma een kamer zoeken, genieten van het studentenleven. Haar hele toekomst leek in duigen te vallen.

'Mamaaaaa!'

Opeens is ze weer helemaal in het hier en nu. Merel zit op haar knietjes in haar bedje en kijkt verrast naar haar moeder op het bed aan de andere kant van de slaapkamer. 'Slapen klaar!' zegt ze en ze gaat staan.

'Ha lieverdje van me.' Femke loopt naar het ledikantje en tilt Merel op.

Alle gedachten aan Peter en Jurre verdwijnen naar de achtergrond.

Mereltje, aan haar heeft ze genoeg. Ze zal er alles aan doen om haar een gelukkige jeugd te geven, ze zal vader en moeder tegelijk voor haar zijn. Ze heeft genoeg aan de liefde van dit kostbare meisje.

Zaterdagavond zitten ze met z'n achten aan tafel. Behalve hun eigen gezin is ook Job, de vriend van Nora aangeschoven.

Zoals veel mensen die hun gezin net leren kennen, dacht Job in het begin dat Merel ook een zusje van Nora was. Op zich niet zo gek gedacht, want Merel en Lotte schelen maar vier jaar in leeftijd en moeder José ziet er jong uit voor haar drieënveertig jaar. Het zou logischer lijken dat Lotte het zusje was van Merel dan haar tante. En eigenlijk groeit Merel een beetje op als jongste kind in een gezin van de vier oudere meiden.

Merel vergist zich soms zelfs en zegt dan ook mama tegen haar oma. Femke weet dat dat niet zo vreemd is, want Merel hoort het voortdurend de anderen zeggen. Het moet ook verwarrend zijn voor de kleine meid. Een mama en een oma, die ook mama is.

'Mama, kijk dan, wat een lange!' Lotte houdt een superlang patatje in haar hand.

'Mama, kijk dan, lange,' papegaait Merel en ze kijkt haar oma aan, een patatje in haar hand geklemd.

Femke vindt het niet leuk, maar ze beseft dat ze ontzettend blij mag zijn dat haar ouders haar zo hebben opgevangen en met zoveel liefde plek hebben gemaakt voor Merel. Zelfs hun eigen slaapkamer hebben ze geruild voor de veel kleinere kamer van Femke om ruimte te maken voor het ledikantje en de commode.

En niet te vergeten, de vele uren die mama, papa en haar twee zusjes hebben opgepast als zij naar school moest of thuis zat te blokken voor tentamens.

Maar toch begint ze steeds meer te verlangen naar een plekje voor zichzelf, waar ze samen met Merel een echt eigen thuis kan maken.

2

Op maandagochtend is Femke vroeg opgestaan. Voor ze naar haar werk gaat, brengt ze Merel naar het kinderdagverblijf, waar ze op maandag en donderdag naartoe gaat.

Op dinsdag en woensdag is Merel thuis bij Femkes moeder, oma José, die op maandag, donderdag en vrijdag als verpleegkundige werkt.

Op vrijdagochtend gaat Femke sinds kort naar een peutergroepje in de wijk. Ze wordt dan gebracht en gehaald door haar opa, die vrijdags thuis werkt. Als een van Femkes ouders een keer andere verplichtingen heeft, springt Femkes oma, die in hetzelfde dorp woont, bij. Femke zelf is op vrijdag rond halftwee al thuis, zo hebben ze de week aardig rond wat oppas betreft.

Femke voelt zich vaak wel bezwaard dat het dagelijkse leven van haar ouders zo druk is door de zorg voor Merel. Maar voor voorlopig ziet ze geen andere oplossing.

In plaats van de voorgenomen studie geschiedenis aan de universiteit van Utrecht is ze, toen ze wist dat ze zwanger was, een lerarenopleiding geschiedenis gaan volgen. De keuze voor de hbo-opleiding heeft ze heel bewust gemaakt, omdat ze een baan in het onderwijs het beste zal kunnen combineren met het moederschap. Alleen al de schoolvakanties die gelijk zullen vallen met die van haar kindje waren een reden om die stap te zetten.

Begin van dit schooljaar is ze begonnen als tweedegraads docent en inmiddels is ze gestart met de opleiding voor de eerstegraads bevoegdheid, waardoor ze ook les zal mogen geven aan de bovenbouw.

Het lesgeven valt haar erg mee. Ze was van tevoren bang dat ze door haar leeftijd geen orde zou kunnen houden in de klas. Maar ze lijkt een natuurlijk overwicht te hebben, en hoewel de ene groep kinderen drukker is dan de andere heeft ze tot nog toe geen enkel probleem.

De laatste tijd, zeker nu ze zelf een baan en een vast inkomen heeft, begint ze steeds meer te denken over een eigen huis. Ze zal zelf toch de zorg voor haar dochtertje moeten dragen.

Gisteravond, toen de kleintjes in bed lagen, is ze er over begonnen tegen haar ouders.

Haar moeder begon meteen met heftig nee te schudden en liet haar nauwelijks uitpraten.

'Jij en Merel zijn ons absoluut niet te veel,' zei ze. 'En ik pas met alle liefde die twee dagen op haar, jullie horen gewoon bij ons. Dit is het meest praktische en ook het meest voordelig. Kind, je begint net te werken, spaar eerst maar lekker, later kun je dat geld wellicht goed gebruiken.'

Haar vader had rustiger gereageerd. Hij knikte toen haar moeder zweeg en zei toen: 'Mama heeft natuurlijk helemaal gelijk, zo voel ik het ook, maar ik begrijp ook jouw gevoel. Maar zolang Merel nog niet naar school gaat, is het gewoon nog even roeien met de riemen die we hebben, dus met elkaar zorgen dat er iedere dag een oplossing is. Over goed twee jaar wordt Merel vier, dan gaat ze naar de basisschool, dan komt er meer ritme voor haar en ruimte voor ons. Ik stel voor dat je tot die tijd in elk geval hier blijft wonen, dit is het voordeligst en het gemakkelijkst, voor jou maar ook voor Merel. De dagen dat ze niet naar de opvang gaat, blijft ze vooral in haar vertrouwde omgeving. Anders moet je nog allerlei oppasadresjes gaan zoeken of haar vijf dagen naar het kinderdagverblijf doen en dat is ook niet wat je wilt, denk ik.'

Femke had haar hoofd geschud. 'Nee, dat zou ik niet ideaal vinden.'

'Jij kunt in die twee jaar wat sparen, je opleiding afmaken en wennen aan je werkende leven, terwijl wij nog jullie achtervang zijn. Als Merel naar school gaat, en daarna naar de bso, zou je kunnen gaan uitkijken naar een plekje voor jullie samen. Want nogmaals, ik begrijp echt wel dat je niet altijd maar hier wilt blijven wonen.'

'Je hebt helemaal gelijk, pap,' had ze gezegd, 'jullie zijn schatten! Ik waardeer het echt heel erg wat jullie allemaal voor Merel en mij doen. Maar mam, ik snap best dat jij ook weleens iets anders zou willen doen op de dagen dat je niet hoeft te werken.'

'Daar hoef je niet over in te zitten, ik vind het heerlijk zoveel van mijn kleindochter te kunnen genieten. We krijgen er heel veel voor terug, vooral liefde. En dat is toch waar het om gaat? En vergeet niet dat Lisa en Nora ook vaak bijspringen als ze thuis komen uit school, dan heb ik mijn handen weer een paar uurtjes vrij.'

'En ook voor Lotte moet er nog altijd iemand thuis zijn, dus ook zonder Merel zou mama 's middags na schooltijd thuis willen zijn,' voegde haar man eraan toe.

'Precies!' knikte Femkes moeder.

'Ik ben overtuigd,' had Femke met een zucht gezegd. 'Ik denk dat het zoals jij het voorstelde, een goed plan is, pap. Over twee jaar ga ik proberen een eigen plekje te vinden, al zal dat niet meevallen, met één salaris is kopen al uitgesloten en ook huren zal niet eenvoudig zijn. Maar ik heb nog alle tijd om me daarop voor te bereiden. Dank jullie wel.'

Nu fietst ze van het kinderdagverblijf naar haar school. Het is nog steeds heerlijk weer voor de tijd van het jaar. Het is bijna oktober, dus de herfst zal niet lang meer op zich laten wachten.

Op school aangekomen drinkt ze een beker koffie in de docentenkamer, maakt links en rechts een praatje en loopt dan naar haar lokaal. Klas 2c is haar eerste groep vanochtend. De bel gaat en de jongelui stromen druk kletsend haar lokaal binnen. In gedachten repeteert ze de namen als ze ze ziet binnenkomen, want het is een hele toer om al die namen van al die klassen te onthouden.

Manou, Fenna, Seth, Julia, Jurre…

Hier stokken haar gedachten even. Jurre, een naam die iets losmaakt bij haar.

De rest van de namen repeteert ze deze ochtend niet.

Als het weer zaterdag is, heeft Lotte een uitwedstrijd.

'Waar moet Lot morgen spelen?' vraagt Femke op vrijdagavond aan haar vader.

'In Utrecht, ik moet rijden,' antwoordt haar vader.

'Tegen die club die vorige week hier was?'

'Geen idee waar die vandaan kwamen, hoezo?'

'Zomaar. Ik vond het eigenlijk wel leuk om te kijken, zal ik rijden?'

'Nee joh, dat hoeft niet. Ik heb Lotte beloofd dat ik nu echt kom kijken. Ze verwacht geloof ik dat ze wel weer een doelpunt zal maken,' zegt hij met een knipoog.

Femke lacht, ze durft niet verder aan te dringen. Het is natuurlijk ook onzin, denkt ze dan. Die oom gaat natuurlijk niet alweer bij de wedstrijd van z'n nichtje kijken.

Stop met die gedachten, Femke, vooruit, twee benen op de grond!

Met Merel in de buggy gaat ze aan het eind van de ochtend naar het park. Ze voeren de eendjes en bij de wipwap en het glijbaantje laat ze Merel even spelen. Dan wandelt ze weer rustig naar huis, het wordt tijd voor Merels boterhammetje en haar middagslaapje.

Juist als ze de boterham in dobbelsteentjes heeft gesneden en samen met een vorkje voor Merel neerzet, komt Lotte thuis. Femke hoort haar in de keuken praten tegen haar moeder en ze hoort vanuit de kamer dat Lotte niet blij klinkt deze keer.

'En, hoe ging het, Lot?' vraagt Femke als Lotte de kamer binnenkomt.

'Verloren met zeven-twee!' zegt Lotte met een sip gezicht. 'Ze waren opeens veel beter dan vorige week.'

'O was het dezelfde club weer?' vraagt Femke.

'Ja, dat zeg ik toch,' moppert Lotte. 'Ze hadden een andere keeper, een heel groot meisje, ze liet bijna niks door. Echt stom.'

Femke schiet in de lach. 'Dat vind jij stom, maar zij waren natuurlijk blij met een goede keeper. Je kunt niet altijd winnen, Lot.'

'Ruim meteen de spullen even op, Lotte, dan gaan wij ook zo eten.' Hun moeder duwt Lotte haar sporttas in de handen. 'Hier, schoenen in het kastje en je shirtje, broekje en kousen in de wasmand. Ik ga tosti's maken, dan word je vanzelf weer vrolijk.'

'Lekker!' Lottes gezicht staat alweer blij. Terwijl ze de kamer uitloopt, zegt ze: 'Femke, die man was er ook weer.'

'Welke man?' vraagt Femke zo neutraal mogelijk.

'Met wie jij vorige week steeds stond te praten, die oom.'

'Nou, steeds… ik heb drie woorden met die man gewisseld,' zegt Femke, als ze ziet dat haar moeder van Lotte naar haar kijkt. Snel verplaatst ze de aandacht naar Merel, die vier stukjes brood tegelijk in haar mond propt. 'Ho, één stukje tegelijk, dametje.'

De rest van het weekend houdt ze het gevoel dat ze een kans gemist heeft.

Maar de weken erna ebt de herinnering aan die ene middag op het voetbalveld weer weg. Het leven is druk met werken, studeren en de zorg voor Merel. Als ze thuis is wil ze zoveel mogelijk zelf voor haar dochtertje zorgen. Deels uit schuldgevoel omdat haar ouders al zoveel moeten bijspringen en meehelpen, maar ook omdat ze bang is dat Merel steeds meer zal gaan denken dat niet Femke maar José haar mama is. Nu al loopt ze soms eerder naar haar oma toe dan naar Femke en dat is niet leuk om te merken.

Het lesgeven gaat haar steeds gemakkelijker af, met orde houden heeft ze geen problemen, maar het voorbereiden van schriftelijke overhoringen en proefwerken vindt ze nog lastig.

'Na het eerste jaar gaat alles veel gemakkelijker,' troost een collega haar. 'Je moet nu alles nog een beetje uitvinden, volgend jaar loopt het veel soepeler.'

Vriendschappen onderhouden vindt Femke ook moeilijk. Haar

vriendinnen van de middelbare school hebben allemaal een totaal ander leven dan zij heeft. De meesten studeren nog, wonen ergens in een studentenhuis en komen lang niet ieder weekend meer naar hun ouders. Zo is Emma naar Groningen vertrokken voor haar studie, ze zien elkaar niet veel meer.

Tabitha, haar beste vriendin vanaf de basisschool, studeert in Utrecht en woont nog wel thuis, maar ook haar leven ziet er heel anders uit. Regelmatig belt Tabitha om te vragen of ze in het weekend zin heeft om naar de film te gaan of om ergens wat te gaan drinken, maar dat weigert Femke meestal. Als zij weggaat betekent het dat haar ouders thuis moeten blijven en stand-by moeten zijn voor Merel. José moedigt Femke vaak aan om toch lekker eens mee te gaan, maar Femke weet dat Merel aan het begin van de avond een onrustige slaper is en Femke wil niet dat haar ouders steeds naar boven moeten lopen. Op zaterdag coacht Tabitha een korfbalteam, dus dan komt er ook weinig van afspreken. Alleen zondags, als ze elkaar tegenkomen in de kerk, spreken ze elkaar af en toe en gaat Tabitha soms mee om koffie te drinken bij Femke en haar familie.

Op een vrijdagavond in oktober zakt Femke, als ze Merel boven op bed heeft gelegd, neer op de bank.

'Herfstvakantie, een hele week vrij, heerlijk!' verzucht ze.

'Nou,' zegt Nora, die juist de kamer binnen komt, 'dan gaan we die vakantie van jou maar eens goed inluiden. Ik ga met Roos en Patricia en nog een paar luitjes naar de stad, ga je mee? Gewoon gezellig wat drinken.'

'Naar Utrecht? Nee joh, ik blijf hier. En waar is Job trouwens?'

Haar zus gaat ook zitten. 'Job heeft vanavond met vrienden afgesproken, ze zouden gaan snookeren, misschien komen we ze nog tegen. Kom op, ga nu eens mee, mama en papa zijn toch thuis? Je leidt een leven als een bezadigde oude vrouw.'

'Niks mis mee, toch? En je weet dat ik papa en mama niet meer dan nodig wil opzadelen met de zorg voor Merel.' Femke is rechtop gaan zitten en kijkt naar haar zus. 'Jij bent student, Noor, ik ben een werkende vrouw en moeder, mijn leven is nu eenmaal heel anders dan het jouwe. Misschien heb ik er wel helemaal geen behoefte aan om ergens aan een bar te zitten drinken.'

'Natuurlijk heb je daar wel behoefte aan!' antwoordt Nora. 'En als je dat echt niet hebt is er nog meer mis met je dan ik al dacht. Schiet op, ga je lekker optutten, over een uurtje vertrekken we. Ik heb het al met mama afgesproken, geen enkel punt!'

Eigenlijk trekt het idee Femke toch wel erg aan. En als haar moeder de kamer binnenkomt en haar ook aanspoort om toch eens even de deur uit te gaan met haar zus en vriendinnen, twijfelt ze niet meer.

'Nou, trek die ouwe spijkerbroek uit, doe wat leuks aan en maak je op,' zegt Nora. 'Trek maar wat van mij aan, de laatste jaren heb jij echt niks leuks meer gekocht.'

'Onzin, ik heb prima kleren,' sputtert Femke tegen. Toch staat ze op en volgt haar zusje naar boven. Het is waar, Nora heeft een neus voor koopjes, ze scoort heel vaak leuke kleding voor weinig geld.

'Hier, dit!' Nora graait al wat kleding uit haar kast, een strakke zwarte broek, een bloesje en een kort spijkerjasje.

'Je dacht toch niet dat ik in jouw broek pas,' zegt Femke hoofdschuddend. 'Nee Noor, ik wacht een kwartiertje en als Merel goed slaapt, kan ik prima iets uit m'n eigen kast pakken.'

'Wat je wilt, maar ga dan even zitten en laat mij je eens opmaken. Ik doe niets liever en jij bent veel te voorzichtig met kleurtjes.'

Opeens krijgt Femke er echt plezier in. Ze gaat op de kruk achter de make-upspiegel van Nora zitten. 'Doe je best, als je je maar wel een beetje inhoudt en ik er straks niet net zo uitzie als jouw barbie vroeger.'

Nora lacht. 'Maak je maar geen zorgen, ik maak er wat leuks van.'

Na nog een laatste blik op haar slapende dochter, doet Femke tegen negen uur de slaapkamerdeur heel zachtjes achter zich dicht en gaat de trap af.

Beneden staat Nora al ongeduldig te wachten. 'Nou kom op, Fem. We moeten de bus van twaalf over negen halen.'

'Ja, ik kom,' antwoordt Femke. En dan met een blik naar haar moeder: 'Ze slaapt hoor, en ik kom niet heel laat thuis, uiterlijk de bus van halftwaalf uit de stad.'

'Kijk maar,' knikt moeder José, 'wij gaan gewoon naar bed, je hoeft je voor ons niet te haasten. Maak er maar een leuke avond van samen.'

'Bedankt, mam. En als er wat is, bellen hoor.'

'Kom nou.' Nora duwt Femke haar jas in de handen en trekt aan haar arm. 'De bus wacht echt niet op ons.'

Dan gaan ze samen de deur uit.

'Terug nemen we gewoon een taxi,' zegt Nora. 'Prima te doen als je het samen betaalt.'

'Ik weet het nog niet, hoor,' antwoordt Femke. 'Ik wil echt niet midden in de nacht pas naar huis. Merel houdt niet van uitslapen en ik heb geen zin de hele zaterdag met een suf hoofd rond te lopen. Ik denk dat ik uiterlijk met de laatste bus naar huis terugga.'

'We zien het wel, kom, even een tandje harder, anders is de bus nu ook weg.'

Roos en Patricia staan al te wachten bij de bushalte.

Eenmaal in de stad aangekomen, stelt Nora voor om naar hetzelfde cafeetje te gaan waar Job waarschijnlijk met zijn vrienden gaat snookeren. De beide vriendinnen hebben daar ook wel oren naar en Nora kijkt naar Femke.

'Jij vindt het toch ook wel leuk om te snookeren of te poolen?' vraagt ze.

Die haalt haar schouders op. 'Geen idee, ik weet het verschil niet eens. Het is toch allebei zoiets als biljarten?'

'Jawel, het lijkt allemaal op elkaar. Ik ga het je leren, je vindt het vast leuk.' Nora haakt in bij Femke. 'Kom op, we gaan naar de kroeg.'

Tot haar eigen verbazing vindt Femke het leuk om te doen. Het is druk rond de snookertafel en de pooltafel. Job en zijn vrienden komen later binnen, dan heeft Femke de slag al een beetje te pakken.

'Doe jij het echt voor het eerst?' Job kijkt met nog een jongen toe hoe ze aan de pooltafel rustig en doelgericht de ballen in beweging laat komen.

Femke knikt zonder haar aandacht te laten afleiden. 'Ja, ik vind het leuk!' zegt ze.

'Klasse!' zegt de andere jongen als het potje afgelopen is. 'Jij hebt een biertje verdiend.'

Hij pakt twee glazen van het volle blad dat een andere jongen net voor hem houdt en geeft het ene glas aan Femke. 'Cheers! Ik ben Bas. Op onze kennismaking.'

Hij tikt even met zijn glas tegen dat van Femke en neemt dan een paar grote slokken. 'Ik heb je trouwens niet eerder gezien, studiegenootje van Nora en Roos?'

Femke neemt ook een slok van haar bier en schudt dan haar hoofd. 'Nora is mijn zusje, zij heeft me ervan overtuigd dat ik echt moest leren poolen vanavond. Ik heet Femke.'

'Wijze zus heb je.' Hij knikt goedkeurend. 'Of zusje? Jullie zijn geen tweeling volgens mij.'

'Ik ben de grote zus.' Femke lacht naar hem. Ze vindt deze Bas een leuke vent. 'En jij?' vraagt ze dan, 'grote broer van een van hen of studiegenoot?' Ze knikt in de richting van de andere jongens. 'Ik ken alleen Job.'

Hij grijnst. 'Nee, ik ben geen grote broer, al voelt het af en toe wel zo. Ik ben een studiegenoot van Job en Wessel, maar ik heb eerst een paar jaar gereisd voor ik naar de universiteit ging, dus ik ben wel ouder dan de rest. Wat studeer jij?'

'Ik werk al, vorige maand begonnen als docent geschiedenis.'

'Néé!' reageert Bas, 'dat geloof ik niet, je ziet er niet uit als een docent. En zeker geen docent geschiedenis, dat horen ernstige, saaie oude mannen of vrouwen te zijn. Geen mooie jonge meiden!'

Nu is het Femke die moet lachen. 'Wat een raar beeld heb jij van mensen die geschiedenis geven,' zegt ze. 'Hoe kom je daar nou bij!'

Hij haalt nog steeds lachend zijn schouders op. 'Geen idee eigenlijk.'

'Vooroordelen hè, we hebben ze allemaal,' knikt Femke. Ze neemt nog een slokje uit haar glas en kijkt naar Bas, die zijn lege glas neerzet en een keu ter hand neemt. 'Eens kijken wat ik ervan bak vanavond,' zegt hij met een knipoog naar Femke.

'En, hoe vind je het?' Nora trekt een kruk naast Femke en gaat zitten.

'Ja, leuk.'

'En wat vind je van Bas?' vraagt Nora nu een stuk zachter. 'Tweeentwintig, student bedrijfskunde, vrijgezel! En knap, vind je niet?' Dat laatste zegt ze op samenzweerderige toon.

'Houd toch op, Noor!' zegt Femke half lachend, half geïrriteerd. 'Je probeert me toch niet te koppelen, hè?' Opeens gaat ze rechtop zitten en gaat verder: 'Of wilde je me daarvoor soms mee hebben vanavond?' Nu is haar lach weg en ze kijkt haar zusje dreigend aan. 'Dat hoop ik toch niet hè!'

Nora steekt twee handen in de lucht. 'Natuurlijk niet, ik zou niet durven.'

Maar Femke kent haar zusje langer, aan haar ogen ziet ze, dat ze het goed geraden heeft.

'Nora Vos!' zegt ze boos, 'je weet dat ik dit soort dingen niet wil.'

'Sorry, sorry... Verder weet niemand hiervan, hoor, maar ik dacht, nou ja, wie weet is er een klik tussen jullie. Toen ik hoorde dat Job met dit groepje ging poolen, dacht ik opeens, ik vraag of Fem een keertje meegaat. Verder bemoei ik me er niet mee, hoor!' En dan nog zachter en met een glimlach: 'Maar je moet toegeven, hij ís leuk!'

Dan glijdt Nora van haar kruk om bij de pooltafel commentaar te geven op de partij die nu bezig is.

Femke baalt echt van de actie van haar zusje, ze overweegt even om weg te gaan. Maar daarmee heeft ze alleen zichzelf. Het is immers best een leuke avond, het poolen bevalt haar en het is echt lang geleden dat ze zo ontspannen een avondje weg was.

Ze pakt haar telefoon, controleert even of ze geen oproep of berichtje heeft gemist en onderdrukt de neiging om haar moeder te appen met de vraag of alles wel goed gaat met Merel. Toen ze na de geboorte van Merel voor het eerst een hele dag wegging en Merel achterbleef bij haar oma, appte en belde ze een paar keer per dag om te informeren. Na een paar van zulke dagen had mama gezegd: 'Femke, hier moet je mee ophouden. Als je niet vertrouwt dat Merel in goede handen is bij mij, moet je een andere oppas zoeken of thuisblijven.' Ze had even moeten slikken over die uitspraak, maar ze besefte ook dat haar moeder natuurlijk gelijk had.

Daarom stopt ze de telefoon nu weer in haar zak, laat zich van de kruk afglijden en loopt naar de pooltafel toe om te kijken wie deze partij gaat winnen.

De verdere avond is Bas steeds bij haar in de buurt. Ze heeft heel goed door dat dat niet toevallig is en ze vindt het leuk. Hij is een leuke vent en zijn duidelijke interesse geeft haar een goed gevoel. De vrolijke sfeer en de drie glazen bier die ze heeft gedronken geven een ontspannen gevoel, ze voelt zich even niet de lerares en moeder, maar het lijkt weer of ze ook thuishoort in het studentenwereldje van haar zusje en de anderen.

Maar als een van de jongens opnieuw langskomt met een blad vol bierglazen, laat ze het voorbijgaan.

'Wil je niet meer?'

Ze schudt haar hoofd. 'Ik wacht even.' Ze kijkt nu ook op haar telefoon hoe laat het is. Kwart over elf. Ze probeert de blik van Nora te vangen, maar die staat te praten en te lachen met haar vriendinnen en kijkt geen moment haar kant op.

'Ben je het zat?' Bas staat weer naast haar.

Ze lacht en antwoordt: 'Om twaalf uur wordt de betovering verbroken, dan verander ik in een kikker.'

'Dat wil ik graag meemaken,' zegt hij. 'Dan kus ik de kikker wel en verandert ze weer in een mooie vrouw, in jou dus.'

'Volgens mij gooi jij nu een paar sprookjes door elkaar,' zegt ze luchtig, niet ingaand op zijn compliment. 'Maar ik ga inderdaad zo naar huis, want ik moet morgen weer vroeg op. De laatste bus gaat om tien voor twaalf. Al geloof ik dat m'n zus nog niet veel zin heeft om te vertrekken.'

Femke loopt naar Nora toe, tikt haar even op de schouder en zegt: 'Ik ga naar huis, Noor, ik neem de laatste bus. Ga je al mee of wil je echt een taxi nemen?'

'Doe niet zo ongezellig, joh, Merel slaapt en mama past op haar. Blijf toch ook nog even.'

'Sta jij dan morgenochtend om halfzeven op als ze wakker is?' vraagt Femke. 'Nee, ik ga echt, hoor. Het was leuk, maar ik ga er vandoor, zie je morgen. Ik hoor wel van je wat de kosten waren.'

Ze draait zich om, pakt haar jasje en steekt haar hand op naar Bas en de anderen voor zover ze haar kant op kijken en loopt richting de uitgang.

Maar dan is Bas al naast haar. 'Ik loop even met je mee, oké?'

'Wat je wilt, maar ik kan ook alleen de bushalte vinden, hoor.' Ze probeert het luchtig te laten klinken, maar ze vindt het fijn dat hij meeloopt.

Onderweg zeggen ze niet veel meer. Al snel staan ze bij de halte.

'Ik vond het heel leuk vanavond, kom je nog eens mee?' vraagt hij. Om meteen verder te gaan: 'Ik bedoel natuurlijk dat ik jou heel leuk vond.' Hij lacht. 'Mag ik je 06 en vind je het goed dat ik je bel om af te spreken, misschien om een keer wat te gaan drinken?'

Femke aarzelt even, dan knikt ze. Hij pakt zijn telefoon en noteert haar nummer.

Dan komt de bus eraan, de deuren gaan open. Femke is de enige die staat te wachten.

'Je hoort van me,' zegt hij. 'Tot snel.'

Ze glimlacht en kijkt nog even om terwijl ze instapt. 'Ik ben benieuwd, tot ziens.'

Ze ziet even verbazing op zijn gezicht, dan gaat de deur achter haar dicht en de bus trekt op.

'Ik ben benieuwd,' fluistert Femke zacht in zichzelf. Waarschijnlijk gaat hij nu terug naar de kroeg en hoort hij ongetwijfeld Nora uit.

Als hij hoort dat de mooie vrouw, zoals hij haar noemde, een dochter van twee jaar heeft, komt het beloofde telefoontje vast nooit.

3

Toch kijkt Femke de dagen hierna vaker op haar telefoon dan normaal. Zou Bas gebeld hebben of een berichtje hebben gestuurd?

Ze heeft met Nora niet veel meer gesproken over hun avondje uit. Nora was heel laat thuis gekomen, maar Femke was nog wakker toen ze portieren van een auto hoorde dichtslaan, waarna ze iemand zachtjes de trap op hoorde lopen. Nora was thuisgekomen met de taxi, begreep ze.

De volgende dag had Nora wel gevraagd hoe ze het had gevonden en gezegd dat ze echt vaker mee zou moeten gaan.

'Misschien,' had Femke geantwoord en ze was ergens anders over begonnen.

'Wat vond je van Bas?' had haar zusje nog even aangehouden.

'Hm, aardige jongen, hoor, maar niet bijzonder.'

Blijkbaar was ze overtuigend overgekomen, Nora had verder niks meer gevraagd of gezegd.

Als het weer vrijdag is vraagt Nora: 'Ga je vanavond weer mee naar Utrecht, Fem? De herfstvakantie afsluiten voor je drukke leven weer begint? Ik maak het nu niet laat, hoor, gewoon met de laatste bus terug.'

'Nee joh, 't was leuk hoor, maar ik ga niet weer mee. Het zijn tenslotte jouw vrienden, niet de mijne. En ik wil papa en mama niet steeds onnodig 's avonds laten oppassen, dat weet je.'

'Hm, oké.' Even aarzelt Nora, dan vraagt ze: 'Heb je nog wat van Bas gehoord?'

'Nee, hoezo?'

'Nadat jij weg was gegaan, kwam hij weer terug en vroeg of je een relatie had. Ik zei dat dat niet zo was en ik vroeg of hij je nummer misschien wilde hebben. Maar hij zei dat hij dat al had, dus ik dacht... nou ja, ik ben gewoon benieuwd of hij nog wat heeft laten horen. Jij vond hem wel leuk, toch?'

'Jawel hoor, het was een aardige vent, maar niet bijzonder of zo.'

'Maar je gaf hem wel je nummer, dus ik dacht...'

'Nora, hij is toch een kennis van Job? Dan weet hij intussen ongetwijfeld dat ik Merel heb. En dus is zijn belangstelling, als hij die al had tenminste, direct over. En heus, ik vind het prima!'

'Ach Fem, sorry, ik...' Nora kijkt haar zus ongelukkig aan.

'Daarvoor hoef jij toch geen sorry te zeggen. Ik was ook niet echt geïnteresseerd, het is een aardige jongen, maar meer ook niet. Don't worry!' Femke geeft haar zusje even een klopje op de schouder. 'Het is goed, zussie, ik heb helemaal geen tijd voor mannen. Ik heb een baan, een studie en een dochter die me meer waard is dan welke man dan ook.' Ze glimlacht.

Maar als Nora haar armen om haar heen slaat voor een knuffel, zegt Femke gesmoord: 'Maar natuurlijk is het...' Het laatste woord slikt ze in.

Nora houdt haar even stevig vast en zegt zacht: 'Ik vind je een kanjer, Fem. En ik weet zeker dat er ooit wel een man komt die jou en Merel echt waard is.'

'Vast wel,' zegt Femke. Maar eigenlijk gelooft ze het niet.

Het mooie nazomerweer slaat om, het is opeens echt herfst. Op vrijdag fietst Femke door de regen naar huis. Gelukkig is Merel thuis bij haar opa en hoeft ze niet voorop de fiets mee door de regen. Femke trapt flink door. Waarschijnlijk ligt Merel al in bed voor haar middagslaapje, maar wie weet is ze nog wakker. Als ze van huis is geweest, al is het maar een halve dag zoals vandaag, wil ze het liefst haar meisje meteen even knuffelen als ze thuis komt.

Maar als ze druipend de achterdeur opendoet en de keuken in loopt, zet haar vader juist het bordje en bekertje met Nijntje erop in de vaatwasser.

'Ah, wat een weer, hè Fem,' zegt hij. 'De prinses is net tien minuutjes geleden naar bed gegaan. Ik heb geprobeerd het nog even te rekken maar haar ogen gingen bijna al dicht toen ze zat te eten.'

'Maakt niet uit, ze is altijd hartstikke moe als ze 's morgens is wezen spelen. Was het goed gegaan?'

'Ja, prima, jij ook lekker gewerkt?' Als Femke knikt, zegt hij: 'Nou, ik ga snel weer aan het werk. Ik zie je straks.'

'Bedankt weer, pap.'

Even later zit ze, een bordje met drie boterhammen naast zich, de so van 2 havo te corrigeren. Meteen maar doen, dan heeft ze de rest van het weekend alle tijd voor Merel. Af en toe staart ze uit het raam. De regen blijft maar vallen, bladeren vliegen door de lucht. Femke zucht, ze houdt niet van de herfst, van dat donkere, natte weer.

Ze buigt zich over het volgende blad. Zullen de jaren zo voorbijgaan, de hele week lesgeven, thuis corrigeren, lessen voorbereiden? Rennend van school naar huis, zorgend tot ze doodmoe in bed valt en dan slapen tot de wekker de volgende werkdag weer aankondigt?

Ze schudt haar hoofd. 'Zeur niet, Fem!' zegt ze hardop in de lege kamer. 'Wees blij dat je een leuke baan hebt, een dak boven je hoofd en een geweldige familie om je heen. Na de herfst en de winter wordt het ook vanzelf weer voorjaar.'

'Tegen wie zit jij te praten?' Lisa is zonder dat Femke het hoorde de kamer binnengekomen. 'Mijn laatste uur viel uit, lekker,' zegt haar zusje met een tevreden zucht. 'En heerlijk dit weer, dan is het binnen zo knus, vind je niet?'

'Nee!' zegt Femke uit de grond van haar hart. 'Ik hou hier niet van.'

Lisa lacht. 'Ik weet het, Fem. Weet je wat, ik ga een lekkere pot thee zetten en dan eten we alle chocoladekoekjes op die we maar kunnen vinden.'

Terwijl Lisa naar de keuken gaat, begint Femke met nieuwe moed aan de volgende so. Nog maar vier, dan is ze klaar.

Twee weken later fietst Femke weer eens naar het voetbalveld om haar zusje aan te moedigen.

Vaak moeten de jonge voetballertjes in de ochtend spelen, maar vandaag pas om halfeen. Femke heeft Lotte beloofd om ook nog even te komen kijken om daarna samen naar het centrum te gaan om een cadeautje voor de verjaardag van Merel uit te zoeken.

Als ze aankomt bij het sportveld ziet Femke al snel haar vader, hij staat te praten met een andere vader. De voetballertjes worden bijgepraat door hun coach, het is juist rust.

'Femke!' roept Lotte enthousiast als ze haar zus ziet.

'Ha, Fem, los je me af?' vraagt vader Maarten. Als de wedstrijd weer begint, zwaait hij naar Lotte en dan vertrekt hij.

Samen met wat ouders van de spelertjes kijkt Femke naar de wedstrijd en moedigt de meisjes aan.

'Dag Femke!' hoort ze dan achter zich. Ze draait zich om en met een schokje herkent ze Jurre, de man die vorige maand bij zijn nichtje kwam kijken.

'Hé, hoi,' zegt ze verbaasd. 'Spelen we weer tegen het team van je nichtje? Wat vreemd, zo snel alweer.'

Hij schudt zijn hoofd. 'Nee hoor, zij spelen ergens anders, een thuiswedstrijd geloof ik.'

Niet-begrijpend kijkt ze hem aan. 'Maar... wie speelt er nu dan hier, een ander nichtje?'

Hij schudt opnieuw zijn hoofd. Dan zegt hij met een brede grijns: 'Ik kom eigenlijk voor Lotte, je zusje. Ik hoopte dat ze een thuiswedstrijd had en dat is dus zo.'

'Wat bedoel je?' vraagt ze argwanend. 'Wat moet je van mijn zusje?'

'Niks, ik hoopte dat jij weer zou komen kijken als haar team speelt. En ja, ik heb geluk!'

Femke weet even niet hoe ze moet reageren. 'Juist, ja...' zegt ze dan maar.

'Wat denk je nou? Die vent is een beetje getikt?'

'Eigenlijk wel, ja.'

'Je had nog een colaatje of koffie van me tegoed,' zegt hij. 'Die bood ik je de vorige keer aan, maar toen was er geen tijd meer voor. Dus ik dacht, ik moet nog maar een keertje terug.'

'Ja, ja, natuurlijk,' zegt Femke. Ze heeft zich weer omgedraaid en volgt met haar ogen de bal.

'Sorry, ik sta maar wat te kletsen,' zegt Jurre dan. 'Weet je, ik kan natuurlijk een zwamverhaal ophangen, dat ik dacht dat Sophie weer hier moest spelen, maar ik zeg het maar eerlijk, ik kom voor jou. Ik zal je eerlijk zeggen dat ik je die vorige keer gewoon heel leuk vond, dus vandaar. Ik ben een paar weken geleden ook al eens wezen spioneren hier, maar toen bleek het team van je zusje een uitwedstrijd te hebben. En je bleef maar in mijn hoofd zitten, dus ik dacht, ik doe nog één poging. Als ze er dan niet is, dan leg ik me erbij neer. En kijk, daar ben je!'

Femke weet eigenlijk niet hoe ze moet reageren. Even staan ze zwijgend naast elkaar, dan vraagt hij: 'Wat denk je, kunnen we die koffie of dat colaatje straks samen drinken?'

Femke haalt haar schouders op en schiet in de lach. 'Je bent wel een aanhouder hè? Maar prima, die koffie. Al heb ik niet veel tijd, na de wedstrijd moet ik nog winkelen met Lotte.'

'Komt goed,' zegt hij. 'Ik ben trouwens Jurre Dijksman, vijfentwintig jaar en werk als docent op een middelbare school in Amersfoort.'

Met een ruk keert ze zich naar hem toe. 'Dat meen je niet!'

'Hoezo, is daar iets mis mee?' vraagt hij verbaasd.

Ze schudt haar hoofd. 'Integendeel, ik geef ook les. Grappig, wat is jouw vak?'

'Dat is toevallig! Ik geef godsdienst en levensbeschouwing,' antwoordt hij verrast. 'En jij?'

'Geschiedenis. Ik ben dit schooljaar begonnen, best spannend maar het bevalt goed. Jij hebt natuurlijk al een paar jaar ervaring?'

'Valt mee hoor, dit is pas mijn tweede schooljaar. Maar ik vind het erg leuk en uitdagend om te doen. De jongeren zijn eerlijk en heel direct, zeker bij een vak als het mijne zijn ze kritisch.'

'Dat geloof ik, ja.' Femke knikt nadenkend.

'Femke!'

Ze heeft niet eens gehoord dat het eindsignaal al heeft geklonken. Lotte komt naar haar toelopen en kijkt nieuwsgierig naar Jurre.

'Oké, ik kom eraan, Lot. Ik zie je zo bij de kleedkamer.'

'Ik zal snel opschieten, dan kunnen we gauw naar de speelgoedwinkel,' roept Lotte terwijl ze de andere meisjes achterna rent. Femke en Jurre volgen langzamer.

'Leuk zusje heb je,' merkt Jurre op. 'Heb je nog meer broers of zussen?'

'Nog twee zusjes, ik ben de oudste. Jij?'

'Ik heb alleen een oudere broer,' vertelt hij. 'Leuk, denk ik, zo'n stel jongere zusjes?'

'Ja hoor, meestal wel,' antwoordt Femke met een grimas.

'In plaats van die koffie hier kunnen we ook een keer op een avond afspreken?' stelt Jurre voor als ze bij de volle kantine van de voetbalclub aankomen. 'Als jij dat ook leuk vindt, natuurlijk.'

Aarzelend knikt Femke. 'Ja, dat zou kunnen,' zegt ze. 'Nu komt er weinig van. Je hebt Lotte gehoord, en als zij iets in haar hoofd heeft, heeft ze weinig geduld.'

'Mag ik je telefoonnummer?' vraagt hij. 'Dan bel ik je.'

Even twijfelt Femke, zal ze zeggen dat ze een dochtertje heeft? En dan vragen of hij nog steeds haar nummer wil?

Nee, ze doet het niet, waarom zou ze dat plompverloren zeggen? Wie weet heeft hij ook geheimen die hij niet direct op tafel legt. Een keer afspreken kan altijd.

'Goed,' zegt ze en terwijl ze haar nummer noemt, voert hij dat in op zijn telefoon.

'Ik stuur je zo meteen een appje, dan heb je mijn nummer ook.'

Dan komt Lotte de kleedkamer al uit, ze komt naar Femke en Jurre toe. 'Ben je klaar, Femke?' vraagt ze.

'Ja, we gaan,' antwoordt Femke.

'Jullie gaan naar de speelgoedwinkel, hoorde ik,' zegt Jurre met een glimlach naar Lotte.

Die knikt wat verlegen. 'Ja, we gaan een cadeautje uitzoeken voor Merel.'

'Leuk, is Merel je zusje?' vraagt hij.

'Nee…' Lotte fronst even haar wenkbrauwen, dan zegt ze: 'Merel is mijn nichtje, ja toch Femke?'

'Klopt!' zegt Femke wat ongemakkelijk. 'Nou kom op, Lot, naar de fietsen.'

'Veel plezier samen.' Jurre steekt zijn hand op en loopt richting het parkeerterrein.

Onderweg op de fiets vraagt Lotte: 'Waarom was hij er nu weer? Hij was toch een oom van een ander meisje? Is hij ook de oom van een van deze meisjes?'

'Ik weet het niet precies, hoor,' zegt Femke. 'Hij kijkt graag naar voetbal, denk ik.'

'Of hij kwam omdat jij kwam? Had je met hem afgesproken?'

'Nee joh, hoe kon ik nou afspreken? Ik weet niet eens precies wie hij is.'

'Jawel, hij heet Jurre, toch? Ik denk dat hij verliefd op je is, Femke! Hij keek zo… zo... naar je.'

'Houd toch op Lot! Dat is helemaal niet zo, hij is gewoon een collega van me.' Half lachend, half geërgerd kijkt Femke naar haar zusje. 'Je bent een wijsneus, je hoort te veel van je grote zussen. Kom, hier rechtsaf, dan zetten we onze fietsen in het rek bij de kerk en lopen we verder. Wat denk jij, zou een loopfietsje leuk zijn voor Merel?' vraagt ze terwijl ze de speelgoedwinkel binnengaan.

Lotte gaat gelukkig meteen mee in het nieuwe gespreksonderwerp. 'Ja, een roze, dat vindt ze vast mooi hè?'

Femke laat inderdaad een roze loopfietsje apart zetten met de belofte dat het de komende week zal worden opgehaald.

Daarna fietst ze met haar zusje naar huis, maar met haar gedachten is ze nog steeds bij de ontmoeting op het sportveld. Die Jurre, gekke vent om zomaar op de gok naar het voetbalveld hier te komen in de hoop haar tegen te komen. Maar natuurlijk vindt ze het diep in haar hart erg leuk en zij vindt Jurre een heel aantrekkelijke man.

Zou hij haar echt bellen? Maar hij weet nog niks over Merel. Even had ze haar adem ingehouden toen Jurre aan Lotte vroeg of Merel haar zusje was. Het was grappig dat Lotte antwoordde dat ze haar nichtje was, ze had ook kunnen zeggen dat Femke de moeder is van Merel. Hoe zou het gesprek dan verder verlopen zijn? Nou dat weet ze eigenlijk wel, Jurre zou verbaasd gekeken hebben en er waarschijnlijk snel vandoor zijn gegaan.

Had ze het zelf moeten zeggen? Ach, haar werd immers niets gevraagd.

Als ze thuis haar telefoon controleert, ziet ze dat hij haar een berichtje heeft gestuurd.

Hi Femke, deze week een drankje doen? Woensdag of donderdag tijd? Jij mag zeggen, waar en hoe laat. Jurre

Dus hij meende het echt! Femke leest het appje nog een keer en sluit dan haar telefoon snel af.

'En?' hoort ze dan haar moeder vragen, 'al bedacht wat het gaat worden?'

'Hè, wat?' Betrapt kijkt ze haar moeder aan.

'Je ging toch voor een cadeautje kijken?'

'Ja, ja, natuurlijk. Ik heb een loopfietsje weg laten zetten. Lotte vond dat het een roze moest worden.'

Femke glimlacht naar haar moeder en stopt snel haar telefoon in haar zak. Woensdag of donderdag… Eerst kijken wie er een van die avonden zeker thuis zal zijn.

's Avonds aan tafel vraagt ze zo nonchalant mogelijk: 'O ja, mam, ben je woensdagavond thuis? Ik heb met een collega afgesproken om een keer wat te gaan drinken. Donderdag kan ook hoor, net wat uitkomt.'

‘Woensdag is prima, gezellig voor je. Leuk om ook wat contacten buiten school om te hebben met collega’s. Welk vak geeft ze, ook geschiedenis?’

‘Nee, godsdienst en levensbeschouwing,’ zegt Femke.

Ze bedenkt dat ze eigenlijk niet eens liegt, Jurre is een collega, al is het bij een andere school.

Zodra ze op haar slaapkamer is, stuurt ze hem een berichtje terug.

Woensdag is prima. Ken je Graaf Floris in Utrecht? Halfnegen daar, oké? Femke

Ze leest het berichtje nog een paar keer over, is het niet te zakelijk, moet ze er groeten bijzetten? Dan klikt ze op verzenden, het is prima zo.

Direct komt er een reactie. Hij stuurt een duimpje en zegt: Super! Tot dan.

In de dagen die volgen, vraagt Femke zich regelmatig af of ze de afspraak af zal zeggen. Waar leidt dit toe? Het wordt toch niks; zodra Jurre hoort dat ze een dochtertje heeft dat komend weekend twee jaar wordt, haakt hij natuurlijk meteen af. Kan ze zichzelf de teleurstelling niet beter besparen en dit direct afkappen?

Toch kan ze daar niet toe komen en tenslotte besluit ze dat ze een leuke avond wil hebben, gewoon, alsof ze een meisje is zoals ieder ander, die een eerste date gaat hebben. Ze ziet wel hoe het gaat lopen, misschien moet ze deze eerste keer niet meteen over Merel vertellen. Als er geen klik blijkt te zijn, is het onnodig dat hij het weet en is die klik er wel, dan moet ze hem de tijd geven om eerst haar te leren kennen voor ze hem over Merel inlicht.

Ze is heel nerveus als ze die woensdagavond naar de bushalte loopt. Nog steeds weet ze niet wat ze zal doen wat betreft Merel. Het ene moment denkt ze dat ze meteen open en eerlijk moet zijn, dan weer vindt ze dat dat nog wel even kan wachten.

Als ze in Utrecht uit de bus stapt, heeft ze besloten gewoon maar te kijken hoe het gesprek gaat lopen. Wellicht zijn ze na een kwartiertje al uitgepraat met elkaar en heeft ze zich voor niks druk gemaakt over dingen die helemaal niet aan de orde komen.

Maar het valt niet tegen, integendeel.

Als Femke om iets voor halfnegen aan komt lopen over de gracht, ziet ze Jurre al staan bij de deur van het café. Zijn gezicht licht op als hij haar ziet. 'Femke! Leuk dat je gekomen bent,' zegt hij en hij houdt de deur voor haar open.

Even later zitten ze tegenover elkaar aan een tafeltje achter in de zaak. Gelukkig niet bij het raam, gaat het door Femke heen. Ze zit er niet op te wachten dat er juist een bekende naar binnenkijkt en haar ziet zitten.

'Eigenlijk...' Ze kijken elkaar even aan en schieten in de lach omdat ze vrijwel tegelijk beginnen te praten en hetzelfde woord zeggen.

'Jij eerst,' zegt hij dan. 'Eigenlijk?'

Ze haalt haar schouders op. 'Eigenlijk raar dat we hier samen zitten. Ik bedoel, je hebt me alleen tien minuutjes op het voetbalveld gezien.'

'Soms is dat genoeg reden om verder kennis te willen maken, toch?' antwoordt hij. 'Ik wilde zeggen: eigenlijk was ik bang dat je je zou bedenken en niet zou komen. Maar ik ben heel blij dat je wel gekomen bent.'

Hun gesprek wordt onderbroken door een meisje dat vraagt wat ze willen drinken.

'Koffie graag,' zegt Femke en Jurre bestelt hetzelfde.

'We hebben appeltaart, willen jullie die?' vraagt het meisje.

Ze kijken elkaar even aan. 'Lekker.' Weer zeggen ze het tegelijk.

Vanaf dit moment lijkt het vanzelf te gaan, ze praten zoveel dat de koffie bijna koud wordt en het gebak blijft staan. Ze vertellen over hun families, hun werk en hobby's, maar Femke zegt niks over Merel.

Na een uurtje stelt Jurre voor: 'Zullen we wat anders bestellen, een wijntje misschien of liever iets zonder alcohol?'

Femke knikt, ze kijkt even op haar horloge en zegt: 'Ja, goed, maar inderdaad maar een spa rood, ik wil het ook niet te laat maken, morgenochtend moet ik weer vroeg op en met een suf hoofd voor de klas, dat werkt niet voor mij.'

'Verstandig, ik doe met je mee.' Hij wenkt het meisje van de bediening en vraagt om de drankjes.

'Hoe laat begint jouw dag als je het eerste uur les moet geven?' vraagt hij.

'Om zes uur sta ik meestal wel op,' zegt ze. 'Ik haast me 's morgens niet graag,' voegt ze er snel aan toe.

'Zo, dat is vroeg! Ja, dan snap ik dat je niet te laat naar huis wilt. Wat mij betreft doen we dit snel een keer over maar dan in het weekend.'

Femke aarzelt heel even, maar dan knikt ze. 'Dat lijkt me leuk.'

Is dit het moment om over Merel te vertellen? Nee, ze doet het niet, eerst maar kijken of die tweede afspraak er ook echt komt.

'Hoe ben je ertoe gekomen om juist godsdienst te gaan geven?' vraagt ze hem. 'Niet het meest voor de hand liggende vak, lijkt me.'

'Voor mij eigenlijk wel, ik ben geïnteresseerd in de Bijbel, in het geloof en hoe we daarmee om gaan. Ik heb zelfs weleens gedacht dat ik dominee wilde worden, maar het lesgeven trok me toch meer.'

'O, oké,' zegt Femke. 'Wij gingen vroeger ook wel regelmatig naar de kerk, maar daar is langzaam maar zeker toch de klad een beetje in gekomen bij mij.'

Ze praten nog even door over dat onderwerp, tot Femke zegt: 'Joh, ik moet gaan, anders kan ik morgen mijn bed echt niet uit.'

'Ik loop met je mee tot de bushalte,' zegt Jurre. 'Een momentje, dan reken ik even af.'

'Stuur me maar een tikkie, hoor,' stelt Femke voor als ze weer op straat lopen.

'Ik denk er niet over, ik was veel te blij dat je wilde afspreken. Ik hoop dat jij het net zo gezellig vond als ik?' Hij kijkt van opzij naar haar en Femke kijkt hem even aan.

'Ja,' zegt ze dan, 'ik vond het ook heel leuk.'

Ze lopen even zwijgend door en als ze bij de bushalte komen, vraagt hij: 'Heb je zin om zaterdag samen iets te doen, misschien ergens te gaan eten?'

Ze schudt haar hoofd. 'Zaterdag heb ik een verjaardag.'

'Van Merel!' zegt hij lachend.

'Hè?' Even staat ze stil, ze houdt haar adem in van schrik.

'Ja, daarvoor gingen jullie zaterdag een cadeautje kopen, toch, Lotte en jij?'

'Klopt, ja inderdaad,' zegt ze dan terwijl ze haar adem langzaam laat ontsnappen.

'Vrijdagavond dan?' doet hij een nieuw voorstel, haar vreemde reactie blijkbaar niet opmerkend.

Even aarzelt Femke, dan knikt ze. 'Ja, ik denk dat dat wel kan, ik moet even kijken... Ik had half iets toegezegd aan m'n zusje Lisa. Vind je het goed dat ik je nog laat horen of het vrijdag kan?'

'Ja, dat is prima,' zegt hij. 'En alleen als jij het ook leuk vindt, hè?' Ze ziet dat hij haar onderzoekend aankijkt.

'Natuurlijk, anders zou ik het wel zeggen, hoor.' Ze glimlacht naar hem.

Dan komt de bus eraan en moeten ze afscheid nemen.

'Tot gauw, Femke!' zegt hij en hij kust haar onverwacht even licht op een wang.

'Ja, tot ziens.' Ze stapt snel in, de deur gaat dicht en terwijl ze gaat zitten, ziet ze nog net hoe Jurre de bus even nakijkt.

Ze voelt zich verward, de hele weg door de donkere avond beleeft ze de afgelopen uren weer, denkt ze terug over wat hij zei, hoe hij naar haar keek. Ze kan maar tot één conclusie komen: Jurre is een man om verliefd op te worden. Misschien is ze dat zelfs al een beetje.

Het is ook duidelijk dat hij haar leuk vindt. Maar wat zal er gebeuren als ze hem over Merel vertelt?

Als ze elkaar weer zien, zal ze het vertellen, besluit ze voor ze uit de bus stapt. Als hij daarop afknapt, is hij niet de man voor haar, zo simpel moet ze het bekijken.

4

Maar zo simpel voelt het niet. De dagen na deze maandagavond is hij steeds weer in haar gedachten. Ze slaapt slecht en voelt zich onrustig.

Ze heeft de grootste moeite haar hoofd goed bij haar werk te houden. Sommige leerlingen voelen dat feilloos aan en er is onrust in de klas.

Dinsdagavond vertelt ze onder het eten zo achteloos mogelijk dat er die vrijdagavond een etentje is met een paar collega's. 'Ik hoef er niet per se naar toe, hoor,' zegt ze. 'Maar misschien is het wel leuk. Ik weet niet, zijn jullie vrijdagavond thuis, mam? Of een van jullie misschien?' Ze kijkt Nora en Lisa aan.

'Ja hoor, wij hebben geen plannen, toch Maarten?' Moeder José kijkt naar haar man. 'Gezellig, Fem, moet je zeker doen. Je begint echt meer contact te krijgen met je collega's hè?'

Femke knikt. 'Ja, klopt! Fijn mam, als je dan op Merel wilt passen.'

'Ik dacht dat jij vrijdagavond slingers wilde ophangen en ballonnen?' merkt Lisa op. 'Wanneer moet dat dan gebeuren?'

'O ja,' antwoordt Femke, 'nou, dat doe ik dan wel als ik thuis kom, zo laat zal het niet worden.'

'Maar ik mocht toch helpen met versieren?' zegt Lotte nu teleurgesteld. 'En we gingen toch ook taart bakken. Kun je niet een andere keer gaan eten, Femke, na de verjaardag van Merel?'

Femke kijkt naar haar jongste zusje. 'Tja, ja, misschien moet ik het dan maar afzeggen.'

Zie je wel, denkt ze, afspraakjes, mannen, het past gewoon niet in mijn leven.

Dan zegt haar moeder heel rustig: 'Jullie kunnen toch prima vrijdagmiddag die taart bakken als Lotte uit school is. Dan maken wij hem 's avonds samen af, Lotte. En als jij het niet erg vindt, Femke, kunnen Lotte en ik de slingers ophangen als Merel naar bed is. Tenzij jij dat graag zelf wilt doen natuurlijk. Maar een keer op stap met collega's is ook belangrijk, lijkt me.'

Femke knikt. Met een blik op Lotte vraagt ze: 'Vind jij dat ook een goed idee, Lot?'

Die knikt enthousiast. 'Ja, dan is het 's middags leuk en 's avonds weer. Maar vind jij dat niet erg?'

'Nee hoor, ik vind het lief dat mama dat wil doen met jou samen. Jij zou de ballonnen opblazen, hè?'

Terwijl haar zusje geestdriftig knikt en zich al helemaal inleeft in de plannen voor vrijdag, heeft Femke wel een schuldgevoel door de woorden van haar moeder over het belang van meer contacten met haar collega's van school.

'Welke vakken geven die collega's? En zijn het vrouwen of mannen, jong of oud?' Lisa, die de vraagt stelt, kijkt met een knipoogje naar Femke.

Daar heb je het al!

'Ik heb het meest contact met jonge collegaatjes van de verschillende vakken, hoewel ik wel echt het jonkie ben op school,' antwoordt Femke wat ontwijkend.

Door het woord collegaatjes te gebruiken, wekt ze de indruk dat het over vrouwen gaat, en zo komt het blijkbaar ook over. Lisa vraagt niet verder naar de mensen met wie Femke uit eten gaat.

'Morgenmiddag ben ik op tijd thuis,' belooft Femke aan Lotte. 'Dan gaan we samen het loopfietsje ophalen en verstoppen we hem in de schuur. Misschien kun jij dan ook helpen om het in te pakken, dat wordt een hele klus. We zullen ook een paar rollen papier kopen.'

Over het uitje van Femke wordt verder niet meer gesproken.

Terwijl Merel na het eten in bad zit en Femke op de rand zit te wachten, laat ze Jurre via een appje weten dat ze vrijdagavond kan. Er komt direct een berichtje terug.

Fijn, ik verheug me erop! Heb je voorkeur voor een restaurant? Grieks, Italiaans, Indisch, Hollandse pot? Utrecht, of is er iets leuks in jouw dorp?

Van die laatste vraag was ze bijna geschrokken. Alsjeblieft niet! Snel tikt ze een berichtje terug.

Ik vind alles lekker, kies jij maar. Utrecht is prima. Hoe laat?

Er verschijnt geen antwoord in het scherm, maar in plaats daarvan gaat haar telefoon over en verschijnt zijn naam.

Wat verschrikt neemt ze op. 'Hé!'

'Ik dacht, bellen is gemakkelijker, komt het even uit?'

'Ja hoor, natuurlijk.'

'Ik weet een goed Italiaans restaurantje in Houten, lijkt je dat wat?'

'Heerlijk, prima.'

'Dan kom ik je om halfzeven ophalen, goed?'

'Nee joh, dat is niet nodig. Ik kan prima met het openbaar vervoer.'

'Ik vind het geen enkel...'

Wat hij verder zegt verstaat Femke niet omdat Merel, die een speeltje wil pakken, haar hoofdje stoot tegen de kraan en hard begint te huilen.

'Sorry Jurre, even...'

'Mammaaaa, au!' huilt Merel.

'Ik bel je zo terug.' Snel drukt Femke het gesprek weg, laat haar telefoon vallen en tilt Merel uit het bad. 'Ah meisje, dat doet pijn hè? Hier, een dikke kus erop.' Ze slaat een badhanddoek om Merel heen en houdt haar dicht tegen zich aan. 'Stil maar, liefje.'

Ze voelt zich schuldig omdat ze niet oplette toen Merel half ging staan in het bad om het eendje van de rand te pakken.

Als Merel wat later getroost en in haar pyjama lekker in haar bedje ligt, pakt Femke haar telefoon, die nog in de badkamer op de vloer ligt. Van beneden klinken de stemmen van haar ouders en zusjes. Ze doet de deur van de badkamer dicht en tikt Jurres nummer in.

Vrijwel direct neemt hij op. 'Daar ging wat mis, hè?' vraagt hij. 'Een van je zusjes? Alles weer in orde?'

'Ja hoor,' antwoordt ze alleen op zijn laatste vraag, opgelucht dat hij geen lastige vragen stelt. 'Maar je hoeft me echt niet op te halen vrijdag.'

Even blijft het stil, dan vraagt hij: 'Je wilt je familie nog niet confronteren met mij, met ons?'

'Precies, ja. Laten we eerst maar kijken waar dit op uitloopt, vind je dat goed?'

'Ja natuurlijk.'

Maar ze heeft het idee dat hij dat niet echt meent, het op z'n zachtst gezegd vreemd vindt dat hij blijkbaar uit beeld moet blijven. Of legt ze dat er zelf in?

'Ik probeer te reserveren voor zeven uur, lukt je dat? Dan app ik je het adres nog even door.'

'Prima, ik verheug me erop.' Ze zegt dat met veel nadruk, Jurre moet niet het idee krijgen dat ze niet enthousiast is, ook al wil ze niet dat hij haar thuis ophaalt.

'Ik ook!' zegt hij. 'Tot vrijdag, Femke.'

'Ja, tot vrijdag.'

Femke doet de deur van de badkamer open en stapt de overloop op.

'Tot vrijdag? Heb jij een afspraakje?' Lisa staat bij de deur van haar slaapkamer en grijnst naar haar zus.

'Klets niet, Lies, ik heb net verteld dat ik met collega's ga eten vrijdag, weet je wel?' reageert ze kortaf.

'Sorry hoor! Ik wist niet dat je kwaad werd.' Lisa maakt een overdreven verontschuldigend gebaar en verdwijnt in haar eigen kamer. 'Maar toch heb ik het idee dat het niet alleen vrouwen zijn met wie jij op stap gaat,' zegt ze nog over haar schouder. 'Ik zie afwijkend gedrag, zus.'

'Let jij maar op jezelf.'

Maar de deur van Lisa's slaapkamer is al dicht.

Vrijdagavond staat Jurre, net zoals bij hun vorige afspraakje, buiten het restaurant op haar te wachten.

Femke voelt zich gespannen, ze heeft vandaag besloten om hem vanavond over Merel te vertellen. Ze heeft ook al bedacht hoe ze het gesprek die kant op zal sturen: ze gaat vragen of Jurre eerdere relaties heeft gehad en natuurlijk zal hij daarna hetzelfde aan haar vragen. Ze weet dat het haar zal opluchten, maar tegelijk is ze heel bang voor zijn reactie. Het zal het beste zijn om dit onderwerp aan het eind van de avond aan te snijden. Zeker niet aan het begin, als hij daarna wil afhaken is dat pijnlijk als ze net aan het hoofdgerecht zitten.

'Hoi, wat fijn dat je vanavond kon!' Jurre legt even zijn arm om haar schouder, als ze naar binnen lopen. 'Ik hoop dat je net zo enthousiast wordt van de kok hier als ik.'

'Ik ben gek op de Italiaanse keuken,' zegt Femke, 'dus dat komt vast goed.'

Ze krijgen een tafeltje toegewezen in een hoekje bij een raam in een kleine erker. 'Zomers heb je hier een geweldig uitzicht,' vertelt Jurre, 'maar daar heb je nu natuurlijk niet veel aan.'

'Het ziet er echt gezellig uit, ook zonder uitzicht.' Femke kijkt om zich heen, het is een leuke ruimte waar ze zitten. Het restaurant is niet groot, maar de tafeltjes staan toch op aardige afstand van elkaar. De inrichting heeft warme aardetinten met zacht oranje en de kleine lampjes geven een intieme sfeer.

'Mijn uitzicht laat niets te wensen over,' zegt Jurre vanaf de andere kant van de kleine tafel en hij kijkt haar met een glimlach aan.

Even later hebben ze beiden een glas wijn voor zich staan en bestuderen ze de kaart. Femke heeft het gevoel dat ze geen hap door haar keel zal kunnen krijgen. Ze neemt een flinke slok uit haar glas, hopelijk ontspant ze wat door de alcohol. Als ze hebben besteld, voelt ze nog steeds die spanning.

Waarom heeft ze hem niet meteen over Merel verteld? Dan had ze hier nu of ontspannen gezeten, of de hele afspraak was niet doorgegaan. Alles beter dan dit. Ze geeft hem korte antwoorden op zijn vragen en ontwijkt zoveel mogelijk zijn blik.

'Femke, ik zeg het meteen maar eerlijk, ik heb me al dagen lopen verheugen op vanavond. Je hebt echt heel veel indruk op me gemaakt. Maar als ik nu te hard van stapel loop, moet je me maar terugfluiten, hoor. Eerlijk gezegd heb ik een beetje het gevoel dat jij het te snel vindt gaan. Bij onze eerste ontmoetingen op het voetbalveld was je veel meer ontspannen dan nu, of denk ik dat maar? Je had ook nee kunnen zeggen op deze uitnodiging, hè?'

Nu kijkt ze hem recht aan en glimlacht. 'Ik ben inderdaad wat gespannen, maar dat komt omdat ik al lang geen afspraakje meer gehad heb. Maar ik had en heb ook echt zin in vanavond.'

'Dan is het goed. Ik was al een beetje ongerust.' Hij lacht wat verontschuldigend en vraagt dan: 'In het verleden wel veel afspraakjes gehad? Ik heb een relatie van meer dan een jaar gehad, maar dat is al jaren voorbij. En jij, vaste relaties gehad?'

'Niet echt.'

Omdat het voorgerecht op tafel wordt gezet, valt er even een pauze in het gesprek.

'Buon appetito!' wenst de Italiaanse ober hen.

'Grazie,' antwoordt Jurre.

'Nou, nou, je spreekt zelfs Italiaans,' zegt Femke lachend. 'Het ziet er heerlijk uit.'

'Eet smakelijk,' zegt Jurre.

Daarna gaat het gesprek een andere kant op. Femke heeft het gevoel dat ze een kans voorbij heeft laten gaan. Maar hoe verder de avond vordert, hoe zekerder ze weet dat ze vanavond nog niet over Merel gaat praten.

Ze is veel te bang dat het hem zal afschrikken. Het is duidelijk dat hij net zo verliefd op haar is als zij op hem. Maar dat moet van zijn kant nog sterker worden, zo sterk dat hij zich niet meer zal laten afschrikken door haar verhaal. Ze wil deze man niet verliezen voor ze echt iets hebben samen.

Ze zitten lang aan tafel en hun gesprekken gaan van luchtig naar steeds serieuzer. Jurre vertelt over zijn familie, zijn werk en zijn motivatie om godsdienst te doceren. Hij vertelt ook over zijn droom om verre reizen te maken, wellicht met haar samen? Op die laatste opmerking gaat Femke niet in, ze glimlacht alleen. Ook Femke vertelt hem over haar ouders en zusjes, haar werk en haar toekomstdromen. En over de reis die ze met Emma heeft gemaakt, maar over Peter praat ze niet.

Bij het dessert vertelt Jurre kort iets over zijn eerdere serieuze relatie.

‘Waarom wil je je familie nog niet over mij vertellen?’ vraagt hij dan. ‘Ik begreep aan de telefoon dat je eerst wil afwachten hoe het verder gaat tussen ons? Slechte ervaringen?’

Ze haalt haar schouders op. ‘Min of meer,’ zegt ze.

Jurre vraagt niet verder, maar de onrust die ze even kwijt was, zit weer in haar hoofd. Zal ze hem dan nu over Peter vertellen, over Merel?

Maar ze kan de woorden niet vinden en als Jurre zegt: ‘Nou, ik wilde toch dat je ook dit van me weet. Over Lilian, bedoel ik. We moeten niet beginnen met stukjes verborgen verleden, hè?’, knikt ze alleen maar.

‘Want ik denk, wat mij betreft tenminste, dat er tussen ons iets echt serieus aan het ontstaan is,’ gaat hij verder. ‘Voel jij dat ook zo?’

Femke knikt. ‘Ja,’ zegt ze zacht, ‘dat hoop ik ook.’

Over de tafel heen pakt hij haar beide handen. ‘Ik stel voor dat ik ga afrekenen en dat we hier weggaan. Ik heb heel erg veel zin om jou te zoenen.’

Femke schiet in de lach. ’Nou, hup, betalen dan.’

'Ik breng je natuurlijk naar huis,' zegt Jurre als ze buiten zijn. 'Kom, gauw in de auto, het is koud.'

Het duurt heel lang voor hij de auto start en ze wegrijden van de parkeerplaats.

Hoe dichter ze bij haar huis komen, hoe stiller Femke wordt. Ze moet het hem vertellen voor ze thuis is. Maar hoe moet ze beginnen? Het is toch raar om dat nu plompverloren te zeggen?

'Ik wil graag snel kennismaken met je familie,' zegt Jurre naast haar. 'Als ze allemaal zo leuk zijn als Lotte, bof ik. En ga jij ook binnenkort een keer mee naar mijn ouders?'

'Dat komt wel, hoor,' antwoordt Femke. 'Ik wil het eigenlijk nog even stil houden. Nora en Lisa gaan zich natuurlijk direct overal mee bemoeien.'

Ze hoort zelf hoe stom het klinkt en ze ziet dat Jurre haar even van opzij aankijkt.

'Dan wachten we daar nog even mee, maar ik wil je wel snel weer zien, dat wil jij toch ook?'

'Jazeker!' zegt ze en ze legt even haar hand op zijn been. 'Heel graag!'

'Kunnen we misschien morgen wat afspreken, een wandeling of zo? Het lijkt een mooie herfstdag te worden. Of anders zondag?'

'Nee, morgen kan ik niet,' zegt Femke. 'Morgen heb ik een verjaardag.'

'O ja, morgen is de verjaardag van jullie nichtje, Merel was het toch?' Jurre lacht. 'Je zusje was daar helemaal vol van, hè?'

Femke knikt alleen maar en zegt dan: 'Zondagmiddag kan ik denk ik wel. Dat moet ik nog wel even nakijken thuis, maar dat laat ik je morgen weten.'

'Je hebt een drukke agenda.' Jurre zegt het luchtig en Femke zegt op dezelfde toon: 'Ach ja, dat valt eigenlijk wel mee. Maar ik heb in het weekend vaak wel wat afspraken staan en ik zet ze nooit in m'n telefoon, niet zo handig eigenlijk.'

'Deze straat, hè?' Jurre mindert vaart en gaat rechtsaf.

‘Ja, stop hier zo maar, anders staan we precies voor ons huis.’

Jurre rijdt een parkeerhaven in en zet de motor af. Dan keert hij zich naar Femke en slaat een arm om haar schouder. Femke leunt tegen hem aan maar hij kust haar niet, zoals ze verwachtte.

‘Femke, op een of andere manier heb ik het gevoel dat je wel hetzelfde voelt als ik maar toch steeds wat afstand inbouwt.’

‘Afstand? Dat lijkt me niet?’ zegt ze, terwijl ze nog dichter tegen hem aankruipt.

Als hij niet reageert, gaat ze verder: ‘Het gaat allemaal best snel, ik ben gewoon een beetje overrompeld door mezelf. Ik was nooit zo snel verliefd maar nu dus wel. Gun me een beetje tijd, het komt wel goed. Ik ben heel, heel erg gek op je.’ Dat laatste fluistert ze en dan heft ze haar gezicht naar hem op voor een zoen.

‘Jij bent dus iemand van “geen woorden, maar daden”,’ zegt Jurre tussen twee lange kussen door. Hij trekt haar nog dichter tegen zich aan.

‘Ah, ik zit op de handrem,’ giechelt Femke. ‘Ik moet naar binnen, Jurre, het is al hartstikke laat.’ Ze trekt zich terug op haar eigen stoel.

‘Maar morgen hoef je niet te werken, dus geen wekker,’ zegt hij en hij start de motor. ‘Ik zet je toch even voor de deur af, en ik zal daar niet heel uitgebreid afscheid van je nemen als er nog licht brandt en de vreselijke zusjes nog rondspoken.’

Hij stopt voor het huis en geeft haar nog snel een kus. ‘Slaap lekker, lieve Femke, en laat morgen horen of je zondag tijd hebt,’ zegt hij.

‘Doe ik, bedankt voor de fijne avond, het was super.’ Dan stapt ze snel uit de auto en zonder nog om te kijken loopt ze naar de voordeur en gaat naar binnen.

Als ze het licht aandoet in de kamer, ziet ze de slingers en ballonnen, alles is klaar voor het feest van Merel. En zijzelf heeft er niet aan meegeholpen. Het is of ze opeens een heel ander leven binnenstapt. Nee, het gaat niks worden… Jurres leven en haar leven met

Merel liggen zo mijlenver uit elkaar. Hoe kan ze die twee werelden ooit met elkaar verbinden?

Ze doet het licht uit en gaat zachtjes de trap op. In het donker staat ze een poosje bij het bedje van haar dochter. Merel ademt met snelle kleine pufjes en opeens gaan haar oogjes een beetje open. 'Mama...' zegt ze en tegelijk gaan haar ogen weer dicht.

In het donker kleedt Femke zich uit en kruipt onder haar dekbed. Ze voelt zich een verraadster ten opzichte van Merel. Ze ligt lang wakker en ze valt pas in slaap als ze zich heeft voorgenomen om Jurre morgen te laten weten dat het toch niks kan worden tussen hen.

De volgende ochtend wordt Femke met hoofdpijn wakker. Maar ze duwt alle gedachten aan Jurre en haar beslissing weg. Eerst gaan ze vandaag feestvieren. Merel is twee jaar en het middelpunt van deze dag.

Vragen van haar moeder en zusjes of het gisteravond gezellig was, beantwoordt ze heel kort en wat vaag. 'Jawel hoor, best aardig zo met elkaar.'

Merel wijst opgewonden naar de slingers en ballonnen en ze straalt als ze het fietsje uitpakt, dat Lotte in wel drie rollen inpakpapier had geprobeerd te verbergen. De taart met Nijntje erop is een kunstwerk geworden en opnieuw voelt Femke een steek omdat haar moeder in plaats van zijzelf de taart heeft afgemaakt. Ook Femkes oma en vriendin Tabitha komen koffie drinken en Merel heeft al heel snel door dat iedereen een cadeautje meebrengt dat voor haar is.

Na haar boterham gaat ze met rode wangen van de slaap naar bed. Als Femke haar heeft toegedekt, gaat ze even op haar eigen bed liggen. Ze pakt haar telefoon, ze moet Jurre laten weten of ze morgen mee gaat wandelen.

Of zal ze hem laten weten dat ze zich vergist heeft, dat het toch niks wordt tussen hen? Maar dat kan ze niet via de telefoon doen, daarvoor is er al te veel tussen hen.

Ze moet afspreken om elkaar morgen te zien, en dan zal ze hem vertellen dat ze een dochter heeft. En waarschijnlijk hoeft ze daarna niet eens meer te zeggen dat ze beter kunnen stoppen omdat Merel toch altijd zal voorgaan, zodat er weinig tijd over blijft voor een relatie. Dat zijn ideeën over samen reizen maken en mooie dingen doen, niet haalbaar zijn met haar.

Ze gaat naar beneden en vraagt aan haar moeder: 'Mam, jullie moeten wel veel oppassen de laatste tijd, maar… zondagmiddag, kan dat ook nog een uurtje? Daarna heb ik voorlopig niks meer, hoor.'

'Joh, Fem, dat is toch prima!' Het is zo fijn van mama dat ze niet meteen wil weten wat Femke zondag gaat doen. Daarom vraagt Femke dit soort dingen veel liever aan haar moeder dan aan haar zussen.

'En ik vind het juist heel leuk voor je dat je wat meer afspraken hebt, zoals gisteren met je collega's, dat heb je gewoon nodig. Dus aarzel niet, als wij toch thuis zijn is het geen enkel punt om op Merel te passen. Ga daar vooral mee door!'

'Bedankt mam!' Femke geeft haar moeder een spontane knuffel. 'Ik besef steeds weer wat een bofferd ik ben met ouders als jullie.'

Zondagmiddag, als Merel voor haar middagslaapje op bed ligt, gaat Femke de deur uit. Ze mag de auto van haar ouders meenemen en ze heeft met Jurre afgesproken om elkaar bij Amelisweerd bij Utrecht te ontmoeten, om daar te gaan wandelen. Ze komt juist aanrijden op de parkeerplaats als ook Jurre eraan komt rijden en naast haar auto parkeert.

Er komt een voorzichtig zonnetje langs de wolken en het bos ziet er mooi uit. Heel wat blad is al van de bomen gevallen maar wat er nog is, is goudgeel en rood.

'Prachtig hè, die herfstkleuren?' Jurre heeft zijn arm om haar schouder geslagen en dicht tegen elkaar aan lopen ze over de paden.

'Ja echt!' antwoordt Femke.

Verder weet ze niet veel te zeggen, Jurre praat en zij geeft korte antwoorden.

Na een minuut of vijf staat hij stil en draait Femke naar zich toe. 'Is er iets?' vraagt hij.

Femke aarzelt even, maar dan schudt ze haar hoofd en glimlacht. 'Nee hoor, ik loop gewoon stilletjes te genieten.' Ze gaat op haar tenen staan en geeft hem een zoen.

Meer aansporing heeft hij niet nodig en kust haar uitgebreid terug. Daarna lopen ze langzaam verder.

Weer een gemiste kans, gaat het door Femkes hoofd. Maar ze kán het gewoon niet, ze wil hem niet meer kwijt. Tegelijk weet ze dat ze zo niet eindeloos kan doorgaan, ze moet het vertellen en hoe langer ze het uitstelt, des te moeilijker gaat het worden.

Alleen deze middag nog, denkt ze. Van deze middag gaat ze genieten, daarna zal ze de waarheid tegen hem vertellen, wat de gevolgen ook zullen zijn. Maar vandaag nog niet.

Halverwege de wandeling zitten ze op een bankje. Het is eigenlijk te koud, maar ze zitten dicht bij elkaar en praten over van alles.

'Wat vind jij belangrijk in een relatie?' vraagt Jurre.

Femke denkt diep na. Dan zegt ze: 'Trouw, ik denk dat ik dat een van de belangrijkste dingen vind. Ja, en liefde natuurlijk, maar dat spreekt vanzelf. Zonder liefde is er geen relatie meer.'

Jurre knikt. 'Ja, trouw, dat is zeker belangrijk. Trouw en eerlijkheid. Dat vind ik ook echt een belangrijk dingetje. Liegen, oneerlijkheid, dat vind ik echt vreselijk. Niet alleen in een liefdesrelatie maar ook met vrienden en zo. Ik denk dat dat komt doordat mijn vorige vriendin het niet zo nauw nam met de waarheid, echt, ik kon daar niet tegen. Daar is onze relatie dan ook op stukgelopen. Achteraf heb ik me afgevraagd, waarom ze dat deed, dat draaien en liegen. Ik heb dat nooit echt begrepen.'

'Misschien was ze bang dat je haar niet leuk meer vond, als ze bepaalde dingen vertelde?' oppert Femke met bonkend hart. 'Gaf je haar wel de kans om eerlijk te zijn?'

Jurre kijkt haar niet-begrijpend aan. 'Hoe bedoel je?' vraagt hij. 'Er is toch geen enkel excuus om oneerlijk te zijn? Ja, in tijden van oorlog, maar in het gewone leven? Nee, ik snapte er niks van. Maar goed, het is een poos geleden, ik was twintig, zij negentien. Maar sindsdien weet ik dat ik over van alles kan heen stappen, maar niet over oneerlijkheid. '

Femke knikt, ze zegt niets meer, maar het beetje moed dat ze misschien nog had, is nu dieper weggezakt dan ooit.

'Ik denk dat het daarom zo lang duurde voor ik een nieuwe relatie durfde aan te gaan,' gaat Jurre verder. 'Nou ja, natuurlijk ook omdat ik de juiste maar niet tegenkwam. Ik had weleens een afspraakje, maar verder kwam het nooit.'

'Misschien was je te kritisch?' vraagt ze.

Hij haalt zijn schouders op. 'Misschien wel. Of ik wachtte gewoon op jou, dat zal het geweest zijn. Gek hè, al de eerste keer dat ik je zag, voelde ik dat jij en ik bij elkaar zouden passen. Jij was gewoon echt jezelf, dat merkte ik al op dat voetbalveld.'

'Tja...' Meer weet ze niet te zeggen.

Nee, Jurre zal geen enkel begrip voor haar opbrengen, ze heeft het bij voorbaat verprutst. Misschien had hij haar dochter kunnen accepteren als ze er meteen over gesproken had, maar nu zal hij vallen over haar zwijgen over Merel. In plaats van zichzelf een kans te geven, heeft ze het juist volkomen verknoeid. Hoe ironisch!

En toch wil ze hem niet opgeven, nog niet. Nog een paar afspraken, nog even van zijn liefde genieten, daarna zal ze het vertellen en ze weet het zeker, dan zullen ze ook afscheid van elkaar nemen.

Misschien is dat ook het beste. Jurre praat nu over zijn droom om verre reizen te maken, samen met haar.

'Wil je eigenlijk wel kinderen?' vraagt ze opeens daar tussendoor.

'O ja zeker! Jij toch ook, hoop ik?' En als ze knikt, gaat hij verder: 'We zijn nog jong, ik zou het wel heel fijn vinden om eerst een paar mooie reizen te maken, maar daarna hoop ik echt dat we kinderen mogen krijgen. Misschien een meisje met net zulke mooie krullen als jij!'

'Of stoere kleine jongetjes met net zulke mooie blauwe ogen als jij!' gaat Femke even mee in zijn fantasie.

'Het liefst allebei natuurlijk,' zegt hij en hij kust haar opnieuw.

5

In de weken die volgen, spreekt Femke nog een paar keer af met Jurre. Haar ouders zijn steeds zonder al te veel uitleg bereid om op Merel te passen. Nora en Lisa daarentegen bestoken Femke steeds met vragen, eerst lachend, maar na een poosje wat geïrriteerd.

'Fem, waarom doe je zo stiekem, kom op, vertel het gewoon als je een lover hebt!'

'Er valt niks te vertellen,' antwoordt Femke ontwijkend. 'Als dat wel zo is, zijn jullie de eersten die het horen, oké?'

Intussen dringt Jurre er steeds meer op aan dat Femke en hij de beide families ontmoeten. 'De kerstdagen komen eraan, ik zou het fijn vinden om een gedeelte van die dagen met jou door te brengen.'

'Ik weet het niet, hoor,' zegt ze. 'Met kerst komen mijn opa en oma de hele dag en ik wil je niet meteen met de hele familie confronteren. Kom liever in januari een keer kennismaken met mijn ouders en zusjes.'

'Wat een onzin!' reageert Jurre wat geïrriteerd. 'Femke, ik krijg steeds meer het gevoel dat je onze relatie niet serieus neemt. Wil je hier eigenlijk wel mee verder? Zeg het anders liever meteen en houd me niet aan het lijntje.'

Femke moet grote moeite doen om niet te gaan huilen.

'Femke?' Hij legt zijn handen om haar gezicht en dwingt haar zo hem aan te kijken. 'Ik hou van je, Femke. Maar ik wil zeker weten dat jij ook van mij houdt, anders heeft het geen enkele zin om hier mee door te gaan.'

'Ik hou ook van jou,' fluistert ze dan. 'Echt, ik hou ontzettend veel van je, dat is het niet.'

'Wat is het dan wel? Je weet toch dat je alles tegen me kunt zeggen? Ook dat is een stukje eerlijkheid en vertrouwen. Gaat het je te snel, twijfel je of ben je bang om mij helemaal te vertrouwen, je over te geven aan je gevoel? Of is er iets met je familie? Wat is het toch?'

'Ik weet het eigenlijk zelf niet, maar het komt wel goed, heb maar wat geduld met me.'

Jurre zucht en slaat zijn armen om haar heen. Zwijgend knuffelt hij haar.

De dag voor Kerstmis hebben ze 's middags afgesproken om in Utrecht wat te drinken.

'Hoe zien jouw kerstdagen eruit?' vraagt Jurre als ze aan de koffie met appeltaart zitten.

'Morgen komen mijn opa en oma, de ouders van mijn moeder en ook Job, de vriend van Nora. De tweede dag gaan we naar de dierentuin in Amersfoort, dat heeft Lotte bedacht.'

'Naar de dierentuin?' vraagt hij verrast.

'Ja, we hopen dat het dan redelijk rustig is. De meeste mensen zitten die dagen binnen om te eten en te drinken, denk ik.'

'Dat zou zo maar kunnen, ja.'

'En jij? Je gaat naar je ouders, toch?' vraagt ze.

'Morgen wel, voor tweede kerstdag heb ik nog geen plannen.' Jurre zegt het wat kortaf.

Het blijft even stil tussen hen. Femke voelt zijn onbegrip over haar weigering hem toe te laten bij haar familie. Ze beseft dat ze het gesprek niet veel langer meer kan uitstellen, ze heeft al veel te lang gewacht. Maar niet vandaag, nee, nog niet vandaag.

Ze legt even haar hand op de zijne. 'Jurre... er is wel iets wat ik je moet vertellen over... over mijn familie. Na de kerstdagen wil ik daar graag rustig met je over praten. Misschien kunnen we dan naar het bos gaan of zo?'

Nu kijkt hij haar niet-begrijpend aan. 'Femke, het kan me niet schelen wat er met je familie aan de hand is! Niks in jouw familie kan mijn liefde voor jou veranderen. Ik denk dat je je voor niks zorgen maakt. Vertel het nu maar, dan lucht het je vast op.'

'Laten we erover ophouden, ik wil deze middag niet laten bederven, maar gewoon van elke minuut samen met jou genieten.'

'Je maakt me bijna bang,' zegt hij met een glimlach. 'Is het zo erg?'

Ze schudt alleen haar hoofd en klemt haar lippen stevig op elkaar.

De goede stemming komt deze middag niet meer terug, ook al doet Femke haar best en praat ze drukker dan normaal. Jurre is stil geworden en Femke heeft spijt dat ze gezegd heeft dat ze iets met hem moet bespreken.

Als hij haar later naar huis brengt en vlak voor het huis is gestopt, blijft hij niet zoals andere keren in de auto zitten. Tegelijkertijd met haar stapt ook hij uit en slaat het portier achter zich dicht.

'Wat doe je?' Femke blijft naast de auto staan en kijkt naar hem.

'Jou netjes thuis afleveren en je ouders goede kerstdagen wensen.'

'Waarom? Je weet dat ik dat niet wil.' Femke hoort zelf hoe haar stem beeft. 'Niet nu, Jurre.'

Maar hij schudt zijn hoofd. 'Je schuift dit al wekenlang voor je uit. Ook nu zeg je volgende week, maar ik weet zeker dat je dan opnieuw een excuus hebt.'

Hij loopt om de auto heen en pakt haar hand. 'Om de een of andere reden schaam je je voor je ouders, voor jullie huis, je zusjes of wat ook. Maar dat is niet nodig, Femke. Mijn liefde voor jou is sterk genoeg om alles aan te kunnen.'

Langzaam knikt ze. 'Goed, kom maar dan.' Ze heeft haar hand uit de zijne getrokken en loopt voor hem uit naar de deur.

Zodra ze de deur heeft geopend, komt Merel naar haar toe rennen. 'Mamaaaa!' roept ze.

Femke vangt haar op in haar armen en tilt haar op. 'Ja, mama is weer thuis,' zegt ze terwijl ze zich omdraait en Jurre aankijkt.

'Sterk genoeg om alles aan te kunnen?' vraagt ze zacht. 'Nou, dit is mijn dochter Merel.'

Jurre staat nog steeds buiten en kijkt haar sprakeloos aan. Dan knikt hij langzaam. 'Ik begrijp het,' zegt hij.

Dan draait hij zich om en loopt terug naar zijn auto.

Femke kan zich later nauwelijks herinneren hoe ze de kerstdagen is doorgekomen.

Nadat de deur achter haar is dichtgevallen, loopt ze met Merel op de arm naar de keuken waar haar moeder bezig is. Gelukkig lijkt niemand Jurre te hebben gezien.

'Ben je er al weer, gezellige middag gehad?' vraagt moeder José zonder haar blik af te wenden van de appeltaart die ze juist uit de oven haalt.

'Ja hoor, maar ik heb erge hoofdpijn, dus ik wil even gaan liggen. Kan Merel hier blijven?'

'Ja natuurlijk, we waren samen aan het bakken, hè mop?' Nu kijkt haar moeder Femke aan. 'Kind, je ziet echt wit, neem wat in en ga lekker op bed liggen. Je wordt toch niet ziek?'

Femke mompelt wat en gaat de keuken uit. Ze loopt de trap op en in haar slaapkamer laat ze zich op bed vallen. Ze kan niet eens huilen, de volkomen onverwachte confrontatie tussen Jurre en Merel heeft haar gedachten en gevoel als het ware bevroren.

Zo had ze het niet gewild, zo had het niet gemoeten, ze had hem voorzichtig willen vertellen over Merel, willen uitleggen waarom ze hem niet eerder heeft verteld over haar dochtertje. Dat ze bang was hem meteen weer te verliezen.

Nu weet ze dat het stom was. Hoe had ze kunnen denken dat ze Merel kon blijven verbergen voor hem?

Direct bij de eerste date had ze het moeten vertellen. Dan was de keus meteen aan hem geweest. Was het minder moeilijk geweest hem weer los te laten.

Stil ligt ze op haar bed. Ze heeft inmiddels echt flinke hoofdpijn, ze heeft niet eens gelogen tegen haar moeder.

Als ze haar ogen dicht doet beleeft ze allerlei momenten weer opnieuw. Gesprekken die ze hadden, de momenten in zijn armen, zijn ogen vol liefde. Het is voorbij en het is haar eigen schuld.

Nee, het is de schuld van Peter, die gewoon verdween en haar liet zitten met de gevolgen van hun ene nacht samen.

Ach, als ze het eerder aan Jurre had verteld, had ze die mooie maanden met hem niet gehad. Nu heeft ze in elk geval iets om op terug te kijken tot ze oud is. Want de blik van Jurre toen ze zei dat Merel haar dochtertje is, heeft haar genoeg verteld. Noch Jurre, noch een andere man heeft zin een relatie te beginnen met een meisje die een peuter meebrengt. Ja, misschien over een jaar of twintig, misschien komt er dan nog eens een man die zelf ook een verleden heeft en daarom Merel op de koop toeneemt. Jurre wil gaan reizen, mooie dingen gaan beleven en bij zulke plannen hoort geen klein meisje.

Het is voorbij voor het echt begonnen is.

Haar moeder kijkt haar tijdens de kerstdagen af en toe opmerkzaam aan. 'Gaat het wel goed, Fem?' vraagt ze een paar keer.

'Ja hoor, wat hoofdpijn,' zegt ze ontwijkend.

Ze is blij als kerst voorbij is. Nu oud en nieuw nog en dan kan ze gelukkig bijna al weer aan het werk.

Maar op 27 december wordt er halverwege de middag aangebeld. Lisa loopt naar de voordeur en steekt even later haar hoofd om de hoek van de kamerdeur: 'Iemand voor jou, Fem!' Ze rolt met haar ogen en grijnst naar haar zus.

'Wie?' Femke, die met Merel een filmpje van Nijntje keek op haar telefoon, gaat rechtop zitten en gaat dan staan.

'Een leuke vent! Schiet op.'

Maar voor Femke in de gang is, is Lotte haar al voor. 'Het is die man van de voetbal, Femke,' roept ze. 'Kom maar binnen, hoor, mijn zus is in de kamer.'

Achter Lotte komt Jurre binnen. 'Dag Femke,' zegt hij. 'Lotte zei dat ik verder mocht komen.' Hij knikt naar Lisa. 'Hallo, ik ben Jurre. Jij bent vast Lisa.'

Lisa, die er duidelijk niks van begrijpt, knikt en kijkt heel nieuwsgierig van de een naar de ander.

Dan lacht Jurre naar Merel, die verlegen half achter haar moeder is gaan staan. 'Hoi, en jij bent natuurlijk Merel.'

Merel gaat nog wat verder achter haar moeder staan en zegt niks.

'Wat kom je doen?' Femke staat nog steeds naast de bank.

'Ik kom eigenlijk vragen of je meegaat om een stukje te lopen,' zegt hij. 'Lopen en praten.'

'Ik weet niet...' begint Femke, maar Lisa zegt snel: 'Kom Merel, dan gaan wij boven met het barbiehuis spelen. Doe je ook mee, Lotte?'

Als Lotte nee schudt, pakt Lisa haar gewoon bij haar schouder. 'Tuurlijk wel,' zegt ze. 'Kom maar, Merel.'

Dan zijn ze alle drie de kamer uit.

'Nou?' vraagt Jurre, 'ga je mee? Ik denk dat we eens goed moeten praten samen.'

'Valt er nog wat te praten dan?' vraagt Femke. 'Ik weet al wat je zeggen wilt, je bent kwaad omdat ik niet eerlijk ben geweest, dat ik het bestaan van Merel heb verzwegen. Ik weet het dat het niet goed was, dus je hoeft het er niet nog eens in te wrijven.'

'Ja, dat klopt,' zegt hij, 'al is kwaad niet het juiste woord. En ik ben hier niet om je iets in te wrijven, maar ik wil er wel graag met je over praten. Al lijkt me hier niet de rustigste plek daarvoor,' voegt hij eraan toe als er vanuit de gang stemmen klinken, gevolgd door het geluid van een deur die wordt dichtgeslagen.

Femke knikt, loopt zonder wat te zeggen naar de gang en trekt haar jas aan. Dan gaan ze samen de deur uit.

Pas als ze de hoek van de straat om zijn, zegt ze: 'Nou, brand maar los. Ik weet het, je hebt een hekel aan leugens, eerlijkheid is voor jou nummer één in een relatie. Het spijt me, ik begrijp dat je je omdraaide en wegging toen je hoorde dat Merel mijn dochter is. Dus vooruit, gooi het er maar uit, dan kan ik weer terug naar huis.' Ze blijft staan en kijkt strak voor zich uit.

'Mag ik nu wat zeggen?' Jurre heeft haar arm gepakt en ze kan niet anders doen dan met hem meelopen. 'Ik was behoorlijk verrast dinsdagmiddag, om het maar zacht uit te drukken,' begint hij dan. 'Bij een van onze eerste ontmoetingen vertelde je zusje Lotte dat Merel haar nichtje is en ja, dat klopte natuurlijk helemaal. En uiteraard dacht ik dat ze dus ook jouw nichtje zou zijn. Je hebt dat nooit zelf zo gezegd, maar door me in de waan te laten dat dat zo was, was je natuurlijk bewust oneerlijk tegen me.

'Je hebt gelijk, in eerste instantie was ik kwaad en teleurgesteld, gekwetst. Maar bovenal vraag ik me af waarom je de waarheid niet vertelde. In onze gesprekken is er vaak genoeg gelegenheid geweest om het te zeggen. Je wist toch dat het vroeg of laat uit zou komen? Of was je helemaal niet serieus over onze relatie, had je al bedacht dat je het een poosje gezellig met me wilde hebben om er daarna een punt achter te zetten? Die gedachte doet me eigenlijk het meest zeer, want ik meende het wel heel serieus, Femke. Ik dacht dat er een toekomst voor ons samen was, ik wilde er helemaal voor gaan. En ik zou van Merel gehouden hebben omdat ze een deel van jou is.

'Maar nu voel ik me in de maling genomen, bedrogen. Je vertelde dat je nooit een serieuze relatie hebt gehad, waar komt Merel dan vandaan? Je hebt gelijk, ik vind eerlijkheid een van de belangrijkste dingen binnen een relatie. Dus hoe weet ik dat andere dingen die je gezegd hebt, wel waar zijn? Waarom, Femke, waarom?'

Even zwijgt hij, dan gaat hij verder en Femke hoort de emotie in zijn stem: 'En het meest idiote is... dat ik nog steeds van je hou.'

Dan blijft het een hele poos stil, ze lopen naast elkaar maar toch voelt het voor Femke of hij kilometers van haar verwijderd is. Ze zoekt naar woorden, dan begint ze te vertellen over haar reis met Emma, over Peter en de gevolgen van die ene nacht.

'Als ik al eens in contact kwam met een jongen, dan zag ik hem terugschrikken als ik over Merel vertelde. Dat was confronterend, maar ik legde het ook gemakkelijk naast me neer omdat die contacten niet heel belangrijk voor me waren. Maar ik besefte wel dat ik niet snel iemand zou vinden die serieus geïnteresseerd zou zijn in een meisje met een kind. En toen ontmoette ik jou.' Femke stopt even met praten en kijkt van opzij naar Jurre, die met zijn gezicht naar beneden naast haar loopt.

'Ik voelde meteen iets voor je en ik besloot niks over Merel te zeggen, want ik wilde eerst afwachten of je überhaupt serieuze toenadering zou zoeken. Ik weet het, het is geen excuus, maar ik hoopte dat als ik na een paar ontmoetingen over Merel zou vertellen, je mij al zo leuk zou vinden dat je niet meteen zou terugschrikken.'

'Maar dat deed je niet,' stelt hij vast.

'Nee, ik stelde het steeds uit... Ik wilde je niet kwijt, steeds dacht ik: vandaag ga ik het vertellen, maar als ik dan bij je was, kon ik het gewoon niet, ik kon je niet verliezen.'

'Dat was toch je kop in het zand steken? Je had toch niet verwacht dat we altijd zo zouden doorgaan? We hadden een heel gesprek over eerlijkheid, over vertrouwen? Hoe kon je daarna toch gewoon blijven zwijgen?' Ze hoort de frustratie in zijn stem.

'Angst om je te verliezen, denk ik. Het is stom, ik weet het. En het werd steeds moeilijker, daarom zei ik dinsdag dat ik je volgende week iets moest vertellen. Maar ik zie heus wel in dat ik vreselijk verkeerd bezig was en ik snap ook dat je me niet meer vertrouwt. Het spijt me oprecht dat ik niet eerlijk was.'

Femke blijft staan. 'Ik ga terug, het heeft geen zin verder te lopen. Ik wens je het beste, Jurre.'

Abrupt draait ze zich om, terwijl ze haar tranen niet langer kan tegenhouden.

Ze is zeker vijftig meter verder als hij weer naast haar komt, zijn arm om haar schouder legt en haar zo dwingt stil te staan. Dan draait hij haar naar zich toe en zegt zacht: 'Zoals ik net al zei, Femke, ik hou van je. Ondanks alles wil ik je niet kwijt. Laten we dit vergeten en opnieuw beginnen!'

Ze kijkt naar hem op en ziet liefde en wanhoop in zijn ogen. Maar ze haalt verslagen haar schouders op. 'Kan dat, kun je dit vergeten? En realiseer je je wel dat al je dromen over samen gaan reizen niet door zullen gaan als je met mij verdergaat? Want hoeveel ik ook van je hou, het geluk van mijn kleine Merel zal altijd nummer één zijn. En zo zullen er heel veel dingen anders zijn dan jij je had voorgesteld. Hoe zullen je ouders en vrienden het vinden dat je vriendin een kind heeft? En zo zijn er nog honderd dingen te bedenken. Ik heb een valse start gemaakt, dat besef ik heel goed. Ik denk echt dat je beter af bent zonder mij, Jurre. We kunnen geen nieuw begin maken, het begin lag op het sportveld en de tijd van buitensport is voorbij, dat kun je niet overdoen.'

Opeens voelt ze zich heel rustig. Ze buigt zich naar hem toe en geeft hem een kus op zijn wang. 'Dank je wel voor alles, Jurre,' zegt ze. Dan gaat ze er met grote stappen vandoor.

Hij komt niet meer achter haar aan.

'Wat was dat nou, Fem?' Lisa komt haar in de gang al tegemoet als ze thuiskomt.

'Niks belangrijks,' antwoordt ze kortaf en ze loopt meteen door naar boven.

Maar ze heeft zich nog maar nauwelijks op haar bed laten vallen, als de deur open wordt geduwd en Merel boven op haar klimt. 'Mama beetje veddietig. Kusje?'

Femke trekt Merel dicht tegen zich aan. 'Een klein beetje, schatje. Kom, even lekker knuffelen met mama, dan wordt mama weer helemaal blij.'

Tevreden nestelt de kleine meid zich dicht tegen haar moeder aan, ze merkt niet dat er een paar tranen in haar haartjes glijden.

Femke is blij als de kerstvakantie voorbij is en ze weer naar school kan gaan. Behalve wat nieuwsgierige vragen van Lotte is er niet gesproken over het bezoekje van Jurre.

Op zondagavond, toen ze alleen nog met haar ouders beneden was, heeft ze summier wat verteld over Jurre, zonder in details te treden over het waarom van het einde van hun prille vriendschap.

Maar ook al wordt er niet over gepraat, ze denkt er des te meer over na.

Diep in haar hart had ze gehoopt dat Jurre toch weer contact met haar zou opnemen, maar het is niet gebeurd. Ze weet dat het haar eigen schuld is en neemt zich voor hier lering uit te trekken. Mocht er ooit nog een man haar pad kruisen dan zal ze vanaf de eerste ontmoeting over Merel vertellen.

Na een paar dagen werken lijkt de kerstvakantie alweer iets van lang geleden. De dagen zijn gevuld met werk en de zorg voor Merel. Op het kinderdagverblijf heerste vlak voor de kerstvakantie waterpokken en op oudejaarsdag is Merel gespikkeld uit bed gekomen. Deze week is ze aardig opgeknapt, maar ze is nog moe en huilerig en wordt 's nachts steeds wakker.

Als het weer zaterdag is komt ze voor het eerst vrolijk en uitgeslapen uit haar bedje.

Het is helder weer, het heeft licht gevroren en nu schijnt de zon.

'Wij gaan eens lekker naar buiten,' zegt Femke na de koffie. 'Zullen we naar het park fietsen en kijken of de eendjes zin in een broodje hebben?'

'Ja, eendjes!' zegt Merel en ze holt al naar de gang om haar jasje te pakken.

'Kom je dan ook even bij mij kijken?' vraagt Lotte, die net haar jas aantrekt om naar het voetbalveld te gaan. 'Ik moet om elf uur spelen.'

Femke aarzelt even, eigenlijk heeft ze weinig zin om naar het sportveld te gaan, te veel herinneringen!

'Nou, dat weet ik niet, hoor,' zegt ze. 'Om stil te staan is het best koud, zeker voor Merel.'

'Die rent wel heen en weer,' zegt Lotte. 'Ah, doe het alsjeblieft, papa en mama komen allebei niet. Nora brengt me, maar zij blijft nooit kijken.'

'Ik zie wel even,' zegt Femke wat vaag, terwijl ze zich voorneemt om niet verder dan het park te fietsen.

Maar Lotte kent haar zus en geeft het niet zo snel op. Ze gaat op haar hurken voor Merel zitten en vraagt: 'Merel, kom je bij Lotte kijken bij de bal? Dan mag jij ook voetballen, goed?'

Merel lacht en roept meteen: 'Ja, mama, ballen met Lotte.'

'Oké, ik fiets wel even langs met haar. Maar we blijven niet lang kijken, hoor, dan wordt Merel te koud.'

Een uurtje later loopt Femke het voetbalveld op, de wedstrijd is al begonnen. Terwijl ze staat te kijken holt Merel achter haar eigen bal aan langs de kant van het veld. Femke is een tijdje niet wezen kijken bij Lotte en opnieuw is ze geamuseerd door de felheid van haar zusje.

'Hup Lot, ga door!' Femke, nu met Merel op haar arm, steekt haar duim op naar Lotte. 'Goed geprobeerd, mooi hoor!'

Ze kan het gewoon niet laten om haar zusje aan te moedigen. Lotte kijkt even glunderend haar kant op en rent weer achter de bal aan.

'Je zusje?'

Met een ruk draait Femke zich om. Dezelfde vraag als vier maanden geleden.

Even weet ze niet hoe ze moet reageren, maar dan knikt ze.

'Ja, m'n zusje. En dit is mijn dochtertje.' Dat laatste zegt ze uitdagend, haar ogen recht in de zijne. Even blijven ze elkaar aankijken. Dan komt er een glimlach op zijn gezicht.

'Je ziet, er is altijd een nieuw begin.'

Dan kust hij haar, over het hoofd van Merel heen.

6

'Kom Merel, jij mag de bloemetjes strooien.' Lotte geeft Merel het mandje met rozenblaadjes. 'Maar nu nog niet. Straks, als mama en Jurre gaan lopen.'

Merel knikt met een serieus gezichtje. 'Op het rode kleedje, hè?'

'Moet je nog even plassen, Merel? Probeer maar even.' Oma José neemt het mandje weer over van haar kleindochter en trekt haar mee richting toilet. Over haar schouder zegt ze: 'Lot, houd jij dat mandje nog maar bij je tot we bij de kerk zijn, anders is het al leeg voor het zover is.'

Het burgerlijk huwelijk tussen Jurre en Femke is zojuist voltrokken op het prachtige kasteel van Woerden. Daarna zijn ze naar de kerk in het dorp van Femke gereden.

Het orgel speelt al en de eerste mensen vullen de banken. Als ook de ouders van het bruidspaar, de zussen en verdere familie en vrienden zijn gaan zitten, zet het orgel de bruiloftsmars in. Dan komen Femke en Jurre langzaam samen aanlopen over de rode loper, voorafgegaan door Merel, net als haar moeder in een crème jurkje, die ijverig rozenblaadjes strooit.

Iedereen is gaan staan en kijkt vertederd naar het kleine meisje en naar het prachtige bruidspaar.

'Klaar!' zegt het heldere stemmetje van Merel als ze voorin de kerk is aangekomen en tegelijk keert ze het hele mandje om zodat de overige blaadjes er allemaal uit dwarrelen.

Lotte springt van haar plaats op en roept: 'Ah nee, Merel, de rest was voor straks!'

Iedereen begint te lachen en oma José trekt de beduusd kijkende Merel snel op haar schoot.

'Niet erg hoor,' fluistert ze. 'Je hebt het geweldig gedaan.'

Dan begint de dienst. Merel houdt zich prima, ze vraagt wel zo'n tien keer of ze nu de ringen aan mama en papa Jurre mag geven, maar verder blijft ze keurig op de stoel naast mama en oma zitten.

Voor Jurre is het vanzelfsprekend dat hun huwelijk in de kerk wordt ingezegend. Voor Femke, die weinig in de kerk kwam voor ze Jurre ontmoette, is het minder belangrijk. Maar ze vindt het wel heel mooi.

Als het moment er is dat Merel eindelijk de ringen mag geven, springt ze enthousiast op en neer. 'Mooi, mama!' zegt ze luid en duidelijk, als Jurre de ring om de vinger van Femke heeft geschoven.

Bij het wisselen van de ringen hebben Femke en Jurre de trouwbelofte in mooie eigen woorden uitgesproken naar elkaar. Maar nu komt er een verrassing waarvan zelfs Femke niets afwist. Jurre haalt een klein doosje uit zijn binnenzak, maakt het open en pakt het handje van Merel.

'Lieve Merel,' zegt hij, terwijl hij een mooi zilveren ringetje met een schitterend steentje om het kleine vingertje schuift. 'Ik hou veel van je en ik beloof je dat ik altijd voor je zal zorgen en een goede papa voor je zal zijn. En steeds als je ringetje te klein geworden is, krijg je van mij een nieuwe ring als herinnering aan deze dag en mijn belofte voor jou.'

In de kerk komen overal zakdoeken tevoorschijn, ook Femke dept voorzichtig haar ogen, bang om haar make-up te verknoeien.

Merel zelf heeft geen last van tranen, ze kijkt verrukt naar haar vinger en zegt: 'Wauw, mooi papa!'

Nu kan Femke haar tranen echt niet tegenhouden. Het is de eerste keer dat Merel papa zegt tegen Jurre. In het begin noemde ze hem gewoon Jurre. De laatste tijd proberen ze allemaal het langzaam om te buigen tot 'papa Jurre', maar alsof er toch iets van de ernst en liefde van Jurres woorden bij haar is binnengekomen, is hij nu dus 'papa'. Het ontroert Femke en stemt haar dankbaar.

Na hun moeizame start lijkt nu alles prachtig te worden. Ze heeft de liefste man die ze maar kan bedenken, haar dochtertje heeft eindelijk een vader en vanaf vandaag wonen ze in een fijn huis met elkaar, het huis van Jurre in Amersfoort. Hoe goed ze het ook had bij haar ouders, het is heerlijk om nu een echt gezin te vormen.

Het toespraakje van de ouderling die de trouwbijbel overhandigt gaat volkomen langs haar heen. Heel even moet ze aan Peter denken, maar ze heeft moeite om zijn gezicht nog duidelijk voor zich te zien, hun tijd samen was ook maar zo kort. Het lijkt soms of het allemaal nooit gebeurd is, maar Merel lijkt op hem en ze heeft geen spijt van die ene nacht. Merel is immers het mooiste geschenk dat ze ooit gekregen heeft.

Na de dienst wordt de bruidstaart aangesneden in het restaurant vlak naast de kerk, waar later ook de receptie zal zijn.

Het doet Femke goed om te zien dat Merel op schoot klimt bij de moeder van Jurre die haar helpt met het eten van de taart. Merel heeft Jurres ouders heel gemakkelijk geaccepteerd als nieuwe opa en oma en ook omgekeerd zijn zij heel lief voor Merel. Het zijn schatten, vindt Femke; ook zijzelf is meteen hartelijk ontvangen toen ze de eerste keer met Jurre meeging.

Om halfelf gaat oma José met een nu toch wel erg slaperige Merel alvast naar huis. Merel zal nog een weekje bij haar grootouders en tantes blijven, terwijl Jurre en Femke samen op huwelijksreis gaan. Jurre had voorgesteld om Merel mee te nemen en Femke had bijna toegestemd, maar haar moeder had haar met klem aangeraden de kleine meid thuis te laten.

'Het is fantastisch zoals Jurre haar accepteert, maar ik denk dat het heel goed is dat jullie even echt tijd samen hebben.'

Femke vond het lastig, ze was nooit langer dan een dag bij Merel vandaan geweest, maar ze wist dat haar moeder gelijk had.

'Ze blijft gewoon in haar vertrouwde huis bij ons, dus geen enkel punt voor haar. Als jullie weer terug zijn, kunnen jullie mooi met z'n drietjes een nieuwe start maken in het huis van Jurre, wat nu ook jouw huis wordt.'

'Bedankt mam, je hebt natuurlijk helemaal gelijk,' had ze gezegd.

Nu geeft ze Merel een extra dikke knuffel. 'Veel plezier met opa en oma. Over zeven nachtjes gaan we naar het nieuwe huis!'

Femke moet even slikken als ze merkt hoe gemakkelijk Merel het afscheid valt. Ja, het zal goed zijn als ze binnenkort een normaal gezin gaan vormen met z'n drieën, Jurre, Merel en zij. Dan krijgen opa en oma ook weer de rol die ze horen te hebben.

Ze hebben een heerlijke week op Madeira. Ze maken mooie wandelingen, eten in leuke restaurantjes en genieten van de zon en niet te vergeten van de prachtige bloemen die overal op het eiland bloeien.

'Zo komt er toch een stukje van een droom van je uit,' zegt Femke, als ze op de laatste dag van hun vakantie halverwege hun wandeling langs steile kliffen even uitrusten en over de zee uitkijken.

'Wat bedoel je?' vraagt Jurre. 'Volgens mij zijn al mijn dromen helemaal vervuld met jou.' Liefkozend slaat hij zijn arm om haar heen.

Maar ze blijft serieus en gaat verder: 'Je wilde samen verre reizen gaan maken, vertelde je toen we elkaar net kenden. Maar toen wist je nog niet dat je al een dochter zou hebben voor je getrouwd zou zijn. Nu moet je het doen met een weekje Madeira.'

'Dat wil ik nog steeds graag, mooie reizen maken,' antwoordt Jurre rustig. 'En ik zou niet weten waarom we dat niet met ons hele gezin zouden kunnen doen, Merel, jij en ik. En als we nog meer kinderen krijgen, natuurlijk ook met hen.'

'Maar dat is anders dan je eigenlijk bedoelde,' zegt Femke. 'Weet je zeker dat je nooit spijt krijgt dat je... nou ja, zo anders begonnen bent? Zal Merel toch geen blok aan je been worden in je verlangen om samen dingen te ondernemen? Want ik wil haar echt niet steeds bij mijn ouders laten, ik merk nu al dat ze...'

'Stop!'

Verschrikt kijkt ze naar Jurre, die haar met dat ene woord hard onderbreekt.

'Femke, je hebt toch gehoord wat mijn belofte aan Merel was vorige week? Ik ben haar vader, ze hoort bij ons, we zijn een gezin. Zij is een deel van jou, dus nu ook een deel van mij.' Wat rustiger gaat hij dan verder: 'Twijfel daar nooit aan, Fem, al weet ik nu nog niet hoe het voelt om biologische kinderen te hebben, ik zal nooit verschil maken tussen Merel en eventuele kinderen van ons samen. Dat heb ik je beloofd en dat meende ik. Als ik daar aan twijfelde, zou ik het je zeggen.'

Femke legt haar hoofd tegen zijn schouder. 'Het spijt me,' zegt ze zacht. 'Soms kan ik het nauwelijks geloven dat jij staat voor wat je zegt, dat je mij met verleden en al geaccepteerd hebt.'

'Laat dat verleden nu maar eens rusten, iedereen maakt fouten. Ik, jij en iedereen. Als we maar altijd eerlijk zijn tegen elkaar, Femke, dan kan niets tussen ons komen.'

Als ze weer thuis zijn en Merel hebben opgehaald, hebben ze nog vier weken vakantie. Het huis van Jurre hebben ze samen opnieuw ingericht, zodat het nu echt als een thuis voor allebei voelt. Voor Merel is een echte prinsessenkamer gemaakt waar het meisje helemaal verrukt van is.

'Ik was altijd best tevreden met de spullen uit mijn studentenkamer, maar nu ziet het er toch wel heel wat gezelliger uit,' zegt Jurre, terwijl hij om tien uur een schemerlampje aandoet in de kamer.

Femke schiet in de lach. 'Ja, het was een echt mannenhuis, maar fijn dat je dit toch ook weet te waarderen.'

'Nog een paar dagen, dan is de vakantie voorbij, het zal weer even wennen zijn, hè? Voor jou natuurlijk ook heel wat meer reistijd naar school.'

'Ja, gelukkig ben ik een ochtendmens, dat scheelt. En het is fijn dat het allemaal zo geweldig geregeld is voor Merel, zodat ze niet nog meer veranderingen hoeft mee te maken.'

'Dat is zeker fijn, je hebt echt superouders, Fem!'

Femke knikt. 'Ja, echt!'

Het is fijn dat haar ouders Merel wat extra opvangen tot ze binnenkort naar de basisschool zal gaan. Op vrijdag, Femkes derde werkdag van de week, is Jurre vrij en vertelt trots dat hij dan papadag heeft. Dat laatste vindt Femke bijzonder en het ontroerde haar toen Jurre in het voorjaar met dit voorstel kwam en het aanduidde als zijn papa-dag. Voor Femke het bewijs dat Jurre Merel echt als zijn dochter ziet en dat vindt ze een wonder. Ook Merel heeft Jurre helemaal geaccepteerd.

Toch lopen ze in die eerste weken wel tegen dingen aan, die wat minder soepel gaan. Merel, die gewend was om de slaapkamer met haar moeder te delen, lijkt haar prinsessenkamer vooral als speelkamer te zien. De eerste avond vonden Jurre en Femke een slapende Merel in hun bed. Ze werd niet wakker toen Femke haar voorzichtig naar haar eigen bed droeg. De avonden erna is er steeds even strijd geweest bij het naar bed gaan, Merel vond dat er best ruimte voor haar was in het brede bed van mama en papa.

Soms wordt Femke midden in de nacht wakker omdat Merel dan stilletjes naast haar is gekropen. Ze doet dan maar alsof ze niets heeft gemerkt en laat Merel liggen. Inmiddels is het bijna een gewoonte geworden dat Merel in haar eigen bed aan de nacht begint, maar vroeger of later in de nacht overstapt naar het grote bed van Femke en Jurre.

Na drie weken en verschillende gesprekken, waarin ze het nooit eens worden, zegt Jurre: 'Femke, ik denk dat we duidelijk moeten zijn voor Merel en echt één lijn moeten trekken: Merel hoort in haar eigen bed te blijven. Bij ziekte is het een ander verhaal, maar anders moet ze echt in haar eigen bed slapen.'

'Ach, ze moet nog wennen aan alles,' werpt Femke tegen. 'Wat maakt het nou uit? Ze ligt meestal aan mijn kant, jij hebt er toch geen last van?'

'Nou, ik durf me nauwelijks te bewegen in bed omdat ze zo licht slaapt. En 's morgens mag mijn wekker niet aflopen omdat ze dan al wakker wordt. Nee, Fem, ik denk dat duidelijkheid heel belangrijk is, Merel moet echt in haar eigen bed slapen. En ik vind dat jij dat tegen haar moet zeggen.'

'Ik heb het al tegen haar gezegd, maar ze komt gewoon terwijl we slapen.'

'De laatste dagen ligt ze er al als wij boven komen, ik denk dat je haar consequent moet terug brengen naar haar eigen kamer.'

Femke knikt, maar zonder overtuiging. 'Wat jij wilt...' zegt ze.

Het kost een paar dagen en een heleboel boze tranen bij Merel, maar dan lijkt ze zich erin te schikken.

Nadat het de eerste nacht goed is gegaan, prijst Jurre Merel de volgende dag: 'Wat goed, Merel, dat je zo lekker in je eigen bed hebt geslapen. Mama en ik vinden het echt knap van je, hè mama?'

Femke knikt met een glimlach, maar niet van harte. Ze vindt het nog steeds te streng van Jurre.

Ook in de weken en maanden hierna lopen ze verschillende keren tegen kleine en soms grotere dingen aan bij de opvoeding van Merel.

'Ik denk echt dat je haar te veel haar zin geeft, Fem,' zegt Jurre op een avond in november. Het avondeten was weer op een drama uitgelopen. Merel weigerde een hap groente te nemen, maar kreeg daarna een extra groot toetje van Femke.

'Ze moet toch wat eten?' verdedigt Femke zich.

'Jawel, maar ik denk dat je niet te veel aandacht moet geven aan die kuren over de groente. Ze at tot nog toe gewoon groente, ook boontjes en wortels, en nu wil ze opeens alleen appelmoes. Eerst zei je tegen haar: "Als je geen boontjes eet, krijg je ook geen toetje." Maar vervolgens gaf je haar een extra bakje chocoladevla. En zo ging het gisteren ook al. Ze is slim, hoor, ze weet heel goed dat ze met gillen haar zin meestal wel krijgt bij je.'

'Dat klinkt niet heel aardig,' reageert Femke kortaf.

'Ik bedoel het helemaal niet vervelend, lieverd,' zegt Jurre rustig. 'Maar ik denk dat ieder kind, ook Merel, gebaat is bij duidelijkheid.'

'Jij bent soms zo streng voor haar. Dat snap ik wel, voor jou is het natuurlijk toch anders. Ik bedoel...' Ze maakt haar zin niet af.

'Wat wilde je zeggen?' vraagt Jurre scherp. 'Femke, ik zie Merel als óns kind, juist daarom hoop ik dat we ook samen kunnen praten over haar opvoeding. Ik hou van haar, dat weet je toch? Ik denk niet dat je haar helpt door haar steeds haar zin te geven.'

'Toch denk ik dat je er anders in zult staan als we kinderen van ons samen hebben,' mokt Femke.

'Dat verwacht ik niet, maar dat weet ik natuurlijk pas zeker als het zover is. En hopelijk weten we dat over een maand of zeven. Kom eens lekker bij me zitten.' Hij trekt Femke tegen zich aan.

Nu laat Femke haar irritatie van zich afglijden en nestelt zich dicht tegen hem aan op de bank.

'Ja, geweldig toch dat ik nu al zwanger ben. En je hebt natuurlijk wel gelijk over Merel. Maar ik vind het lastig, ze was natuurlijk heel lang alleen met mij, ze sliep bij mij en bij mij thuis aanbad de hele familie haar. Ze kreeg vast weleens te veel aandacht van al haar jonge tantes.'

'Daarom was het goed om geen jaren te wachten met kinderen van ons samen, ik zie het echt als een zegen dat je zo snel zwanger bent geworden. Voor onszelf, maar zeker ook voor Merel. Dan leert ze vanzelf aandacht te delen.'

Femke knikt. 'Niet te geloven dat ze over een week al vier wordt. Met vierenhalf jaar verschil zal ze het allemaal heel bewust meemaken, leuk hè? Wanneer zullen we het aan onze ouders vertellen?'

'Wat jij wilt, hoor. Mijn ouders zullen het geweldig vinden en de jouwe ongetwijfeld ook.'

'Ja... het voelt nu allemaal zo anders dan bij m'n vorige zwangerschap. Toen was er vooral schrik en angst. Nu ben ik zo blij! Ik denk dat ik het niet heel lang voor me kan houden, maar laten we de eerste echo afwachten. Als die goed is, vertellen we het, goed?'

Jurre knikt en legt even zijn hand op haar platte buik. 'Niet te geloven, een kleine broer of zus voor onze Merel. Wat zal zij het ook prachtig vinden.'

Femke knikt en geeft hem een zoen. 'Lief hoe je dat zegt, ónze Merel.'

Als Merel naar de basisschool gaat, wordt het leven veel geregelder. Femke geniet van de twee dagen in de week dat ze alle tijd voor zichzelf heeft nadat ze Merel naar school gebracht heeft. Ze kan rustig haar lessen voorbereiden, het huis netjes houden en vooral plannen maken voor de komst van de nieuwe baby.

In januari begint ze om het lege kamertje op te ruimen, ze schildert de wanden zachtgeel, snuffelt op internet naar babymeubels en zoekt de babykleertjes van Merel op.

De zwangerschap verloopt voorspoedig en samen verheugen ze zich dat voorjaar op de komst van hun dochtertje, want de twintigwekenecho heeft laten zien dat de baby een meisje is. Zoals verwacht reageert Merel heel blij op het nieuws.

'Hoe heet mijn zusje?' vraagt ze constant.

'Dat weten we nog niet,' antwoordt Femke steeds weer, 'dat hoor je als de baby geboren is.'

Femke is blij dat Merel zo enthousiast is, al vreest ze dat Merel straks, als de baby er is, misschien ook wel even zal moeten slikken als ze bemerkt dat niet langer alle aandacht naar haar gaat.

Want Merel ontwikkelt zich als een pittig meisje met een sterke wil, dat graag op de voorgrond staat. Haar opvoeding is dan ook het enige, maar regelmatig voorkomende punt van felle discussies tussen Jurre en haar.

Femke merkt steeds dat ze het moeilijk vindt als Jurre, in haar ogen, te streng is voor Merel. Altijd zit er dan een stemmetje in haar hoofd dat fluistert: hij kan weinig van haar hebben omdat het zijn eigen kind niet is. Hoewel Jurre haar keer op keer uitlegt dat Merel duidelijke regels nodig heeft, en ze beseft dat hij gelijk heeft, gaat het toch tegen haar gevoel in. Merel zelf schijnt er geen last van te hebben, ze is duidelijk dol op Jurre.

Op school gaat het goed, Merel doet goed mee in de klas en ze is zeker niet verlegen, zoals haar juf het omschreef. Femke herkent niks van zichzelf in het karakter van haar dochter, zelf was ze juist een timide en zacht kind. Soms vraagt ze zich af hoe Peter eigenlijk was. Steeds meer beseft ze dat ze hem eigenlijk helemaal niet kende. Ze weet dat hij sportief was en uitbundig vrolijk en vol energie, maar daar hield het ook mee op.

Het lijkt erop dat ze hem alsnog zal leren kennen, door haar dochter te observeren. Het is een rare gedachte, die ze niet met Jurre deelt.

Er wordt überhaupt nooit gesproken over Peter. Femke heeft het idee dat het voor Jurre ook helemaal niet belangrijk is, Merel is gewoon hun dochter. Daar is ze natuurlijk dankbaar voor, ze beseft heel goed dat dat best bijzonder is.

Maar zelf denkt ze wel terug aan Peter en die tijd van hun onstuimige verliefdheid. De laatste tijd zelfs meer dan de jaren hiervoor, wellicht omdat ze opnieuw zwanger is en daardoor herinnerd wordt aan die vorige, zo totaal andere zwangerschap. De tijd na de geboorte van Merel was ze vooral aan het overleven, proberen zo goed mogelijk haar weg te vinden als alleenstaande moeder binnen haar ouderlijk huis. Nu haar leven in rustig vaarwater terecht is gekomen, komen allerlei herinneringen weer bovendrijven.

Soms voelt ze zelfs medelijden met Peter, omdat hij er geen weet van heeft dat hij vader is van zo'n mooi dochtertje. Dan overvalt een schuldgevoel haar dat ze niet harder naar hem heeft gezocht toen ze ontdekte dat ze zwanger was.

Zou Merel later niet op zoek willen gaan naar haar vader? Want natuurlijk zullen ze haar, als ze wat ouder is, vertellen dat Jurre wel haar papa, maar niet haar biologische vader is. Zal Merel haar dan niet verwijten dat ze Peter zomaar uit hun leven heeft laten verdwijnen?

Maar had ze een keus dan? Nee toch, het was Peter die elk contact verbrak.

'Waar zit je toch over te piekeren?' onderbreekt Jurre haar gedachten als ze op een avond in april opnieuw met deze vragen bezig is. 'Je zucht zo diep, is er iets?'

Bijna betrapt kijkt ze naar hem. 'Zuchtte ik? Dat was onbewust. hoor, niets aan de hand,' haast ze zich te antwoorden. 'Ik dacht over onze jongste dochter.' Met een glimlach wrijft ze over haar dikke buik.

'Maak je je zorgen over de bevalling?'

'Nee hoor, de vorige keer ging alles zo vlot, daar ga ik maar weer van uit.'

'Als je ergens over piekert, vertel je het me, hè?' Hij kijkt haar nog steeds onderzoekend aan. 'Soms lijk je zo ver weg met je gedachten.'

'Dat lijkt maar zo. Ik verheug me vooral op de komende tijd. Ik ben zo benieuwd hoe Merel zal reageren op haar zusje. En hoe ze eruit zal zien, of ze op Merel lijkt.'

'Nog even, dan weten we het! Hoewel ik denk...' Halverwege zijn zin stopt hij met praten.

'Hoewel wat?' vraagt ze.

Jurre aarzelt even, dan zegt hij: 'Ik zie in Merel helemaal niks van jou of jouw familie, dus ik denk dat deze baby niet zoveel op Merel zal lijken.'

'Je bedoelt dat Merel waarschijnlijk op Peter lijkt? Ja, daar heb je wel gelijk in denk ik.'

Het is voor het eerst in lange tijd dat de naam van Peter tussen hen valt.

'Daar zat jij ook aan te denken, hè?' vraagt hij zacht, 'aan de biologische vader van Merel?'

Ze voelt dat ze een kleur krijgt, maar ze schudt haar hoofd. 'Nee hoor, hoe kom je daar nu bij? Jij begint er over, ik denk er nooit meer aan.'

Even blijft het stil tussen hen, dan zegt Jurre: 'Het zou echt niet gek zijn, als je soms nog aan hem denkt, Femke. Door Merel blijf je toch altijd een beetje met hem verbonden.'

'Misschien, maar ik denk nooit meer aan hem,' houdt ze vol. Even kijkt ze van opzij naar Jurre, ze ziet in zijn ogen dat hij haar niet gelooft. Wat geïrriteerd zegt ze dan, terwijl ze opstaat: 'Lekker belangrijk trouwens, waar hebben we het over!'

'Het gaat nergens over, het gaat er alleen maar om dat we altijd eerlijk tegen elkaar kunnen zijn.' Daarmee heeft Jurre het laatste woord hierover.

Op 31 mei wordt na een voorspoedige bevalling Anna geboren, een prachtig meisje van ruim zes pond. Anna is een heel andere baby dan Merel was. Merel was bij haar geboorte direct een stevige baby met veel donker haar, Anna is tenger en blond.

Het is prachtig om te zien hoe blij Merel is met haar zusje, ze is bijna niet weg te slaan bij het wiegje. Ook in de weken na de kraamtijd, als de tijd en aandacht van Femke gedeeld moet worden, lijkt Merel niet jaloers te zijn. Femke is blij dat het zo goed gaat.

Jurre is trots en blij, maar vergeet geen enkele keer ook Merel erbij te betrekken als hij met Anna op schoot zit of haar verschoont. Hij laat Merel helpen en geeft haar nog altijd veel aandacht. Ook dat stemt Femke dankbaar en gelukkig, want diep in haar hart is ze steeds bang geweest dat Jurre onderscheid zou maken zodra hij zelf echt vader zou zijn.

Het zwangerschapsverlof gaat over in de zomervakantie en als Femke eind augustus weer aan het werk gaat, levert ze opnieuw een werkdag in. Alleen op maandag en donderdag geeft ze nog les, op die dagen brengt ze Anna naar het kinderdagverblijf. Ze geeft dit schooljaar alleen aan een paar havoklassen les. Haar werkdagen zijn kort en ze vindt het fijn om de beide meisjes al bijtijds op te halen van de bso en het kinderdagverblijf.

Jurre daarentegen is drukker dan ooit. Hij heeft veel uren op zijn school en is actief geworden in de kerk. Femke gaat sinds ze een relatie hebben regelmatig mee naar de kerk waar Jurre lid van is. Merel brachten ze eerst naar de crèche en sinds ze vier is gaat ze naar de kindernevendienst. Nu is daar een beetje de klad in gekomen. Femke vindt het niet fijn om de baby achter te laten bij de oppas van de kerk, omdat Anna rond die tijd moet slapen. Dus meestal blijft ze thuis met haar. Merel mag wat haar betreft ook thuisblijven, maar Jurre vindt het fijn dat Merel met hem meegaat, en Merel vindt het zelf ook leuk, dus meestal gaat ze inderdaad mee.

Aan het eind van de zomer worden de beide meisjes gedoopt. Merel vindt het prachtig om met een mooie nieuwe jurk aan het feestelijke middelpunt van de dag te zijn. Jurre en Femke hebben er lang en uitgebreid over gesproken en ook hier gold dat het voor Femke niet echt hoefde, maar ze heeft er niks op tegen om Anna en dus ook Merel te laten dopen. De dienst ontroert Femke, ze gaat steeds beter begrijpen dat de kerkdienst en alles eromheen belangrijk is voor Jurre.

Het heeft haar ook aangenaam verrast hoe hartelijk zijzelf en Merel ontvangen zijn in de vriendengroep van Jurre, van wie er velen bij de kerkelijke gemeente van Jurre horen. Al aan het begin van hun relatie is het contact met zijn vrienden goed.

'Ik dacht altijd dat zo'n groep mensen in de kerk ongeveer hetzelfde was als een groepje van een sportclub, maar dit is toch anders,' merkt ze verbaasd op als ze deze zondagavond napraten over de feestelijke doopdienst, waar veel vrienden en bekenden aanwezig waren en hen na afloop kwamen feliciteren. 'Op een of andere manier is er meer warmte en betrokkenheid met elkaar. Hoe zou dat komen?'

'Ik denk dat dat komt omdat de grote Baas van deze club het goede voorbeeld heeft gegeven in liefde en aandacht voor anderen,' merkt Jurre met een glimlach op.

'Je bedoelt de dominee?'

'Nee, ik bedoel Jezus, bij wie we allemaal mogen horen in de kerk.'

In het begin van hun relatie vond Femke dat wat vaag gepraat, maar inmiddels is ze er meer over gaan nadenken en ze gaat het steeds beter begrijpen. Al vindt ze de preken vaak nog moeilijk, toch beseft ze steeds meer dat het geloof en de kerk veel meer zijn dan regeltjes over wat wel of niet mag, zoals zij altijd had gedacht.

Zodra Anna wat groter is, maken ze er weer een gewoonte van om zondags met elkaar naar de kerk te gaan. Anna is een gemakkelijk kind en zonder problemen kunnen ze haar achterlaten bij de crèche van de kerk.

Soms denkt Femke dat het leven bijna te mooi is om lang zo te kunnen blijven doorgaan. Het gaat fijn tussen Jurre en haar, haar meiden zijn gezond en ze geniet van de twee dagen voor de klas, haar lievelingsvak geschiedenis en de contacten met haar collega's. Het is druk, maar alles loopt op rolletjes.

7

Als Anna bijna twee jaar is, wordt er opnieuw een dochter geboren, Suze. Ook nu weer een blond, wat frêle meisje en opnieuw is Merel een trotse grote zus. Femke geniet van haar gezin, haar leven voelt bijna volmaakt.

De twee jongste meisjes lijken op elkaar en trekken steeds meer naar elkaar toe als ook Suze wat groter wordt. Ze zijn beiden rustig en gemakkelijk, in tegenstelling tot Merel, die een sterke eigen wil heeft en zich niet gemakkelijk laat afbrengen van plannen zoals zij die in haar hoofdje heeft. Femke moet Jurre gelijk geven, die nog steeds regelmatig zegt dat het met name voor Merel belangrijk is om duidelijk en consequent te zijn. Toch vindt ze het moeilijk om dat ook altijd door te voeren. Ze is vaak geneigd om Merel haar zin te geven als ze ergens over doordramt of als ze zich verzet tegen de regels. En dat soort momenten blijven puntjes waarin Jurre en zij van mening verschillen.

'Je bent voor Merel veel strenger dan voor Anna en Suze,' verwijt ze hem soms.

'Ik ben niet strenger voor Merel, zij zoekt gewoon veel vaker de grenzen op. Dat zie jij toch ook, Fem. En misschien is dat niet zo gek, Anna en zeker Suze zijn veel jonger, voor hen spelen dit soort dingen nog helemaal niet.'

Merel is deze zaterdagmiddag tijdens het buitenspelen samen met een vriendinnetje naar een snackbar in het centrum gegaan om een ijsje te kopen. Het benodigde geld heeft ze uit haar spaarpot gehaald.

'Je weet dat je niet alleen helemaal naar dat deel van de stad mag fietsen, zeker niet als wij er niet van afweten,' houdt Jurre haar voor.

Toen Femke en hij de meisjes al een poosje misten en nergens konden vinden in de buurt, is Jurre op de fiets gestapt om ze te gaan zoeken. Onderweg terug naar huis had hij de beide meisjes zien aankomen en na een strenge ondervraging vertelde het vriendinnetje tenslotte waar ze waren geweest.

'We kijken echt wel goed uit, hoor,' was het antwoord van Merel.

'Daar gaat het niet om. Als je een ijsje wilt kun je dat gewoon aan mama vragen, er liggen er altijd een paar in de vriezer.'

'We wilden liever een softijsje. Ik heb het toch zelf betaald?'

'Nogmaals, daar gaat het niet om, Merel. Twee weken geleden was het hetzelfde verhaal, ik dacht dat we toen duidelijk hadden afgesproken dat je zoiets niet meer zou doen, zonder toestemming van mama of mij,' zegt Jurre, nog steeds rustig.

'Mama vond het goed.'

'Had je het aan haar gevraagd?' Jurre kijkt haar ongelovig aan.

Nu slaat ze haar ogen neer. 'Nee, dat niet, maar mama vindt het heus wel goed.'

'Ik weet zeker dat mama het niet goed zou vinden. Annelies gaat nu naar huis,' zegt Jurre met een blik op het meisje dat er zwijgend bij staat. 'En jij gaat naar je kamer, Merel.'

Stampend gaat Merel de trap op.

Femke, die het laatste deel van het gesprek heeft gemist omdat ze Suze uit haar bed moest halen, gaat zwijgend naar de keuken om drinken in te schenken voor de twee jongsten. Als ze weer in de kamer komt, is het stil geworden. Annelies is vertrokken en Jurre staat voor het raam, een frons tussen zijn wenkbrauwen.

Hij draait zich om en zegt: 'Het is toch te gek voor woorden. Twee weken geleden hadden we hetzelfde en nu doet ze het weer.'

'Ze is impulsief, ze denkt gewoon niet goed na,' zegt Femke vergoelijkend. 'Misschien was je nou wel heel streng door Annelies naar huis te sturen?'

'Dat vind ik niet,' zegt Jurre. 'Ik hoop dat ze dit keer echt goed begrijpt dat ze fout zat.'

'Ze is natuurlijk intussen wel negen, hè, en ik denk echt dat ze wel voorzichtig hebben gedaan in de stad.'

'Daar gaat het toch niet om? Het gaat erom dat ze tegen ons uitdrukkelijke verbod in, zonder iets te zeggen of te vragen, weggaat naar een deel van de stad waar ze niets te zoeken heeft.'

'Dat is zo, ja. Nou, ik zal zo met haar praten.'

Het lijkt even of Jurre wil reageren, maar dan draait hij zich om en gaat de kamer uit.

Dit jaar valt de trouwdag van Jurre en Femke in het weekend. Op zaterdagmiddag gaan ze met zijn allen de stad in. Het is inmiddels een traditie geworden om rond deze datum met elkaar naar de juwelier te gaan, waar Jurre voor alle vier 'zijn vrouwen', zoals hij het zegt, iets moois uitzoekt.

'We zijn toch niet allemaal jarig, papa?' vraagt Suze verwonderd.

'Nee, maar omdat ik zoveel van jullie viertjes hou, wil ik jullie een cadeautje geven,' antwoordt Jurre.

'Het is omdat jullie zijn getrouwd hè?' weet Anna.

Jurre knikt. 'Ja, toen mama en papa trouwden, gaven we elkaar een ring en omdat ik toen de papa van Merel werd, kreeg zij ook een ringetje van mij. En elke keer als dat ringetje te klein wordt, krijgt ze een nieuwe ring. En dat is dus nu ook weer. En ik dacht dat jullie, Anna en Suze, ook vast wel een ringetje willen hebben.'

Als ze een uurtje later het middagje stad afsluiten bij het pannenkoekenrestaurant vraagt Anna: 'Waarom mocht Merel wel mee toen jullie gingen trouwen en Suze en ik niet?'

'Jullie waren nog niet geboren,' zegt Femke, 'dus kon je ook niet mee.'

'O.' Anna kijkt van de een naar de ander. 'Waarom was Merel dan al geboren?'

'Merel is toch ouder dan jullie tweetjes,' zegt Jurre.

'Ik heb eigenlijk een andere vader,' zegt Merel dan plompverloren.

Even is het stil aan de tafel. Hoewel ze er nooit een geheim van hebben gemaakt dat Jurre niet de biologische vader van Merel is en ze al was geboren voordat Femke en Jurre elkaar leerden kennen, is Merel er nooit echt op doorgegaan. Ze heeft het ter kennisgeving aangenomen.

Ze leek het tot nog toe altijd als een onbelangrijk gegeven te beschouwen en gewoon te accepteren dat Jurre zowel haar papa als die van haar zusjes is.

'Dat kan toch niet!' Anna kijkt verbaasd naar haar grote zus. 'Papa is toch onze papa?'

'Maar eigenlijk niet. Laat maar,' zegt Merel.

Maar Anna geeft het niet direct op. 'Ben jij niet mijn papa?' vraagt ze met grote ogen aan Jurre. 'Maar waarom niet dan?'

Jurre knikt haar geruststellend toe. 'Ik ben wel jullie papa, hoor. Van jou, van Suze en ook van Merel. Jullie zijn mijn drie mooie meisjes.'

'Maar waarom zegt Merel dan dat ze een andere vader heeft?' houdt Anna aan.

'Papa is mijn papa, maar ik heb eigenlijk een andere vader,' zegt Merel. 'Maar jij niet, Anna, papa is jouw vader.'

Anna kijkt van de een naar de ander, dan zucht ze en zegt: 'Ik snap het niet. Mag ik zelf stroop gieten, mama?' Hiermee is voor haar het onderwerp niet meer van belang.

Maar Femke kan de woorden van haar oudste niet zomaar loslaten. Eigenlijk heeft ze altijd het idee gehad dat Merel hier nooit echt over nadacht, maar zojuist liet ze merken dat ze zich heel goed bewust is van haar wortels.

Als ze die avond samen een glas wijn drinken en proosten op hun zesde huwelijksverjaardag, zegt Jurre: 'Ik vond het eigenlijk wel bijzonder hoe Merel dat vanmiddag zei. En ook wel confronterend, ik ben haar papa, maar niet haar vader. Misschien naïef van me, maar ik voel dat helemaal niet zo, voor mij zijn onze meiden alle drie gewoon mijn dochters. Ik ben er ook van overtuigd dat ik nooit enig onderscheid maak tussen Merel en de jongste twee.'

Femke geeft niet direct antwoord. Ze kijkt even voor zich uit, maar dan zegt ze: 'Toch wel, al merk je dat zelf misschien niet. Ik zie soms echt wel verschil in hoe je met haar of met Anna en Suze omgaat. Van die twee kun je meer hebben, voor Merel ben je, hoe moet ik het zeggen... afstandelijker, zakelijker. Je praat anders met haar dan met de kleintjes. En je bent strenger voor haar.'

Jurre zet zijn wijnglas onzacht neer op de lage tafel voor hem, er gutst wat wijn over de rand, maar dat lijkt hij niet eens te merken. Geschokt kijkt hij naar Femke en zegt eerst even helemaal niets. Dan schudt hij langzaam het hoofd en zegt zacht: 'Dit kun je niet menen, Fem! Dit kun je echt niet menen.'

Femke, toch wel wat geschrokken van zijn reactie, zegt: 'Nou ja, misschien druk ik me wat te sterk uit, maar... vooropgesteld dat je een supergoede vader bent voor alle drie, echt ook voor Merel... Maar toch merk ik echt dat verschil soms. Natuurlijk twijfel ik er niet aan dat je van Merel houdt, echt niet. Maar, nou ja, het is anders en dat begrijp ik heel goed. Ze is en blijft het kind van een ander, terwijl de kleintjes gewoon je eigen vlees en bloed zijn.'

Jurre kijkt haar even aan en wendt dan zijn blik af. Hij zegt niets meer.

Femke zegt zacht: 'Sorry, Jur, als ik het misschien wel erg scherp zeg. Ik bedoel het niet als een verwijt, het is gewoon hoe het op mij overkomt. En nogmaals, alleen maar respect voor hoe je vanaf dag één met Merel bent omgegaan.'

'Ik ben echt geschrokken van je woorden,' zegt Jurre dan. 'Ik vind het heel erg als mijn gedrag en houding ten opzichte van Merel zo overkomen, want zoals jij het zegt, voel ik het absoluut niet. Je zegt: ze is en blijft het kind van een ander, maar zo voelt het voor mij niet. Ik heb haar niet op de koop toegenomen toen ik met jou trouwde, maar ik hield en hou van haar. Ik voel geen verschil met mijn liefde voor Anna of Suze; alle drie hebben ze hun eigen plekje in mijn hart. En ja, ik ben soms wat strenger voor Merel, maar jij weet net zo goed als ik dat ze dat soms echt nodig heeft. Ze is ouder dan de kleintjes, maar ook eigenzinniger.'

'Misschien voel ik het dan verkeerd,' zegt Femke met een licht schouderophalen. 'Maar goed, in elk geval blijkt het dus dat Merel erover nadenkt en dat is natuurlijk ook niet gek. Ze wordt bijna tien en ze is een slimme meid.' Even aarzelt ze, dan gaat ze verder: 'Ik vraag me de laatste tijd af of ze over een aantal jaren misschien op zoek wil gaan naar haar wortels, weten wil wie haar biologische vader is. Zou je dat moeilijk vinden?'

Hij schudt zijn hoofd. 'Het is niet zo belangrijk wat ik daarvan vind. Als Merel die behoefte heeft, zal ik haar niks in de weg leggen. Integendeel, we zullen haar zeker steunen en helpen, ze heeft daar recht op denk ik. Al vraag ik me af...'

'Wat?' Femke kijkt hem vragend aan.

'Al vraag ik me af wat dat voor gevolgen zou hebben, zowel voor Merel als voor jou.'

'Er zou voor mij beslist niks veranderen,' zegt ze. 'Ik denk echt nooit meer aan hem of aan die tijd.'

Ze zegt het snel, te snel, alsof ze zichzelf wil overtuigen.

'Op zich zou het helemaal niet zo gek zijn als je soms aan hem terugdenkt,' zegt hij en hij legt een arm om haar heen. 'Ik denk dat Merel wel op hem lijkt, want op jou en jouw familie lijkt ze totaal niet. Dan is het toch logisch dat je weleens terugdenkt aan die tijd met hem. Ook daarover mag je gewoon eerlijk zijn tegen mij, hoor. Ik ben niet jaloers.'

'Maar je vindt het niet leuk om over te praten, daarom gebeurt dat ook nooit,' reageert Femke. 'Dus of je het nou jaloezie noemt of iets anders, je hebt het er liever niet over.'

'Maar waarom zouden we erover moeten praten?' Jurre heeft zijn arm weer weggehaald van haar schouder en pakt zijn glas van de tafel. 'Je was jong, nauwelijks volwassen, je had vakantie en je was verliefd. Zo gaat het bij zoveel jongeren. Als jij niet zwanger was geraakt, was je het waarschijnlijk al vergeten, had je misschien nog een vage herinnering aan een mooie zomer. Ik wil dus zeggen: waarom zou ik jaloers zijn op een vroeger vakantievriendje van je? Maar goed, omdat Merel er is, kunnen we hem niet zo wegstrepen. Hij is en blijft de biologische vader van onze oudste dochter. Dus heel logisch dat hij meer is dan een vage herinnering.'

'Kijk, dat vind ik zo lief van je, hoe je dat zegt.' Femke schuift wat dichter naar Jurre toe. 'Hij is de biologische vader van onze dochter.'

'Maar dat is ze ook gewoon! En nogmaals, Fem, wat jij ook denkt, ik hou niet minder en niet anders van haar dan van Anna of Suze. Het doet me pijn als jij dat betwijfelt.'

'Ik geloof je, ik zei alleen dat ik dat niet altijd merk. Maar misschien ben ik daar overgevoelig in.' Ze haalt even haar schouders op.

'Als Anna en straks Suze wat groter zijn, zal ik tegen hen ook vast wel eens streng moeten zijn,' zegt Jurre nog.

Dan praten ze er niet verder over. Femke zapt wat op de tv en vindt een oude film die ze ooit in de bioscoop heeft gezien.

'Ah, ken je deze film?' vraagt ze. 'Hij is echt heel leuk en romantisch, zullen we samen verder kijken? We hebben alleen het eerste kwartiertje gemist.'

'Prima,' zegt Jurre. 'Ik zal mijn best doen om niet in slaap te vallen. Maar zelfs dat is niet erg met jou dicht naast me.'

Hij slaat zijn arm stevig om Femkes schouders en trekt haar tegen zich aan. 'Kom maar op met de romantiek!'

'Ik weet dat dit niet echt jouw genre is, maar je zult zien dat hij wel leuk is.' Femke leunt dicht tegen hem aan, haar ogen al op het scherm.

Na een kwartiertje schuift Jurre haar voorzichtig wat van zich af. 'Het komt vast doordat ik het eerste kwartier gemist heb,' zegt hij. 'Maar als je het niet erg vindt, pak ik mijn boek. Ik zorg zelf wel voor romantiek als we na de film naar boven gaan, afgesproken?'

Hij kust Femke in haar nek en staat op van de bank.

'Slaap je?'

De film is onderbroken door een reclameblok en Femke houdt het lege wijnglas voor Jurre. 'Zal ik nog een keertje inschenken, vroeg ik?'

Hij klapt het boek dicht. 'Ja, nee, ik doe het wel, dan kun jij verder kijken.' Hij pakt de beide glazen en loopt naar de keuken.

'We kunnen ook de tv uitzetten en ons wijntje mee naar boven nemen, volgens mij wordt het dan nog romantischer dan in de film.' Ze is achter hem komen staan en slaat haar beide armen om zijn middel.

'Hm, dat lijkt me een erg goed idee, mevrouw!' zegt hij.

Terwijl hij de glazen naar boven draagt, doet Femke de tv uit en volgt hem de trap op. Daarna verdwijnen alle tobberijen naar de achtergrond.

8

Op een donderdagavond in oktober als Jurre naar zijn volleybaltraining is en de meisjes alle drie naar bed zijn, ploft Femke om halftien op de bank. Eigenlijk heeft ze nog wat correctiewerk, dat ze vanavond had willen doen, maar ze kan de motivatie daarvoor niet meer vinden. Ach, ze heeft deze havo-4-klas maandag pas, dus ze heeft het hele weekend nog de tijd.

Ze zapt wat op de tv maar er is niets wat haar boeit.

De bel gaat. Verbaasd kijkt ze op, ze verwachtte niemand. Als ze de deur opendoet, kijkt ze heel even verdwaasd naar de vrouw die met een brede glimlach voor de deur staat. Dan slaakt ze een kreetje en laat ze zich omhelzen.

'Emma! Waar kom jij nou vandaan?' Ze doet een stap naar achteren om haar oudste vriendin binnen te laten. 'Kom binnen joh, wat leuk!'

Even later zitten ze tegenover elkaar in de kamer. 'Waar heb jij de afgelopen jaren gezeten en waarom liet je niks meer horen?' vraagt Femke, als ze een biertje voor hen beiden heeft ingeschonken. 'Je was klaar met je studie en vertrok uit Groningen voor een korte reis naar Amerika, maar daarna hoorde ik niks meer van je.'

'Klopt, sorry, maar van jou hoorde ik ook niet veel. En je weet hoe dat gaat, er was een groot tijdsverschil toen ik in Amerika zat en daarna ben ik verder gereisd. Eigenlijk ben ik wat in Amerika blijven plakken.'

'Waar woon je nu?'

'Ik ben nu voor een paar maanden in Nederland, ik heb een tijdelijke etage in Amsterdam. Direct na nieuwjaar ga ik terug naar San Francisco, want daar woon en werk ik tegenwoordig als model.'

'Als model? Je studeerde technische bedrijfskunde!'

'Klopt, heb ik ook netjes afgemaakt, maar daarna ben ik dus naar Amerika gegaan en daar rolde ik van het een in het ander. Maar jij, hoe gaat het met jou? Ik was bij je ouders aan de deur, want ik was je adres kwijt. Niet te geloven, je bent niet alleen getrouwd maar ook nog moeder van drie kinderen, hoorde ik.' Ze wijst naar een foto aan de wand. 'Drie meisjes? Dus echt huisje, boompje, beestje voor jou.'

Er is iets in haar stem waardoor Femke het gevoel heeft dat ze zich moet verdedigen. 'Klopt, en ik zou niet anders willen. Ik geef nog steeds een paar dagen les, ideale combinatie. Ik heb de schoolvakanties vrij, net als Jurre, mijn man. Hij is ook docent.'

Emma knikt. 'Al met al een heel geregeld leventje dus.'

'Een heel prettig leventje,' reageert Femke nadrukkelijk.

'Dat geloof ik zeker. Maar...'

'Maar?' herhaalt Femke.

'Het lijkt me dat je wel een stukje gemist hebt, een stukje hebt overgeslagen, geen leuke studententijd van op kamers wonen, af en toe lekker doorzakken met elkaar en zo.'

Femke haalt haar schouders op. 'Tja, soms loopt het anders dan je gepland had en het was tenslotte mijn eigen schuld. Als ik toen in Nieuw-Zeeland een andere keus had gemaakt en niet met Peter...'

'Je had ook daarna nog een keus hè? Je had de zwangerschap kunnen afbreken, heb je dat niet overwogen toen?'

'Gelukkig niet!' zegt Femke, nu opeens fel. 'Merel had ik voor geen goud willen missen. Mijn dochter is me meer waard dan een gezellige studententijd, hoor.'

'Dat begrijp ik wel, maar het een had het ander toch niet in de weg hoeven staan? Maar jullie zijn natuurlijk christelijk, dan mag je ook geen abortus zeker?'

Femke haalt haar schouders op. 'Ik weet het niet, mijn ouders gaan niet echt vaak naar de kerk of zo, maar ik weet wel dat zij en ook ik tegen abortus zijn tenzij er misschien een medische noodzaak zou zijn. Dus dat is helemaal niet aan de orde geweest toen ik zwanger bleek te zijn.'

Femke kijkt naar Emma en beseft dat haar vertrouwde vriendin van de middelbare school inmiddels mijlenver van haar af staat.

'Maar vertel eens wat over jouw leven,' gaat ze op een ander onderwerp over. 'Na onze reis hebben we elkaar eigenlijk nauwelijks meer gesproken. Model, wat moet ik me daar precies bij voorstellen? En verder, woon je daar alleen of is er een man in je leven?'

'Het is een druk, maar boeiend leven, voor een vaste relatie heb ik dan ook geen tijd. Veel reizen en steeds weer een heel andere opdracht. Soms sta ik bij dertig graden in een winter outfit, dan weer in een mager zonnetje in badkleding. Maar saai is het nooit!'

Terwijl ze verder vertelt, voelt Femke langzaam toch wel een beetje jaloezie opkomen, wat een afwisselend leven heeft Emma.

'En nu heb ik dus een time-out genomen,' zegt Emma. 'Gewoon even tijd voor mijn familie en vrienden hier in Nederland, want ja, dat mis ik daar natuurlijk toch wel een beetje.'

Ze praten door tot Jurre thuiskomt, daarna neemt Emma al snel afscheid. Terwijl ze elkaar een knuffel geven, zegt Emma: 'Zaterdag ga ik met een stel vrienden en vriendinnen uit in Utrecht, ook mensen die jij vast nog wel kent van de middelbare, ga je mee? Ergens een hapje eten en dan nog even borrelen in de kroeg waar we vroeger kwamen.'

'Nee joh,' zegt Femke, 'bedankt voor je uitnodiging, maar zaterdag is hier altijd rommelig en druk met de kinderen.'

'Tuurlijk moet je meegaan,' bemoeit Jurre zich nu met hun gesprek. 'Leuk toch, weer eens met je oude vriendinnen op stap en bijpraten?'

Femke twijfelt. 'Ik laat het je morgen even weten,' zegt ze. 'Geef me je nummer, dan app ik je morgen.'

Als Emma weg is, vraagt Jurre: 'Waar kwam zij nu opeens vandaan? Zij is toch degene met wie je bent wezen backpacken?'

Femke knikt, ze praat niet graag met Jurre over die periode.

'Maar ik denk dat het leuk voor je is, een avondje met oude schoolvriendinnen op stap, waarom twijfel je?'

Femke haalt haar schouders op. 'Ik denk dat ik weinig raakvlakken met ze heb. Ze hebben allemaal zo'n ander leven dan ik, allemaal van die carrièrevrouwen. Dan voel ik me echt zo gewoontjes met een gezin en een parttime baantje.'

'Wat een onzin, haal jezelf niet zo naar beneden, Femke!' Jurre klinkt verontwaardigd. 'Die vrouwen zullen juist respect voor je hebben hoe je alles voor elkaar hebt. Een drukke baan, drie dochters en een veeleisende echtgenoot, dat ook nog.' Dat laatste zegt hij met een knipoog, maar Femke kan er niet om lachen.

'Je bedoelt een echtgenoot die geen avond thuis is,' zegt ze.

Nu valt Jurre stil, geschrokken kijkt hij Femke aan. 'Is dat zo?' vraagt hij. 'Vind je dat ik te weinig thuis ben?'

'Nou, je bent best veel weg 's avonds,' mompelt ze. 'Kerk, politiek, sporten... Je moet toch toegeven dat je vaak van huis bent.' Ze staat op en brengt de lege glazen naar de keuken.

Als ze de glazen en een beker in de vaatwasser heeft gezet, staat Jurre achter haar en slaat zijn arm om haar schouder. 'Kom eens even zitten, we moeten praten geloof ik.'

Hij trekt haar mee naar de kamer en gaat naast haar op de bank zitten.

'Ik schrok net echt van wat je zei. En je hebt wel gelijk, ik ben best vaak weg, al is iedere avond een beetje overdreven. Ik zal wat selectiever worden in de dingen die ik op me neem. Sorry lieverd, goed dat je het zei. Er komt inderdaad wel veel op jou neer wat de meisjes betreft. Maar jij moet dus zeker zaterdagavond eens lekker gaan stappen met je oude vriendinnen.'

'Ik kijk wel...' Femke weet niet of ze er wel zin in heeft. 'Laten we eerst maar gaan slapen, het is intussen laat aan het worden.'

De volgende ochtend stuurt ze Emma een berichtje dat ze zaterdag graag meegaat. Het wordt een leuke avond in Utrecht met oude bekende en nieuwe gezichten. De meesten lijken elkaar goed te kennen en hoewel Femke zich onmiddellijk opgenomen voelt in de groep, merkt ze wel dat de anderen in een andere fase van het leven zijn dan zij zelf is. Wat ze had verwacht, klopt: nog geen van de vrouwen heeft een gezin. Twee wonen er samen, een is er getrouwd, maar niemand heeft nog kinderen.

Als ze horen dat Femke drie dochters heeft van wie de oudste al bijna tien jaar is, kijken ze wat verbaasd.

'Kun je dan nooit meer gaan stappen?' vraagt haar oud-klasgenootje Lilian, met een gezicht vol medelijden.

'Ik ga wel eens uit, hoor. Meestal met Jurre, mijn man. Ik heb niet het gevoel dat ik iets mis,' zegt ze met een glimlach.

Maar als ze veel later thuis in bed ligt, denkt ze daar anders over. Alle verhalen aanhorend van de anderen, heeft ze voor het eerst het gevoel gekregen dat ze een stuk onbezorgde jeugd heeft gemist. Ze heeft gestudeerd, en het was fantastisch dat haar ouders haar zo hebben opgevangen en voor haar en Merel hebben gezorgd, zodat ze die opleiding kon doen. Maar nu ze de verhalen van haar leeftijdgenoten hoort, beseft ze pas goed dat ze door de komst van Merel wel een totaal andere studietijd heeft gehad dan de anderen.

Vanavond, na een paar drankjes, voelde ze zich even één met de anderen, en toen Emma bij het afscheid voorstelde om de komende week nog een avondje stappen te plannen, heeft ze dat niet direct van de hand gewezen.

'Zullen we donderdag doen?' had Emma bedacht. 'Tenslotte is dat de ultieme stapavond voor studenten. En ook al zijn we dat niet meer, het is wel de gezelligste avond in de kroeg.'

'Ik app je nog,' heeft ze gezegd, 'maar in principe ga ik mee.'

Nu ligt ze klaarwakker in bed en ze denkt na. Donderdag is natuurlijk wel de volleybalavond van Jurre. Misschien kan ze oppas vragen, dan kan Jurre gewoon weg en zij ook.

Morgen maar eens rustig over nadenken, besluit ze. Dan valt ze eindelijk in slaap.

In de weken die volgen gaat Femke steeds vaker een avondje uit. Soms met Emma, andere keren met oud-klasgenoten die ze via Emma weer heeft ontmoet. In het begin juicht Jurre die afspraken toe, maar na drie weken wordt hij wat minder enthousiast over de vele avonden dat Femke weggaat. Hij heeft al twee keer zijn volleybalavond opgegeven en deze week is Femke op vrijdagavond tegen negen uur vertrokken.

'Ik gun je van harte een gezellige avond, Fem, maar het is ook gezellig voor de kinderen en mij als je een avondje thuis bent in het weekend,' zegt Jurre als ze de volgende ochtend oppert dat ze vanavond naar Emma in Amsterdam wil gaan.

'Ik ga pas om halfnegen weg, dan liggen de meisjes al op bed,' zegt ze. 'Over een paar weken gaat Emma weer terug naar Amerika, dan ben ik vanzelf weer iedere avond thuis en dan ben jij weer degene die altijd weg is 's avonds.'

Jurre kijkt haar even aan en haalt dan zijn schouders op. 'Oké, wat je wilt,' zegt hij wat kortaf. 'Ik vind alleen dat je een beetje doorslaat. De afgelopen weken was je bijna iedere donderdag, vrijdag en vaak zelfs ook op zaterdagavond weg.'

'Ik ben een beetje aan het inhalen wat ik gemist heb, denk ik,' zegt ze. 'Ik heb natuurlijk geen normale studententijd gehad.'

'Dat geloof ik, maar ik heb nooit het idee gehad dat je dat als een gemis voelde. Wel een beetje laat om dat na tien jaar nog te willen inhalen.'

'Daar was ook nooit gelegenheid voor,' zegt Femke schouderophalend. 'En nu dus wel.'

'Je zou natuurlijk ook Emma en andere vriendinnen een avondje hier kunnen uitnodigen,' stelt Jurre voor. 'Dan hoef je niet midden in de nacht alleen naar huis te komen. Je weet dat ik ook niet slaap als jij nog niet veilig thuis bent.'

'Nou, dat is natuurlijk grote onzin, ik ben geen klein kind. Ik vind het gezellig om in de kroeg te zitten en daar een wijntje te drinken.'

'In de króég nog wel,' zegt Jurre.

'Cafeetje, restaurantje, wat je wilt. Maar oké, dan blijf ik vanavond wel thuis.'

'Gezellig!' zegt Jurre.

Dat valt Femke tegen, ze had verwacht dat hij zou zeggen dat ze toch nog maar moest gaan vanavond. Ze had al ja gezegd tegen Emma en zou haar in Amsterdam ontmoeten, samen met twee oud-klasgenoten, Pieter en Gerben.

'Dan ga ik Emma wel afzeggen,' zegt ze.

'Lief van je. Ik vind het fijn als je thuis bent vanavond, we hebben de afgelopen weken elkaar 's avonds nauwelijks gezien. Misschien kunnen we een leuke film opzoeken op Netflix, dan maken we er een gezellig avondje van.'

'Lief van je...' herhaalt ze wat verongelijkt. 'Ik heb weinig keus, hè?'

'Je hebt zeker wel de keus,' zegt Jurre rustig. 'Je zei net zelf dat je toch maar thuisbleef vanavond. En zeg nou zelf, met dit weer bij een koude bushalte en op een tochtig perron te staan is toch ook niet heel erg aantrekkelijk?'

'Oké, je hoeft me niet verder te overtuigen, ik ga vanavond niet weg.'

Er wordt verder niet meer over gesproken. Femke stuurt een appberichtje naar Emma om te zeggen dat ze niet komt. Emma antwoordt slechts met een duimpje. Ze vraagt niet wat de reden is en dat vindt Femke fijn.

Ergens voelt het ook als een soort rust dat ze vanavond niet weg hoeft, bedenkt ze als ze in een gemakkelijke oude joggingbroek op de bank zit. Het wordt altijd wel erg laat en dat voelt ze 's morgens goed als de wekker afloopt.

Jurre is boven om Merel in te stoppen. Daarna zullen ze inderdaad samen een film kijken. Juist als ze Jurre de trap hoort afkomen, wordt er aangebeld.

Ze hoort stemmen in de gang, dan de voordeur die weer dichtgaat. Het duurt even voor Jurre de kamer binnenkomt.

'Wie was dat?' vraagt ze.

'Een vriend die zei dat hij je kwam ophalen,' antwoordt Jurre wat kortaf. 'Ik dacht dat je met de trein zou gaan?'

'Dat heb ik niet gezegd,' zegt ze. 'Maar wat maakt dat uit? Ik blijf toch thuis.'

'Daar gaat het niet om.' Jurre gaat naast haar op de bank zitten. 'Het voelt gewoon wat achterbaks. Toen ik iets zei over koude bushaltes en stations, zei jij niet dat je met de auto opgehaald zou worden. Ik vraag me af waarom je dat niet zei. Wie is die Gerben trouwens?'

'Dat van die bushalte klopte, ik zou met de bus naar Utrecht gaan en vandaar meerijden naar Amsterdam. Hij is gewoon een oud-klasgenoot van me. Niks aan de hand, hoor.'

'Hoe bedoel je, niks aan de hand? Wat zou er aan de hand kunnen zijn?'

'Je bent jaloers! En daar is geen reden voor.'

'Ik ben niet jaloers, waarom zou ik? Het enige waar ik van baal is dat jij niet eerlijk tegen me bent. Daar kan ik heel slecht tegen en dat weet je.'

'Ik lieg niet tegen je!' zegt ze fel.

'Nee, maar je vertelt sommige dingen niet, dat is ook een vorm van liegen.'

'Jij vertelt toch ook niet exact met wie je samen vergadert en volleybalt? Dan wantrouw ik je toch ook niet?'

Jurre schudt zijn hoofd. 'Dat slaat nergens op, Femke, dat weet je zelf ook wel. Laten we maar ophouden, anders is de ene avond dat we allebei thuis zijn ook nog verziekt.'

'Nou wat mij betreft is hij dat al.' Femke staat op en loopt de kamer uit, de trap op naar boven.

Daar gaat ze in het donker op de rand van haar bed zitten. Wat een gezeur over een avondje weg, denkt ze. Jurre gunt haar gewoon niet dat ze ook eens wat leuks heeft!

Het is koud boven, ze kan net zo goed in bed kruipen, de avond is toch al verpest. Zonder zich uit te kleden, schuift ze vol zelfmedelijden en tegelijk met een schuldgevoel onder het dekbed. De deur van de slaapkamer gaat open. Jurre komt binnen en gaat naast haar op het bed zitten.

'Kom op, Fem,' zegt hij. 'Laten we deze avond niet verknoeien door een onnozele ruzie. Ik vertrouw je, ik weet heus wel dat jij niks verkeerds hebt met die vrienden van je, maar je weet dat ik nu eenmaal heel gevoelig ben voor eerlijk en oneerlijk. Je had toch gewoon kunnen vertellen dat je niet met de trein zou gaan, maar dat je kon meerijden.'

Femke draait zich naar hem toe en leunt op een elleboog en zegt: 'Soms denk ik dat je me nog altijd niet hebt vergeven dat ik het bestaan van Merel in het begin van onze relatie verzweeg. Dat je daarom zo fel bent op wat jij noemt eerlijkheid.'

'Dat is niet waar,' zegt Jurre. 'Je weet dat ik altijd al heb gezegd dat eerlijk zijn naar elkaar een van de belangrijkste dingen voor mij is. In onze relatie maar ook in allerlei andere verhoudingen en omstandigheden. Maar laten we er nu over ophouden, kom op, we gaan naar beneden en maken er alsnog een gezellige avond van.'

In de volgende weken is er minder contact tussen Femke en Emma. Het lijkt of de glans van die ontmoetingen en uitstapjes opeens minder is geworden. Een enkele keer spreekt ze met Emma af, maar die is vooral druk met allerlei bezoekjes en afspraken voor ze weer teruggaat naar Amerika.

Het zijn ook voor Femke drukke weken: allereerst de tiende verjaardag van Merel, dan het sinterklaasfeest waar vooral de twee jongsten heel druk mee zijn en daarna gaan ze al richting de kerstvakantie.

Femke vindt het altijd heerlijk dat Jurre en zij beiden twee weken vakantie hebben. De meeste tijd brengen ze thuis door, lekker relaxt zonder op de klok te hoeven kijken en zonder verplichtingen of haast. Maar dit jaar voelt Femke zich moe en rusteloos zonder dat ze kan benoemen waar dat vandaan komt.

Na de gesprekken met Emma en de andere leeftijdsgenoten is ze gaan nadenken over haar eigen leven en ze is er ontevreden door geworden. Vergeleken met de meeste van haar leeftijdsgenoten leidt ze wel een erg saai en burgerlijk leventje, vindt ze. Natuurlijk, ze heeft drie prachtige kinderen, Jurre is een lieve schat, ze wonen in een fijn huis en toch vraagt ze zich af: is dit het nou? Moet ze op deze manier doorgaan en oud worden?

Jurre is altijd druk, vaak weg 's avonds. Hij werkt vijf volle dagen op school en doet daarnaast nog allerlei vrijwilligerswerk. Hij kan gewoon nooit nee zeggen als iemand hem om hulp vraagt. Dat is mooi, maar hij vergeet vaak dat zij en de kinderen er ook nog zijn. Klusjes in en om het huis moeten vaak tot de vakanties wachten. Zo ook nu: Jurre wil deze vakantie benutten door de slaapkamer van Merel te behangen. Ze vindt haar kamer al een tijdje te kinderachtig, het behang met prinsessen moet vervangen worden door een effen paarse en een lichtgele wand. Het is natuurlijk fijn dat hij nu bezig is met de kamer van Merel, maar dat betekent dat zij zelf alle boodschappen voor de kerst moet doen.

Al met al voelt Femke zich tekortgedaan en ontevreden met haar leven. Het lukt haar niet om dat gevoel goed onder woorden te brengen bij Jurre, dus praat ze er maar over met Emma als ze de dag voor Oudjaar samen uit eten gaan in Utrecht. Het zal meteen het afscheid worden, want Emma vertrekt 3 januari naar Amerika. Het is fijn om zich eens helemaal uit te spreken tegen haar vriendin. Emma luistert aandachtig en knikt meelevend.

'Ik zou er niet aan moeten denken om al zo gebonden te zijn,' zegt ze. 'Maar ik snap ook Jurre wel, hij heeft natuurlijk ook ruimte nodig. Het is al heel wat dat hij toen hij met jou trouwde er meteen een kind bij kreeg. En het kind van een andere man, dat moet toch wel lastig voor hem zijn?

'Ik heb jouw dochter gezien, nou, die lijkt sprekend op Peter. Dat ziet Jurre natuurlijk niet, maar hij kan het wel begrijpen, want ze lijkt niks op jou. Dus hij wordt iedere dag geconfronteerd met het idee dat hij eigenlijk tweede keus was.'

Dat is een nieuwe zienswijze voor Femke, ze moet er even over nadenken. Maar dan zegt ze resoluut: 'Nee hoor, Jurre was zeker geen tweede keus voor mij. Want wat kende ik Peter ook eigenlijk? Ik was zwaarverliefd op hem, maar verder had ik geen idee wie hij echt was.'

'Natuurlijk weet je dat wel,' zegt Emma beslist. 'Kom op, Fem, je hebt dat weggestopt. Peter was vrolijk, ondernemend, vol energie en gekke invallen. Niets was hem te gek, dat weet je toch nog wel? Je moet toch nog weten wat een afwisselende weken we hadden en spannende dingen we ondernamen in de weken dat we met Paul en Peter optrokken? Survivallen, nachtelijke tochten in de bergen... We hadden zoveel plezier. En niet te vergeten: hij was gek op jou!'

Femke knikt langzaam. 'Ja, maar je hebt gezien wat dat opleverde. Toen hij me een nachtje in zijn tent had weten te krijgen, vertrok hij met de noorderzon.'

'Ik weet niet of je dat zo moet zien. Hij wist toch niet dat jij meteen zwanger zou raken? Wellicht dacht hij dat je wel aan de pil was.'

'Nou ja, het heeft weinig zin om dat allemaal op te halen,' zegt Femke. 'Ik ben heel gelukkig met Merel, ik had haar niet willen missen.'

'Natuurlijk niet, maar we hadden het erover hoe het voor Jurre is, het kind van een ander groot te brengen. Maakt hij geen verschil tussen Merel en zijn twee eigen kinderen?'

'Hij ziet Merel ook echt als zijn dochter, hoor,' zegt Femke. 'Ja, misschien is hij wel wat strenger voor haar dan voor de twee kleintjes. Maar dat heeft daar verder niks mee te maken. Merel is ook wat pittiger dan Anna en Suze. Ze heeft gewoon een wat strakkere hand nodig.'

'Is dat zo? Natuurlijk heeft dat er wel wat mee te maken,' zegt Emma. 'Misschien niet eens bewust, maar hij heeft geen bloedband met haar. Natuurlijk voelt dat anders, ook al doe je nog zo je best.' Zonder Femke de gelegenheid te geven om te reageren, gaat ze verder: 'Weet je, Fem, ik ken jouw Jurre natuurlijk niet heel goed, maar wat ik zo van jou hoor, brengt mij tot de conclusie dat hij en Peter echt twee uitersten zijn. Zo dynamisch als Peter was, zo rustig, misschien zelfs een beetje saai is Jurre. En je vertelde dat hij nooit nee kan zeggen tegen mensen. Ik denk dat je moet opletten dat jij niet een soort huissloofje wordt, terwijl hij alsmaar bezig is aardige dingen voor anderen te doen.'

'Houd toch op zeg!' reageert Femke nu fel. 'Je ziet het helemaal verkeerd, Jurre neemt echt zijn verantwoordelijkheid in ons gezin wel. En ik werk ook twee dagen per week, hè, niks huissloofje. Hoe verzin je het!'

Emma begint te lachen en steekt twee handen in de lucht. 'Sorry, sorry, ik overdrijf een beetje geloof ik.'

'Een beetje? Je overdrijft vreselijk!' Femke moet nu toch ook lachen.

Dan heft Emma haar wijnglas op. 'Op jou!' Om serieus verder te gaan: 'Maar ik meen het, Fem, zorg wel goed voor jezelf. Eis ook je vrije avonden op, dan moet Jurre maar wat minder doen voor die kerk en al die zielige mensen die hulp nodig hebben.'

Femke knikt maar wat, die woorden van Emma klinken weer niet fijn, maar ze heeft geen zin om er opnieuw tegenin te gaan. Emma bedoelt het goed en waarschijnlijk zit er ook wel een kern van waarheid in haar woorden.

'En op Jurre, die toch maar een echte vader voor Merel wil zijn en probeert om geen onderscheid te maken tussen haar en zijn eigen dochtertjes. Houd die man in ere!'

Ook die woorden steken. Femke staat korte tijd later op. 'Ik ga eens op huis aan, de meiden zijn morgenochtend weer vroeg wakker.'

Ze nemen afscheid met de wederzijdse belofte om nu echt contact te houden.

‘Misschien kom je een keer een weekje naar San Francisco,’ stelt Emma voor. ‘Je bent van harte welkom!’

‘Wie weet!’ zegt Femke. Maar ze weet nu al dat ze dat niet zal doen.

9

Toch blijven de woorden van Emma hangen bij Femke. Op allerlei momenten komen ze weer bij haar boven. Als Jurre streng is tegen Merel omdat ze brutaal is, vraagt ze zich onwillekeurig af of hij ook zo zou reageren als Anna iets dergelijks zou zeggen. Al moet ze toegeven dat Merel niet bepaald een gemakkelijk kind is. Ze kan heel opvliegend zijn en kan weinig van andere kinderen verdragen. Ook bij de tienminutengesprekken op school krijgen ze regelmatig te horen dat Merels gedrag niet altijd even goed is. Ze kan heel vrolijk zijn maar als de dingen haar niet aan staan verandert ze heel snel in een boos en koppig meisje. Femke probeert vaak om een opkomende boze bui van Merel in de kiem te smoren, door haar haar zin te geven, maar Jurre is het daar absoluut niet mee eens. En dat geeft dan weer gedoe tussen hen tweeën.

Soms vraagt Femke zich af hoe het karakter van Peter was, maar steeds weer beseft ze dat ze hem helemaal niet kende.

Jurre is 's avonds nog steeds veel weg. Als hij drie avonden op rij van huis is, vraagt ze zich af of dat nu echt wel nodig is. Toen zij dat deed, vond Jurre het ook niet fijn. En zo zijn er allerlei kleine dingen die haar hinderen en haar het gevoel geven dat Jurre te weinig rekening met haar houdt.

Ze vindt haar leven eentonig en ze zou willen dat er meer leuke en verrassende elementen in hun huwelijk zouden zijn. Saai… dat woord komt vaak in haar op. Intussen is het voorjaar geworden, alles gaat gewoon door zoals het al jaren gaat. Ze gaan naar hun werk, de kinderen gaan naar school. Suze wordt bijna vier jaar, ze mag al een aantal ochtendjes wennen op de basisschool. En steeds vaker vraagt Femke zich af: Is dit nou alles? Ze weet dat ze dikwijls kortaf is tegen Jurre, maar hij lijkt het niet eens te merken. Dat irriteert haar nog meer, ze voelt zich onbegrepen en niet gezien door hem. Femke krijgt steeds meer het gevoel dat ze elk hun eigen leven leiden.

'We moeten praten, Jur!' zegt ze op een avond als de kinderen in bed liggen.

Tijdens de avondmaaltijd was er ruzie tussen de kinderen, die begon met de vraag van Anna aan Merel, waarom ze in de pauze niet buiten was. 'En gisteren ook niet, Willemieke uit jouw klas zei dat je straf had. Waarom dan?'

Daarop was Merel ontploft, ze schold haar zusje uit voor gemene klikspaan, gevolgd door nog een heleboel lelijks.

'Hé Merel, bedaar jij eens gauw!' had Jurre gezegd. 'Anna klikt niet, ze vraagt je wat.'

'Dat doet ze om jullie te vertellen dat ik straf had. Je bent een stom rotkind, Anna!'

'Genoeg, zulke woorden wil ik niet horen.' Jurre had zijn bestek neergelegd en was verdergegaan: 'Je zegt nu sorry tegen je zusje, anders ga je maar naar boven.'

'Goed hoor, ik ga al, ik hoef die smerige broccoli toch niet.' Met een ruk had ze haar stoel naar achteren geschoven en was boos de kamer uitgelopen.

'Moet dat nou zo, Jur?' had Femke kortaf gevraagd.

'Ja, zo moet dat blijkbaar,' had hij met een zucht geantwoord. 'Dit is niet voor de eerste keer vanavond dat ze zo zit te schelden. Moet je toch horen wat ze er allemaal uitgooit. De honden lusten er geen brood van.'

De rest van de maaltijd was in stilte verlopen en na het eten was Femke naar boven gelopen. Ze vond een beledigde Merel die op haar bed lag te lezen. Na een hele poos praten kreeg ze haar dochter eindelijk zover dat ze naar beneden ging om sorry te zeggen tegen Jurre en tegen Anna. Maar het was duidelijk dat ze bepaald niet gebukt ging onder schuldgevoel, de excuses kwamen er stug uit.

Jurre had de excuses aanvaard en Merel een knuffel gegeven. 'Nou, dan is het weer goed, maar Merel, probeer toch om niet direct zo boos te worden en zo te schelden.'

Daarna had Femke Merel in de keuken alsnog haar lievelingstoetje gegeven, hopjesvla.

Maar het zit haar nog steeds dwars dat Jurre bij een ruzietje tussen de meisjes Merel meteen naar boven stuurde. Opnieuw was het door haar heen gegaan: zie je wel, ze is zijn kind niet, hij kan niks van haar hebben.

Daarom zegt ze nu: 'We moeten praten, Jurre.'

'Ja...' Hij kijkt even weg van het scherm, waar een spannende voetbalwedstrijd al zijn aandacht vasthoudt. 'Nog heel even, de wedstrijd is bijna afgelopen.'

'Wat is nou belangrijk!' mompelt Femke geïrriteerd.

Nog voor het fluitsignaal vanaf het scherm klinkt, is Femke naar boven gegaan. Het gesprek komt er die avond niet.

In de maanden die volgen wordt het er niet beter op. Er zijn veel kleine irritaties tussen Jurre en Femke. Heel vaak heeft het te maken met Merel, die dat haarfijn aanvoelt en zich steeds minder laat gezeggen door Jurre.

'Jij praat alles maar goed van haar,' zegt Jurre moedeloos tegen Femke, na het zoveelste conflict in huis. 'We hebben ooit afgesproken dat we één lijn zouden trekken bij de opvoeding van onze dochters. Als je het niet met me eens bent, moeten we daar samen over praten, maar als jij me steeds afvalt waar Merel bij is, hebben mijn woorden geen enkele zin. Ze loopt onderhand over me heen, Fem, ze heeft geen respect, het is toch te gek voor woorden, ze is tien jaar!'

'Het is je eigen schuld,' antwoordt Femke. 'Je bent zo onwijs streng voor haar, ze is nog een kind!'

'Ja, een heel slim kind, en een kind dat smeekt om regels. Maar jij geeft haar steeds haar zin. Daar wordt ze niet gelukkig van, ze heeft duidelijkheid nodig. Niet alleen Merel, maar ook Anna en Suze, alle kinderen hebben dat nodig.'

'Fijn dat je dat er nog even bij zegt,' reageert Femke. 'Want daar merk ik weinig van, voor die twee kleinsten ben je helemaal niet zo streng. Ik snap best dat het lastig is voor je, tenslotte is Merel niet je eigen vlees en bloed.'

'Daar gaan we weer,' zegt Jurre geïrriteerd. 'Blijkbaar geloof je mij nog steeds niet als ik zeg dat Merel mij even lief is als onze andere twee dochters. Je weet net zo goed als ik dat Anna en Suze veel gemakkelijker en rustiger van karakter zijn. Maar ook voor hen ben ik consequent. Je helpt Merel er niet mee als je haar steeds weer haar zin geeft of haar gedrag goedpraat. We willen toch dat onze dochters eerlijke en stabiele mensen worden?'

'Eerlijk, daar heb je dat woord weer. Altijd moet je dat er weer bijhalen, hè? Je bedoelt natuurlijk eerlijker dan hun moeder.'

'Houd toch op!' Geïrriteerd staat Jurre op van zijn stoel. 'Met jou is momenteel niet te praten, geloof ik. Ik ga volleyballen, ik ben al laat, tot straks.'

Zonder de kus die hij haar altijd geeft als hij de deur uitgaat, vertrekt hij. Een minuutje later ziet ze hem wegfietsen.

'Hadden jullie ruzie?' Opeens staat Merel in de kamer.

'Nee hoor, we hadden geen ruzie, maar gewoon een gesprek. Ga jij ook zo douchen, het is bijna bedtijd voor je.'

'Mam...' Merel negeert die laatste woorden van haar moeder en gaat naast haar op de bank zitten. 'Mam, ik zou mijn echte vader wel willen zien. Kan dat? Hoe heet hij eigenlijk?'

Die vraag overvalt Femke enorm, nooit eerder heeft Merel een vraag gesteld of een opmerking gemaakt over Peter. Ze weet al heel lang dat een andere man dan haar papa eigenlijk haar vader is, maar dat heeft ze altijd voor kennisgeving aangenomen. Jurre was haar papa en over die ander werd nooit gesproken.

'Waarom vraag je dat nu opeens?'

'Gewoon, ik mag toch wel weten wie mijn vader is,' antwoordt Merel fel. 'Hoe heet hij en waar woont hij?'

'Peter,' zegt Femke kortaf. 'En ik weet niet waar hij woont.'

'Peter...' herhaalt Merel langzaam. 'Dat vind ik een mooie naam, mijn vader heet Peter.'

Femke heeft zichzelf weer hersteld van de schrik over die onverwachte vraag, ze staat op en zegt: 'Jurre is je vader, Merel. Degene die van je houdt, je opvoedt, dat is je vader en dat is dus Jurre. En nu hup, naar boven, douchen!'

Maar zo gemakkelijk laat Merel zich niet afschepen. Ze blijft zitten en vraagt: 'Weet Peter wel dat ik Merel ben? Ik bedoel, wist hij dat je een meisje kreeg, mam?'

Nu gaat Femke naast haar dochter zitten. Ze begrijpt dat Merel niet zal stoppen met haar vragen. Het is al een wonder dat ze eerder nauwelijks vragen heeft gesteld.

'Ik was op vakantie met Emma, je weet wel, die hier afgelopen winter was. Toen we eindexamen van de middelbare school hadden gedaan, gingen we een jaar samen op reis, naar Australië en naar Nieuw-Zeeland. Peter was ook aan het trekken, samen met een vriend en we trokken een hele poos samen op. Ik werd verliefd op hem en hij op mij. En ja toen was ik in verwachting,' besluit ze wat knullig.

'Maar jullie waren toch niet getrouwd of zo, dan doe je... je weet wel... toch eigenlijk nog niet?' Bij die laatste vraag kijkt ze wat viezig.

Ach, heerlijk naïef kind! Femke moet bijna lachen, toen Merel een paar jaar geleden ging doorvragen hoe een baby toch in je buik komt en Femke haar alles had uitgelegd, had ze ook op deze manier naar haar moeder gekeken en hartgrondig en vol afschuw gezegd: 'Hè jakkes! Dat ga ik dus nooit doen, ik adopteer later wel kinderen.'

Het is duidelijk dat ze er nog steeds zo over denkt, maar dat zal niet lang meer duren, bedenkt Femke vertederd.

‘Als je veel van elkaar houdt kun je ook al eerder met elkaar naar bed gaan en seks hebben,’ zegt ze, toch wat ongemakkelijk. ‘Maar het is niet goed om dat te doen als je elkaar nog maar zo kort kent. Het is veel mooier om dat te bewaren voor degene met wie je echt je leven wilt delen.’

‘Waarom deed jij dat dan toch?’ vraagt Merel onbarmhartig. ‘Echt stom.’ Dan fronst ze haar wenkbrauwen en gaat verder: ‘Maar als jullie dat niet hadden gedaan, was ik er niet geweest.’

‘Precies,’ zegt Femke. ‘En hoewel het zeker niet goed was wat we deden, heb ik er toch geen spijt van, want ik had jou nooit willen missen.’ Ze slaat haar arm om Merel heen en knuffelt haar stevig. ‘En nu echt naar boven.’

Maar Merel blijft zitten en gaat verder alsof ze die laatste opmerking niet heeft gehoord: ‘Maar wilde hij toch niet mijn vader zijn?’

‘Ik wist niet meteen dat ik in verwachting was, dat ontdekte ik pas toen ik al weer thuis was.’

‘Maar je had toch eh, dinges met hem gedaan, dan wist je het toch wel?’

‘Als je seksuele gemeenschap hebt met iemand, ben je niet altijd meteen zwanger.’

‘Nou snap ik er niks meer van,’ zegt Merel. ‘Maar dan had je hem toch kunnen opbellen of mailen of zo.’

‘Ik had zijn telefoonnummer niet, ik wist ook niet waar hij woonde. Dus ik kon hem niet vertellen dat er een baby kwam. Maar toen ik met papa trouwde, wilde hij heel graag jouw vader worden. Daarom heet je ook Dijksman met je achternaam, papa wilde graag dat je echt zijn dochter werd, precies hetzelfde als Anna en Suze.’

‘Maar toch is hij niet echt mijn vader. Hoe heet Peter met zijn achternaam?’ Hiermee is ze weer terug bij haar eerste vraag.

‘Ik weet het niet meer,’ zegt Femke. ‘Het is ook niet belangrijk, toch?’

‘Papa is altijd streng tegen mij, dat komt vast omdat ik niet echt zijn kind ben. Ik wil weten of mijn echte vader ook zo streng is.’

‘Het spijt me, Merel, maar dat zullen we nooit weten. Probeer er niet te veel over na te denken. En papa is voor je zusjes even streng als voor jou.’ Femke staat op en zegt voor de derde keer: ‘En nu naar boven, douchen, ik loop met je mee.’

In haar hart is ze het eens met Merel. Jurre zegt wel dat het niet zo is, maar hij is voor Merel echt veel strenger dan voor de twee kleintjes en natuurlijk heeft dat er mee te maken dat Peter en niet hijzelf Merels vader is.

Hierna komt Merel niet meer terug op haar vragen over Peter. Maar Femke loopt er zelf des te meer over te denken. Natuurlijk weet ze zijn achternaam nog wel, maar jaren geleden heeft ze zich voorgenomen die naam te ‘vergeten’. Ze heeft hem nooit tegen iemand genoemd en steeds gezegd dat ze zijn achternaam nooit heeft geweten. Maar na het gesprekje met haar dochter wordt de verleiding opeens heel groot hem op te zoeken op social media.

Toch doet ze het niet, ze weet zelf niet waarom ze het niet durft. Maar ze voelt dat het beter is om het niet te doen.

In juli krijgt ze een appje van Emma waarin ze schrijft dat ze de volgende week een aantal dagen naar Nederland komt. Ze stelt voor die donderdagavond samen met nog wat vrienden te gaan eten.

Femke reageert enthousiast, maar als ze het ’s avonds aan Jurre vertelt, blijkt hij minder enthousiast. ‘Weet je wel welke datum het donderdag is?’ vraagt hij.

Ach natuurlijk! Het is donderdag hun zevende trouwdag.

‘We hadden verder geen plannen toch?’ zegt ze schouderophalend. ‘Jij gaat natuurlijk volleyballen.’

‘Ik was van plan je als verrassing mee uit eten te nemen, maar als je liever met je vriendinnen op stap gaat, prima hoor.’

‘Dat is dan de eerste keer dat je zoiets bedenkt voor ons samen, we gaan toch meestal iets in het weekend met de meiden doen?’ zegt ze. ‘Wel heel toevallig.’

‘Het is prima,’ reageert hij kortaf. ‘Ik had al oppas geregeld, dus ik kan inderdaad gewoon gaan volleyballen.'

'O, nou ja, dat wist ik natuurlijk niet, dat je echt al wat geregeld had. Maar dat had je toch even kunnen overleggen?'

'Je zei pas dat ik je nooit eens verraste en nu doe ik dat een keer en is het weer niet goed.'

'Dan zeg ik Emma wel af, hoor. Maar het is de enige avond dat ze deze kant opkomt, zaterdag vliegt ze al weer terug.'

'Nee hoor, doe maar wat jij leuk vindt, we gaan later wel een keer uit eten. De verrassing is er nu toch al af.' Jurres stem klinkt wat onverschillig. Direct daarna loopt hij de kamer uit.

Femke blijft met een vervelend gevoel achter. Ergens voelt ze zich schuldig. Jurre heeft wel gelijk, ze moppert weleens tegen hem dat hij nooit eens iets leuks bedenkt, iets verrassends of romantisch, altijd is hij druk, druk, druk. Met school, met de jeugdclub van de kerk, met commissie dit of dat, volleybal en ga zo maar door. Het lijkt wel of hij de laatste tijd steeds vaker weg is. En nu komt zijn verrassing wel heel beroerd uit, ze heeft erg veel zin om Emma weer te zien en te spreken.

Aan de andere kant is het helemaal niet handig van Jurre om zo'n plannetje te maken voor een donderdag. Het is toch veel meer ontspannen om op vrijdag of zaterdag uit eten te gaan? Ze hebben in de voorgaande jaren hun trouwdag ook altijd in een weekend gevierd.

Femke besluit er niet langer over na te denken. Jurre heeft al aangegeven dat het wel goed is zo, dus klaar.

Ook Jurre komt niet meer terug op hun gesprek. Op de bewuste donderdag komt hij, zoals ook in de voorgaande jaren, 's middags thuis met een bos rode rozen. Toch voelt het anders dan de andere keren.

Als Emma om zes uur voorrijdt in haar huurauto om Femke op te halen, voelt het bijna als een opluchting dat ze weg kan gaan.

'Zullen we zaterdag met de meiden een pannenkoekje gaan eten?' stelt ze voor als ze hem een kus ter afscheid geeft.

'Prima hoor, veel plezier vanavond,' antwoordt Jurre opgewekt.

Het raakt hem niet eens dat ik toch wegga, denkt ze.

'Gaat het wel goed met je?' informeert Emma als ze samen richting Utrecht rijden. 'Je kijkt zo bedenkelijk.'

Femke glimlacht. 'Het gaat goed hoor,' zegt ze. 'Jurre en ik hadden een klein probleempje, maar dat is alweer opgelost.' Ze aarzelt even, dan gaat ze verder: 'Het is vandaag onze trouwdag en Jurre had bedacht om uit eten te gaan, maar hij was vergeten dat met mij te bespreken. Niet heel handig dus.'

'Joh!' reageert Emma, 'waarom ga je dan met ons mee? Dat is toch best onaardig?'

'Hm, valt wel mee hoor,' mompelt Femke.

Emma schiet in de lach. 'Jij bent toch soms wel een rare!' zegt ze. 'Meid, je hebt zo'n leuke vent, die zonder problemen het kind van een ander heeft geaccepteerd, een leuke vader is voor jullie meiden en je wil verrassen met een etentje. En wat doe jij? Je gaat gewoon uit eten met een stel vriendinnen.'

'Nou, jij stelt het allemaal wel heel rooskleurig voor,' werpt Femke tegen. 'Zo volmaakt is Jurre echt niet, hij leeft vooral zijn eigen leven, zit naast zijn werk in van alles en nog wat, hij is bijna geen avond thuis en wat Merel betreft...'

'Ja?' vraagt Emma en ze kijkt even van opzij naar Femke.

'Hij heeft haar geaccepteerd, en hij zegt zelf dat hij geen verschil voelt voor haar of voor de andere twee, maar dat geloof ik niet. Hij is voor Merel veel strenger, kan veel minder van haar hebben dan van Anna of Suze.

'Hm, ja, dat is lastig, lijkt me,' knikt Emma. 'Wat weet Merel trouwens over Peter? Hebben jullie haar al wel verteld dat Jurre eigenlijk niet haar vader is?'

'Jazeker, vanaf heel klein hebben we dat al verteld, maar tot voor kort vroeg ze er nooit iets over. Jurre was gewoon papa, klaar. Maar een tijdje terug begon ze er opeens over. Ze vroeg hoe hij heette, waar hij woont en of ze hem kan ontmoeten. Ook wilde ze weten hoe het kon dat ik zwanger was geworden.' Femke glimlacht even bij de herinnering en gaat verder: 'Ik dacht dat ze aardig was voorgelicht, maar ze vroeg zich toch af of je je-weet-wel, zoals zij dat noemde, ook al kunt doen als je nog niet getrouwd bent.'

'Ach, wat schattig,' zegt Emma. 'Maar ja, dat kon je natuurlijk vroeg of laat verwachten. Dat ze vragen gaat stellen over haar afkomst, bedoel ik. En nu, gaat ze hem googelen?'

Femke schudt haar hoofd. 'Ik heb gezegd dat ik zijn achternaam niet weet,' bekent ze.

'O. Geloofde ze dat? Ben je bang dat ze contact gaat zoeken?'

'Ja, zolang ik dat kan tegenhouden zal ik dat doen,' zegt Femke zacht maar beslist.

Even blijft het stil, Emma rijdt inmiddels een parkeergarage binnen. Als ze de auto heeft geparkeerd, draait ze zich om naar Femke. 'Waar woont hij eigenlijk tegenwoordig?' vraagt ze.

'Peter? Ik heb geen idee, vast ergens in Australië.'

'Wil je zeggen dat je hem nooit hebt opgezocht op internet?' vraagt Emma verbaasd. 'Dat meen je niet!'

Femke schudt haar hoofd. 'Nee, dat durf ik niet,' geeft ze toe. 'Ik wilde in het begin Peter zo snel mogelijk vergeten omdat hij blijkbaar ook totaal geen behoefte had om ons contact vast te houden. Misschien was ik wel bang dat hij aanspraak op Merel wilde maken toen ze een baby was. Daarna kwam Jurre in mijn leven, en ik wilde Peter nog méér vergeten, alsof hij nooit in mijn leven was geweest. Ik hoopte dat Merel nooit interesse zou tonen in haar afkomst, dat ze genoeg zou hebben aan Jurre als vader. Maar dat blijkt dus niet zo te zijn.'

'Dan had je haar nooit moeten vertellen dat Jurre niet haar biologische vader is.'

'Vroeg of laat zou dat natuurlijk toch wel een keer uitgekomen zijn en Jurre is heel erg voor eerlijkheid, op ieder gebied.'

'Lastig voor je,' zegt Emma. 'Maar ik blijf het apart vinden dat jijzelf ook nooit meer naar hem hebt gezocht. Dat heb ik wel gedaan.'

'Wát?' Met een ruk keert Femke zich naar Emma toe.

'Al een heel aantal jaren geleden, hoor. Ik vond hem via Instagram. Het was heel simpel. Ik kan niet begrijpen dat jij nooit gegoogeld hebt! Denk je dan ook nooit meer aan hem?'

'De laatste tijd eerlijk gezegd wel vaker, misschien omdat Merel steeds meer op hem gaat lijken. Eigenlijk ben ik ook best benieuwd naar zijn leven van nu, maar toch durf ik niet te gaan zoeken. Laf, hè?'

'Ach, misschien ook wel verstandig,' zegt Emma. 'Tenslotte heeft hij ook nooit naar jou gezocht. Of in elk geval nooit contact gezocht.'

'Ik zet nooit persoonlijke dingen of foto's op Insta, dus hij zou niet wijzer worden als hij daarop keek.'

'Je hebt toch nog wel foto's van hem? Die zou je aan je dochtertje kunnen laten zien.'

'Nee, ik heb alles weggegooid toen ik Jurre leerde kennen.'

'Dat is best stom,' reageert Emma nuchter. 'Je had toch wel wat kunnen bewaren voor Merel? Je kon snappen dat ze ooit naar hem zou gaan vragen. Maar als je een foto wilt hebben van toen, heb ik vast nog wel wat waar jullie samen opstaan.'

'Nee, bedankt!' zegt Femke resoluut. 'Peter is verleden tijd.'

'Voor jou misschien, maar dus niet voor je dochter.'

'We zullen het zien als ze ouder is, maar ik heb geen behoefte om informatie over hem op te zoeken.'

'Toch intrigeert het me, ik zou hem allang hebben opgezocht,' zegt Emma. Dan opent ze haar portier. 'Kom op, we gaan eten!'

Emma komt de verdere avond niet meer terug op hun gesprek. Ze zijn met een groepje van vijf vriendinnen en het is gezellig. Pas als Emma haar tegen twaalf uur terugrijdt naar huis en ze afscheid hebben genomen, roept ze, wanneer Femke uitstapt: 'En ga eens een kijkje nemen op Insta! Kijken kost niks.'

Zonder te reageren slaat Femke het portier dicht.

10

In augustus gaan ze drie weken met de caravan naar Frankrijk, maar het is geen ontspannen vakantie. Femke beseft dat Merel daar vaak de oorzaak van is, ze gedraagt zich dwars en brutaal, het lijkt vooral of Jurre niks goed kan doen. Merel heeft voortdurend kritiek op zijn plannen: als hij voorstelt om naar een dorpje te gaan, wil ze juist op de camping blijven en op de dagen dat ze afspreken lekker met elkaar te gaan zwemmen, noemt ze dat saai en stom. Toch vindt Femke dat Jurre zich wel wat soepeler zou mogen opstellen tegen hun oudste en natuurlijk voelt Merel dat feilloos aan.

Ook deze middag lijkt het weer fout te gaan. Jurre heeft bedacht dat ze een wandeling kunnen gaan maken naar het dorpje wat verderop om daar een ijsje te eten.

'Daar heb ik geen zin in,' zegt Merel, 'het is veel te heet en die kleintjes lopen niet door. Waarom maken we niet eens een wandeling naar die berg daar, dat is pas een uitdaging.'

'Dat lijkt me een prima plan,' zegt Jurre rustig. 'Maar dat is voor Anna en Suze zeker te zwaar. Ik stel voor dat mama met de kleintjes naar het dorp wandelt en dan gaan wij samen die berg op, Merel. Hoe lijkt je dat?'

Merel haalt haar schouders op. 'Ik weet niet, hoor,' bromt ze.

'Ik vind het een goed idee,' zegt Femke. 'Maar dan moet je wel een paar goede schoenen aandoen, Merel. Op die slippers kom je niet ver.'

Even later lopen Jurre en Merel samen het smalle bergpad op dat vlak bij de camping begint. Ze lopen lekker in de schaduw van het bos.

'Ik vind het leuk, Mereltje,' zegt Jurre, 'eens een vader-dochtermomentje zonder de kleintjes. Best eens goed, denk ik.'

'Nou... vader-dochter...' zegt Merel. 'Eigenlijk ben ik niet jouw dochter, hè pap?'

Jurre schrikt van haar opmerking, maar heel rustig antwoordt hij: 'Voor mij ben jij zeker wel mijn dochter, Merel. Je zult het je vast niet meer herinneren maar op de dag dat mama en ik trouwden en we elkaar een belofte van trouw deden in de kerk, heb ik ook aan jou een belofte gedaan: dat ik voor altijd een vader voor je wilde zijn.'

'Jawel, maar toch ben je eigenlijk niet mijn vader, dat is Pieter. Maar je schrijft "Peter", heeft mama verteld.'

'Dat is waar, maar degene die voor je zorgt en van je houdt, voelt nu toch hopelijk wel als een vader.'

Daar reageert ze niet op, maar ze zegt: 'Ik wil hem een keer zien, mijn echte vader.'

Jurre moet even slikken bij die uitspraak, *mijn echte vader*. 'Ik begrijp dat je daar benieuwd naar bent. Als je ouder bent kun je natuurlijk gaan proberen om hem op te zoeken. Nu ben je daar nog te jong voor.'

'Mama zegt dat ze niet weet hoe hij met zijn achternaam heet. Hoe kan ik hem dan zoeken?'

'Ik weet het niet, maar daar is vast wel achter te komen. Maar zoals ik al zei, Merel, dat kan pas als je ouder bent. Ik hoop dat je in die tussentijd toch wel een beetje blij bent met deze vader?' Hij slaat al lopend even zijn arm om haar schouder. 'Het is allemaal best lastig, hè? Maar geloof me, ik hou vreselijk veel van jou, net zoveel als ik van Anna en Suze hou. Jullie zijn alledrie mijn prachtige dochters.'

Het lijkt wat beter te gaan na dit gesprek en de wandeling samen.

'Ik moet gewoon vaker wat samen doen met Merel,' zegt Jurre tegen Femke als ze weer terug zijn op de camping. 'Zij moet zich natuurlijk vaak aanpassen aan de kleintjes.'

'Je bent nu al weinig thuis,' zegt Femke, 'dus wanneer wilde je dan wat met haar gaan doen? Ja, in de vakantie is dat leuk, maar thuis komt daar toch niks van.'

'We hebben het hier al eerder over gehad, Fem, je hebt wel gelijk. Ik heb me echt voorgenomen de komende tijd meer thuis te zijn. Ik zal eens kijken wat ik opgeef, misschien de club, maar ik weet hoe moeilijk het is om daar leiding voor te vinden. Dus kan ik beter stoppen met volleybal, dan ben ik in elk geval een avond meer thuis.'

'Dat heeft geen zin; Merel ligt al in bed als jij weggaat, dus blijf vooral lekker volleyballen.'

'Dat is natuurlijk zo... Dan plan ik wat vaker op zaterdag iets met Merel. Ik merkte dat ze het leuk vond vanmiddag.' Hij aarzelt even, maar dan gaat hij verder: 'Ze stelde me serieuze vragen.'

'O, waarover?'

'Haar biologische vader, ze vroeg of ze hem kon opzoeken.'

Femke knikt. 'Sorry!' zegt ze.

'Waarom zeg je sorry? Het is toch logisch dat ze haar vragen krijgt nu ze groter wordt. Ze zei dat jij geen achternaam weet van Peter. Is dat echt zo, of wilde je het haar nog niet vertellen? Dat lijkt me inderdaad verstandig, ze is nu nog te jong om naar hem op zoek te gaan.'

Femke schudt haar hoofd. 'Ik ben het echt vergeten,' zegt ze.

Ze weet niet of hij haar gelooft. Maar ze wil de naam niet prijsgeven, het liefst wil ze hem echt vergeten.

Steeds vaker denkt ze terug aan die maanden in Nieuw-Zeeland. Intussen is het gewone leven weer begonnen: de kinderen gaan naar school, Jurre en zij gaan naar hun werk en op de drie dagen in de week dat ze vrij is, is ze druk met van alles. Er is altijd wel iets wat haar aandacht vraagt en om twee uur staat ze bij school om de meisjes te halen. 's Middags brengt ze de meisjes naar zwemles, korfbal of dansen.

Merel hoeft niet meer naar alles gebracht en gehaald te worden, dat is fijn, ze is heel zelfstandig en regelt haar zaakjes graag zoveel mogelijk zelf. Soms wel eens wat te veel, dan maakt ze afspraken met vriendinnetjes zonder dat te overleggen met Femke en verdwijnt ze opeens, hetgeen regelmatig tot botsingen met Femke leidt. Femke vertelt dit soort dingen nooit aan Jurre, ze wil niet dat hij zich ermee gaat bemoeien.

Jurre is weer druk met z'n school, z'n sport en alle andere dingen waarmee hij zich bezighoudt. Hij zit nu ook in de medezeggenschapsraad van de basisschool, dus weer een verplichting erbij. Ze vindt het ook echt prima, als Jurre wel thuis is hebben ze elkaar ook weinig te vertellen, heeft ze geconcludeerd.

Steeds vaker bekruipt haar de gedachte: is dit het nou? Ze is dertig, maar ze leeft alsof ze tien jaar ouder is. De meeste vrouwen van haar leeftijd hebben een veel afwisselender leven, dat ziet ze bij Emma, maar ook bij de anderen die ze, meestal via Emma, ontmoet. Ze reizen, zijn bezig met hun carrière en doen in het weekend leuke dingen. Zij komt, naast de lesuren, niet verder dan de kinderboerderij of een familiebezoekje op zondagmiddag. Jurre is een prima man, maar het leven met hem is wel saai.

Emma heeft eigenlijk wel gelijk als ze zegt dat zij haar jeugd een beetje heeft overgeslagen. Als ze bij school staat, ziet ze ook dat de meeste andere moeders allemaal ouder zijn dan zijzelf. Langzaam maar zeker krijgt Femke steeds meer medelijden met zichzelf. Zeker als ze berichtjes van Emma volgt, zij heeft pas een leuk en afwisselend leven.

Hoe zou haar leven geworden zijn als het contact met Peter niet verbroken was? Als hij had geweten dat ze zwanger was, zou hij dan zijn verantwoordelijkheid hebben genomen en zouden ze samen zijn gebleven? Wellicht had ze dan nu in Australië gewoond en had ze een veel boeiender leven gehad dan nu. Peter was impulsief en avontuurlijk, hij zou vast niet altijd druk geweest zijn met z'n werk, de kerk en alles daaromheen, zoals Jurre.

Hoe zou Peter in zijn rol als vader geweest zijn? En heeft zij eigenlijk wel het recht om hem zijn dochter te onthouden? Had ze niet meer haar best moeten doen om hem te vinden?

Ze denkt aan de verbaasde vraag van Emma: 'Wil je zeggen dat je hem nooit hebt opgezocht op internet?'

De avond voor de elfde verjaardag van Merel zit Femke alleen in de kamer. De jongste meisjes liggen al een poos op bed en ook Merel is eindelijk naar boven gegaan. Jurre is naar een vergadering, Femke weet niet eens waar hij precies is. Tegenwoordig vraagt ze hem niet eens meer wat voor afspraken hij heeft, ze neemt het als kennisgeving aan als hij zegt dat hij een bijeenkomst heeft. Ze leven steeds meer langs elkaar heen en Jurre lijkt het niet te merken of vindt het wel prima blijkbaar. Ach, misschien is dit ook wel normaal als je al zoveel jaar getrouwd bent.

Morgen wordt Merel al elf. Niet te geloven! Nog anderhalf jaar, dan gaat ze naar de middelbare school. En dan nog een jaar of vijf, zes en ze gaat studeren. Of reizen...

Bij die gedachte komen de herinneringen weer sterker dan ooit bij haar boven.

Misschien wil Merel als ze achttien is wel naar Australië, op zoek naar haar vader. Wil ze weten wie hij is, hoe hij eruitziet.

Waarom is Femke eigenlijk zo laf, waarom durft ze zelf niet op zoek te gaan naar hem? Gewoon zoeken op internet en kijken of ze iets van hem kan vinden. Emma heeft gelijk, het is belachelijk dat ze dat al die jaren niet heeft gedaan. Ze hoeft immers geen contact op te nemen. Alleen even kijken.

Femke klapt haar laptop open en begint te zoeken.

Peter Smith is een veelvoorkomende naam. Maar na een poosje zoeken op Facebook en Instagram kijkt ze opeens in zijn gezicht. Ja! Geen enkele twijfel, dat is hij. Ze houdt haar adem in, dan scrolt ze verder in zijn profiel, kijkt naar foto's.

Ze schrikt van haar eigen reacties, er komen allerlei weggestopte herinneringen boven. Ze scrolt verder en ontdekt in welke stad hij woont. Daar had zij dus kunnen wonen.

'Het is een beetje later geworden dan ik had gedacht, sorry.'

Ze heeft niet eens gehoord dat Jurre is binnengekomen. Opeens staat hij in de kamer en legt een mapje met papieren op tafel.

Hij geeft haar een kus op haar wang. 'Zullen we meteen maar even de slingers ophangen?'

Femke klapt snel haar laptop dicht. Heeft Jurre gezien wat er op haar scherm stond?

'Ja, dat is goed, ze liggen al klaar,' zegt ze snel. 'Ik zat nog even te werken voor school.'

'O ja?' Meer zegt Jurre niet, maar aan de toon waarop hij het zegt, hoort ze dat hij haar niet gelooft.

'Ja, ik zat van een paar leerlingen wat achtergrondinformatie op te zoeken, we zijn benieuwd waarom ze zich gedragen zoals ze doen. Ik dacht, misschien word ik wat wijzer als ik eens wat rondneus bij hun familie en zo.' Het slaat nergens op en dat weet ze.

Jurre trekt even zijn wenkbrauwen op, dan zegt hij: 'Oké, bijzonder. Weet je zeker dat je niet naar wat anders op zoek was? Ik dacht iets van Australië op je scherm te zien.' En zonder overgang gaat hij verder: 'Waar wil je deze slinger hebben, vanuit die hoek en dan naar de deur?'

Ze knikt. 'Oké, ik kletste maar wat, ik zat te kijken op een site van Australië. Ik moest vanavond opeens terugdenken aan die reis die Emma en ik hebben gemaakt toen we achttien waren. Nu ik Emma weer vaker spreek, komen die herinneringen ook weer boven natuurlijk.'

'Ja, en morgen de verjaardag van Merel,' zegt hij. Meer niet, maar Femke begrijpt dat hij op Peter doelt.

'Dat heeft er niks mee te maken, hoor.'

'Ik zou me kunnen voorstellen dat je op zulke momenten terugdenkt aan hem,' zegt hij terwijl hij op een stoel gaat staan om het uiteinde van de slinger vast te maken aan een haakje van een schilderij. 'Deze slinger is een beetje kort, ik maak hem hier wel vast.'

In de weken na de verjaardag van Merel zit Femke vaak op internet te zoeken. Ze ontdekt steeds meer over Peter en zijn leven. Het lijkt erop dat hij nog vrijgezel is en dat hij veel sport. Hij schijnt een heel goede surfer te zijn en hij doet ook aan klimsport. Heel lang kijkt ze naar foto's waar hij op staat, bijna altijd in actie op het water of tegen een bergwand.

Hij beheerst haar gedachten en ze verlangt ernaar om contact met hem te leggen. Hij heeft er immers recht op om te weten dat hij een dochter heeft. Hij móét het horen, want over een aantal jaren zal Merel zeker zelf op zoek gaan naar haar biologische vader. Dan kan hij maar beter voorbereid zijn, toch?

Maar steeds is er iets wat haar tegenhoudt. Ze is bang dat ze iets aan het rollen zal brengen dat niet meer gestopt kan worden. Want stel dat Peter inderdaad contact wil met Merel? Welke gevolgen heeft dat voor Merel, voor hun gezin en voor haarzelf, haar huwelijk? De gedachten aan Peter laten haar niet los. Ze slaapt slecht, heeft moeite haar hoofd goed bij het lesgeven te houden en ook thuis is ze snel geïrriteerd als de kinderen niet luisteren.

'Wat heb jij toch?' vraagt Jurre als ze zich voor de vijfde keer zuchtend omdraait in bed. 'Waarom slaap je niet?'

'Dat kan ik ook wel aan jou vragen,' reageert Femke met een nieuwe zucht. 'Ik ben gewoon klaarwakker.'

'Ik slaap niet omdat jij maar ligt te woelen,' antwoordt Jurre. 'Fem, wat zit je toch dwars, tob je ergens over? Alles moet toch bespreekbaar zijn?'

'Er is niks,' zegt ze. 'Nou ja, ik vind ons leven gewoon niet zo inspirerend. We gaan maar in één lange sleur verder, iedere dag. Misschien heb ik daardoor minder slaap nodig. We doen niks, dus ik word blijkbaar ook niet moe.'

'Wat een onzin,' zegt Jurre. Hij heeft zich naar haar toe gedraaid, knipt het bedlampje aan en steunend op zijn elleboog kijkt hij haar aan. 'Wat zou je dan willen? We hebben elkaar, allebei een leuke baan, drie gezonde dochters en geen zorgen. Wat verwacht jij dan nog meer van het leven?'

'Dat kan ik jou niet uitleggen, jij bent tevreden met dit alles. En natuurlijk hou ik veel van onze meiden en m'n baan is ook wel oké, maar als ik het met anderen vergelijk, bijvoorbeeld met Emma, nou, dan is mijn leven wel erg saai!'

Ze richt zich half op om op het klokje naast haar bed te kijken. Het is al halftwee. 'Ik ga een poosje naar beneden, warme melk drinken en wat eten. Dan kun jij rustig gaan slapen.' Ze slaat het dekbed terug en stapt uit bed, pakt haar ochtendjas en gaat de slaapkamer uit.

Jurre blijft achter in bed. Hij reageert niet op haar laatste opmerkingen. Wat zou hij ook moeten zeggen? Het is hem pijnlijk opgevallen dat Femke bij het opnoemen van dat waar ze wel blij mee is, hij of hun huwelijk niet voorkwam. Ze houdt van de kinderen, noemde haar baan wel oké, maar ze ging niet in op zijn opmerking dat ze elkaar hebben. Moet hij nu achter haar aan gaan, ook naar beneden? Haar dwingen dit gesprek voort te zetten, haar te laten vertellen wat ze dan precies mist in haar leven?

Nee, dat doet hij niet. Hij is bang dat ze dingen zal zeggen die hij helemaal niet wil horen. Femke is veranderd sinds ze weer contact heeft gekregen met Emma. Het verleden speelt weer een grotere rol voor haar.

Natuurlijk heeft hij wel gezien dat ze vaak achter haar laptop zit en hem snel dichtklapt als hij de kamer binnenkomt. Laatst heeft ze informatie over Australië opgezocht. En hij weet dat dat niet toevallig was, op de avond voor Merels verjaardag.

Maar wat zoekt Femke? Heeft ze misschien nog steeds of weer contact met die kerel, die de vader is van Merel? Femke verbergt vaker dingen voor hem. Hij is niet gek, dat merkt hij echt wel. Zou ze dan nu wel de waarheid zeggen als hij ernaar vraagt?

Is hij zelf misschien een eerlijkheidsfreak, overdrijft hij daarin? Moet ieder mens een stukje leven, een stukje van z'n hart voor zichzelf kunnen houden?

Jurre doet het lampje bij zijn bed uit en draait zich om. Hij moet Femke maar gewoon vertrouwen en wachten tot ze weer zichzelf wordt. Als hij een halfuur later hoort dat Femke de slaapkamer weer binnenkomt en zachtjes onder het dekbed schuift, is hij nog wakker, maar hij zegt niets.

Het lijkt wat beter te gaan. Hoewel ze geen van beiden terugkomen op het gesprek van die nacht, lijkt er toch wat veranderd. Femke is rustiger en Jurre doet zijn best om haar en de kinderen meer aandacht te geven.

De kerstdagen komen en gaan ook weer snel voorbij. Eerste kerstdag brengen ze bij de ouders van Femke door. Ook Nora en Job zijn er met hun zoontje van anderhalf, Lisa met haar vriend Erik en Lotte, die nu vijftien is, is natuurlijk van de partij. Op de terugweg naar huis bedenkt Femke dat ze gewoon dankbaar moet zijn voor haar fijne familie en haar meisjes. En ach Jurre, hij is natuurlijk ook wel een lieverd. Ze moet leren om tevreden te zijn met wat ze heeft.

Tweede kerstdag gaan ze naar Jurres broer Bart. Hij woont met zijn vrouw Jenneke en hun gezin in een dorpje op de Veluwe. Hun kinderen zijn een stuk ouder dan die van Jurre en Femke. Madelon, hun jongste dochter, is al vijftien.

'Weet je wel dat ik onze mama heb leren kennen dankzij Madelon?' vraagt Jurre aan Anna, als ze in de middag in het bos wandelen. Het is buiten prachtig, er ligt al weken een dik pak sneeuw en de bomen zien er sprookjesachtig mooi uit.

'Wat bedoel je, papa?' vraagt Anna.

'Weet jij het nog, Madelon?' Jurre gooit een sneeuwbal naar Madelon, die voor hen loopt. 'Dat ik tante Femke heb ontmoet, dankzij jou?'

'Hoe dan?' vraagt Anna.

Madelon rolt met haar ogen. 'Dat heb je vast weleens gehoord, Anna, je vader vertelt dat iedere keer weer als hij me ziet. Ik zat op voetballen en ik moest een wedstrijd spelen tegen het team waar Lotte, jouw tante, in speelde. En jouw ouders stonden allebei te kijken, nou, toen werden ze verliefd.'

Dan graait Madelon in de sneeuw en gooit een sneeuwbal naar haar oom Jurre. 'En als beloning kreeg ik dus net een sneeuwbal van hem in mijn nek. Maar die krijg je terug, oom Jurre!'

Een sneeuwballengevecht barst los, de mannen tegen de vrouwen. Tot Suze begint te huilen, omdat ze een sneeuwbal in haar gezicht krijgt.

Jenneke, die het dichtst bij haar staat, troost haar. Iedereen is nu even afgeleid en Femke benut het moment door een grote hand sneeuw in Jurres gezicht te gooien. Dan loopt ze gauw naar Suze toe, maar die lacht alweer.

Als Femke zich omdraait, staat Jurre vlak achter haar en vraagt lachend: 'Waar wilt u de sneeuw, mevrouw, in uw gezicht of in uw hals?' Met een arm stevig om haar schouder geslagen wrijft hij met zijn andere hand een flinke hand sneeuw in haar gezicht.

'Jurre!' Ze worstelt om los te komen maar moet erg lachen.

Dan laat Jurre de sneeuw vallen, slaat nu beide armen om haar heen en kust haar kort maar stevig op haar mond.

'Zo ken ik je weer, Fem!' zegt hij zacht.

Als ze weer verder lopen door het bos, richting het huis van Bart en Jenneke, voelt Femke zich voor het eerst in lange tijd weer gelukkig. Nee, haar leven is zo slecht nog niet, helemaal niet! Ze moet Peter en het verleden helemaal uit haar hoofd zetten.

11

In de maanden die volgen, vervallen ze vanzelf weer in het oude patroon. Jurre is de hele week druk met van alles en als hij thuis is, lijkt hij met zijn hoofd vaak nog op school of bij zijn andere werkzaamheden te zijn.

'Maar wat verwacht je dan van me?' vraagt hij als Femke klaagt dat hij 's avonds druk is. 'De hele avond samen op de bank voor de tv zitten? Fem, je bent toch zelf ook vaak nog bezig 's avonds met schoolwerk? En ja, ik heb alleen de avonden daarvoor. Of het weekend, maar dat hou ik liever zoveel mogelijk vrij.'

Femke weet dat hij gelijk heeft, maar ze wil het niet toegeven. Ze antwoordt: 'Het is niet alleen schoolwerk waar je druk mee bent, hoor. De jeugdclub van de kerk, volleybal, vergaderingen van dit of van dat... en zo zijn er nog wel een paar op te noemen.'

'Die club doe ik maar eens in de twee weken en ik vind dat iedereen die daarvoor de gelegenheid heeft iets moet bijdragen aan de kerk waar je bij hoort. Het komt al vaak op dezelfde mensen neer.'

'Ja, op jou! En volgens mij vind je het gewoon leuk om te doen.'

'Ja, gelukkig wel,' antwoordt Jurre. 'Vrijwilligerswerk geeft veel voldoening, misschien moet je ook eens iets oppakken.'

'Wat een rotopmerking!' reageert Femke fel. 'Alsof ik niets doe! Weet je hoeveel tijd er in het huishouden gaat zitten, in het halen en brengen van de meisjes naar school, hun clubs, zwemmen, dansen en ga zo maar door.'

'Dat wil ik helemaal niet zeggen, dat jij niks doet. Maar juist omdat je zo druk bent met je werk en de gewone dingen in huis en met de kinderen, kan het leuk voor je zijn om ook iets heel anders te doen.'

'En wie brengt dan de kinderen naar school, wie zorgt dat jouw kleren schoon in de kast liggen en er elke dag eten op tafel staat? Ik werk ook nog twee dagen, hoor.'

'Femke! Stop! Je vat alles verkeerd op wat ik zeg. Trouwens, ik kook ook regelmatig, ik breng Anna vaak naar haar dansclubje. En ja, ik werk het dubbele aantal uren van jou op school. Maar daar gaat het toch helemaal niet om?' Hij loopt naar haar toe en trekt haar tegen zich aan. 'Fem, wat is er toch met ons gebeurd? We waren zo gelukkig samen, en nu?'

Ze leunt even tegen hem aan. Dan zegt ze zacht: 'Nee, nu voel ik me niet meer gelukkig.'

'En hoe komt dat denk je?'

'Emma zegt dat ik een stuk van mijn jeugd heb overgeslagen, dat wreekt zich nu.'

'Emma,' zegt hij op laatdunkende toon, 'natuurlijk, ik had het kunnen weten. Emma praat jou aan dat je een saai leven hebt, dat je dingen moet inhalen. Wees toch wijzer, Femke!'

Hij laat haar los en zegt dan: 'Gelukkig kun je mij daar niet de schuld van geven, van die gemiste jeugd, dat scheelt. Anders zou je mij dat ook ongetwijfeld kwalijk nemen. Maar dat heb je alleen aan jezelf te wijten.'

'Wat een gemene opmerking!' valt Femke kwaad uit. 'Dat Peter mij heeft laten zitten is niet mijn schuld.'

'Nee, daar heb je gelijk in. Wat jou is overkomen had elk ander meisje kunnen overkomen. Het is maar hoe je omgaat met de gevolgen. In plaats van te treuren over een paar gemiste studentenjaren zou je beter kunnen kijken naar wat je wel hebt: een man, een baan, drie gezonde kinderen. Maar goed, daar hebben we het al eens eerder over gehad, zo belangrijk is dat allemaal niet voor jou blijkbaar.'

Hij draait zich om en loopt de kamer uit. Maar bij de deur draait hij zich nog even om en zegt:

'En volleybal? Ik heb al eerder aangegeven dat ik daarmee wil stoppen als je dat wilt, maar toen vond je dat niet nodig. Maar ik ga stoppen en dan kun jij voortaan op donderdagavond naar de kroeg in Utrecht. Dan kun je eindelijk je gemiste jeugd inhalen. Donderdag is nog steeds de stapavond van de studenten volgens mij. Dan breng ik vrijdags de kinderen wel vroeg naar school voor ik ga werken, zodat jij je roes kunt uitslapen.'

Dan gaat de kamerdeur achter hem dicht. Femke trilt van woede. Wat een, wat een... Ze kan er geen woorden voor vinden.

De dagen na het gesprek hangt er een ijzige stilte tussen hen, ze praten niet meer met elkaar dan hoogstnoodzakelijk.

'Hebben jullie ruzie?' vraagt Merel na twee dagen tijdens de avondmaaltijd. Suze kijkt meteen gealarmeerd naar haar moeder.

Femke glimlacht. 'Welnee, hoe kom je daarbij?' zegt ze.

'Jullie zeggen niks tegen elkaar.' Merel laat zich niet direct afschepen.

'We zitten te eten en jullie praten genoeg voor ons allemaal. Jurre, wil je me de sla even aangeven?' vraagt Femke op vriendelijke toon.

'Natuurlijk.' Ook Jurres stem klinkt gewoon. 'Ruzie is niet leuk, hè?' voegt hij eraan toe.

'Nee hè?' zegt Anna. 'De juf zegt: "Ruzie lost niks op, je moet met elkaar praten."'

'Dat zegt jouw juf heel goed, kleine wijsneus!' zegt Jurre met een glimlach.

Langzamerhand lijken Femke en Jurre de normale toon weer te vinden naar elkaar. Maar een echt gesprek voeren ze niet, er is een kilte tussen hen gekomen die ze beiden voelen.

Als het donderdagavond is, brengt Jurre Anna en Suze naar bed. Eenmaal weer beneden zet hij de tv aan om naar het journaal van halfacht te kijken. Na het nieuws blijft hij rustig op de bank zitten, en Femke begrijpt dat hij meende wat hij zei: hij gaat niet naar volleybal.

Het geeft haar geen voldoening. Ze gaat naar boven om wat wasgoed weg te werken, ruimt hier en daar wat op. Daarna spoort ze

Merel aan om te gaan douchen. Pas als ook Merel op bed ligt, gaat ze naar beneden. Jurre kijkt naar een programma over de verbouwing van een huis. Femke aarzelt even, dan gaat ze aan tafel zitten met haar laptop. Ze leest wat mails en scrolt lukraak wat op social media.

'Zal ik koffie maken of wil je thee?' Ze schrikt als hij opeens de stilte verbreekt.

'Doe maar koffie.'

Even later komt hij met twee bekers uit de keuken lopen. 'Wil je het hier of kom je gezellig op de bank zitten?'

'Nou... gezellig...' mompelt ze.

'Dat heb je zelf in de hand,' antwoordt Jurre. Als ze niet reageert zet hij de beker zwijgend naast haar laptop neer.

'Bedankt.'

Ze ziet dat zijn blik op haar scherm gericht is. Natuurlijk, daarom is hij zo bereidwillig om koffie te zetten. Hij wilde gewoon kijken wat ze aan het doen is. Hij vertrouwt haar niet.

'Nee hoor, wees gerust, ik zoek niet naar Peter,' zegt ze.

Jurre zet zijn eigen beker ook op de tafel en gaat dan tegenover Femke zitten. 'Fem, wat wil je nu eigenlijk? Ik ben vanavond thuis en jij gaat zitten mokken aan de tafel.'

'Ik zit niet te mokken, ik ben aan het werk.'

'Waarom wil je dan eigenlijk dat ik thuis blijf? Het gaat niet goed tussen ons, Femke, dat zul je toch met me eens zijn. Wat kunnen we eraan doen zodat het beter wordt?'

Ze haalt haar schouders op. 'Ik weet het niet, Jur. Ik weet het echt niet.'

'Je vindt je leven saai, zei je een tijdje terug, je wilt meer afwisseling. Zoek dat dan op, zoek een hobby, ga naar een leuke club, een vereniging, ga sporten, weet ik veel, maar doe iets om van dit gevoel af te komen.'

'Ik hou niet van sporten. En een vereniging of een club, wat bedoel je daarmee? Dat klinkt als iets voor bejaarden. Ik wil iets met jou samen doen, uitgaan met vrienden of zo, weet ik veel.'

Hij schudt zijn hoofd. 'We kunnen vaker uit eten gaan, samen of met vrienden of je zussen. Maar ik denk dat jij een ander idee hebt over uitgaan? De meeste van onze vrienden hebben jonge kinderen net als wij. Je kunt niet zo gemakkelijk ieder weekend gaan stappen zoals in je studententijd.'

'In jouw studententijd, bedoel je. Ik heb dat dus nooit gehad.'

Jurre zucht. 'Daar gaan we weer. Waarom blijf je hier zo in hangen? Probeer toch je blik eens op iets anders te richten. Er zijn heel fijne gesprekskringen vanuit onze kerk, ga daar eens kijken. Wellicht ontmoet je daar nieuwe mensen, er zijn vast meer vrouwen van jouw leeftijd die tegen dit soort dingen aanlopen. We zouden ook samen naar zo'n kring kunnen gaan.'

Vragend kijkt hij haar aan, maar Femke schudt haar hoofd. 'Nee joh, niks voor mij. Ik ga met je mee naar de kerk, meer moet je niet van me verwachten. Jij bent daar in opgegroeid, maar ik heb gewoon niks met al die mensen.'

'Je hoeft niks met ál die mensen te hebben,' zegt Jurre. 'Je kunt toch goed opschieten met Marco en Eveline?'

'Jawel, maar dat zijn vooral jouw vrienden. Je begrijpt het gewoon niet.'

'Nee, ik begrijp het inderdaad niet. Maar zo word je niet gelukkig, Femke.'

Ze geeft geen antwoord.

'En ik ook niet,' gaat hij verder. 'Misschien moeten we hulp zoeken om hier uit te komen.'

'Dat zie ik niet zitten, natuurlijk zegt zo iemand dat ik moet kijken naar wat ik wel heb, dat ik tevreden moet zijn en zo. Ik wil gewoon de Jurre terug van onze begintijd, leuke dingen samen doen en zo, we leven nu zo gezapig als een oud echtpaar.'

'Femke, we hebben drie dochters! We kunnen er niet meer zomaar spontaan op uit. Ik denk dat het tijd wordt dat jij volwassen wordt.'

Jurre schuift zijn stoel naar achteren en staat op. Femke hoort hem de kamer uitgaan, even later slaat de achterdeur dicht.

'Tuurlijk, loop maar weg!' mompelt ze boos.

Dan opent ze haar laptop weer en scrolt naar het laatste berichtje van Emma. Emma stuurde een foto mee die ze nu al minstens voor de twintigste keer bekijkt. Een foto van Peter op de ski's. Emma schreef: Als je toch eens wilt contacten, ik heb z'n mailadres gevonden.

Opeens neemt ze een besluit. Ze gaat hem een berichtje sturen, ze doet het gewoon. Wat zal ze schrijven? Daar moet ze eerst heel goed over nadenken.

Ze slaat de foto op in een bestand waarvan ze weet dat Jurre daar nooit in zal kijken, verwijdert de mail van Emma en klapt de laptop weer dicht.

Ze gaat naar bed, ze heeft geen zin om straks weer met Jurre te bekvechten, hij wil haar toch niet begrijpen. Ze is nog maar net boven als ze hoort dat Jurre alweer thuis komt, waarschijnlijk is hij wezen hardlopen. Ze kruipt snel in bed als ze hem de trap hoort opkomen. Maar hij komt de slaapkamer niet in. Even later hoort ze de douche stromen en daarna zijn voetstappen op de trap naar beneden. Ze hoort hem niet meer boven komen, ze wordt pas wakker als ze hem de volgende ochtend hoort opstaan.

De dagen hierna komen ze geen van beiden terug op het gesprek. Ze spreken sowieso weinig met elkaar. Zo op het oog lijkt alles weer gewoon, maar bij Femke zit een groot stuk onvrede. Ze merkt dat ook Jurre niet lekker in zijn vel zit, maar ze voelt zich onmachtig om er iets aan te doen.

Nog steeds is ze van plan om Peter een berichtje te sturen, maar elke keer stelt ze het uit omdat ze niet goed weet, wat ze moet schrijven. Plompverloren vertellen dat hij een dochter heeft? Wie weet heeft hij een partner die zijn mail meeleest, dan kan het wel meteen afgelopen zijn met het contact. Maar hoe dan? Ook twijfelt ze of ze het überhaupt wel moet doen. Ergens is ze bang dat ze iets op gang brengt wat ze niet kan overzien.

Zo gaan de weken voorbij. Het zonnige en warme voorjaar maakt langzaam plaats voor een koele en natte zomer.

De enige gesprekken die Jurre en Femke nog met elkaar hebben gaan over de kinderen of over andere praktische dingen.

Voor de zomervakantie blijven ze in Nederland, maar ze lijken net de verkeerde weken gekozen te hebben. Op Texel hebben ze twee weken met vooral fris en nat weer. Het komt het humeur van Femke niet ten goede, ze moppert tegen Jurre. Tenslotte was het zijn idee om naar Texel te gaan.

De kinderen hebben weinig last van het weer, vooral de twee jongsten hebben vriendinnetjes gevonden op de camping en hebben het prima naar hun zin. Maar gelukkig heeft ook Merel na een paar dagen aansluiting gekregen met een meisje van haar leeftijd.

Dat geeft Jurre en Femke tijd voor elkaar, maar toch blijft het stroef gaan tussen hen, waardoor de tijd dat ze samen zijn bepaald niet ontspannen voelt. Femke voelt zich moe en lusteloos en Jurre zit veel te lezen, het lijkt of ze geen van beiden nog de energie op kunnen brengen om echt met elkaar te praten.

Het voelt bijna als een opluchting als ze weer de boot oprijden om naar huis te gaan. Femke heeft de afgelopen weken veel nagedacht. Eindelijk heeft ze ook bedacht hoe ze Peter gaat berichten.

Als ze thuis hebben uitgepakt, de boodschappen gedaan zijn en de volgende dag de wasmachine draait, gaat Femke achter haar laptop zitten.

Het is rustig in huis, Jurre is naar de doe-het-zelfwinkel, hij wil de komende weken het huis aan de buitenkant gaan schilderen en is deze zaterdag verf en dergelijke gaan kopen. Anna en Suze zijn met hem meegegaan en Merel is naar een vriendin vertrokken.

Ze zoekt het emailadres dat Emma haar doorgaf op en begint haar mail.

Dear Peter. Of is hi Peter beter? Ze laat haar handen even op het toetsenbord rusten en denkt na. Toch maar hi Peter, dat is neutraler.

Het is lang geleden dat we contact hadden, herinner je je mij nog? Min of meer toevallig kwam ik je pas tegen op internet en bedacht dat het leuk zou zijn weer eens te contacten.

Opnieuw stopt ze met typen, is dat niet onzinnig? Natuurlijk snapt hij dat ze niet toevallig iets over hem heeft gezien. Nou ja, hij mag denken wat hij wil. Ze gaat weer verder.

Hoe gaat het tegenwoordig met jou? Met mij gaat het prima! Ik ben getrouwd en heb drie dochters. Merel, de oudste wordt in november al twaalf, de andere twee zijn zeven en vijf jaar. Ik ben benieuwd hoe het met jou gaat. Als je tijd hebt, laat maar eens wat van je horen! Groetjes, Femke

Ze leest nog twee keer door wat ze heeft geschreven. Er staan geen fouten in haar Engels, maar is de boodschap duidelijk? Zal hij begrijpen dat ze niet voor niks vermeldt hoe oud Merel is? Ja, het is goed zo. Ze aarzelt nog heel even en tikt dan op verzenden. Nu is het aan hem om al dan niet te reageren.

Ze schrikt als Jurre precies op dat moment naast haar staat. Ze klapt snel de laptop dicht en snauwt: 'Wil je me niet zo laten schrikken! Waarom sluip je zo binnen?'

'Ik sluip niet, maar jij was blijkbaar erg verdiept. Ik was m'n pinpas vergeten, maar ik ga alweer hoor, ga gerust verder.'

Jurres stem klinkt kil. Hij pakt zijn portemonnee van de kast en zonder verder nog wat te zeggen loopt hij de kamer weer uit.

Als ze door het raam kijkt, ziet ze de auto weer wegrijden.

Heeft hij gezien wat er op haar scherm stond? Ze weet het niet, maar het maakt haar onrustig. Ze heeft nu al bijna spijt dat ze die mail verstuurd heeft. Maar dan houdt ze zich voor, dat ze vroeg of laat toch contact zou moeten opnemen met Peter. Merel geeft nu al regelmatig aan dat ze haar biologische vader wil leren kennen. Dan is het beter om Peter daar nu alvast wat op voor te bereiden.

Maar ze vraagt zich af of Jurre heeft gezien aan wie ze een mail stuurde. Ze blijft onrustig tot hij een uurtje later thuiskomt. Dan haalt ze weer rustiger adem als hij niets vraagt of zegt, maar gewoon de spullen opbergt en daarna tosti's gaat bakken voor de lunch.

Maar 's avonds als de kinderen op bed liggen, begint hij er toch over.

'Femke, ik bemoei me niet met jouw correspondentie, en sorry dat mijn oog vanochtend op jouw scherm viel en ik toevallig 'hi Peter' zag staan, maar ik neem aan dat als je contact zoekt met Peter, je me dat toch wel vertelt? Dat is wel iets wat ons samen aangaat, denk ik.'

'Natuurlijk, waarom denk je dat ik dat zou doen? En nee, ik vind het niet prettig dat je mijn mail staat mee te lezen, maar wees gerust, dit was een berichtje voor mijn collega Peter.' Femke voelt hoe haar hart bonst, maar uiterlijk rustig kijkt ze naar Jurre. 'Je vertrouwt me gewoon niet hè? Jammer...' Ze beseft dat ze hoog spel speelt, als Jurre meer heeft gezien dan de aanhef, weet hij dat ze niet de waarheid spreekt.

Maar dat lijkt niet zo te zijn, want hij haalt zijn schouders op en zegt: 'Ik stond je mail niet mee te lezen, maar zag toevallig de aanhef, meer niet. En ik zei niet dat ik je niet vertrouw, maar vroeg je alleen iets.'

'Oké, ja, als ik contact met Peter wil zoeken, en dat zal zijn als Merel wat ouder is, dan vertel ik het je heus wel.'

Jurre knikt en kijkt haar even strak aan. Hij zegt niks meer, maar pakt een tijdschrift waar hij in begint te bladeren. Femke pakt de afstandsbediening en zet de tv aan, maar terwijl ze wat langs de zenders zapt, registreert ze dat Jurre maar blijft bladeren zonder wat te lezen. Ze is te nerveus om te blijven zitten.

'Weer niks op de tv,' zegt ze. 'Er zit nog een was in de machine, die ga ik even ophangen.'

Ze voelt zich schuldig. Wat heeft Jurre echt gezien? Had ze niet beter eerlijk kunnen zeggen dat ze inderdaad een berichtje aan Peter heeft gestuurd? Maar die afweging is nu te laat, ze kan niet gaan terugkrabbelen. Als er immers iets is wat Jurre haat, zijn het leugens.

Ze hoopt opeens van harte dat Peter niet zal reageren en ze neemt zich voor het nu voorlopig te laten rusten. Misschien heeft Jurre gelijk, moeten ze hulp zoeken voor hun huwelijk. Ze is opeens echt bang geworden, misschien door de blik in Jurres ogen toen ze ontkende dat ze Peter gemaild had.

Femke blijft een poos boven treuzelen, maar tenslotte gaat ze toch weer naar beneden.

'Zal ik wat te drinken voor ons inschenken?' vraagt ze als ze de kamer binnenkomt.

'Nee, niet voor mij. Ik ga nog een rondje hardlopen,' antwoordt Jurre.

Als ze de buitendeur hoort dichtvallen, staat ze op en schenkt zichzelf een flink glas wijn in. Dan schuift ze een dvd in de speler en ze dwingt zichzelf om geconcentreerd naar de film te kijken. *The Holiday*, ze heeft hem al minstens drie keer gezien, maar dat is fijn. Rust en voorspelbaarheid, dat zijn dingen die ze nodig heeft.

12

De zondag verloopt zoals altijd, ze gaan met elkaar naar de ochtenddienst in de kerk. Na afloop vragen Marco en Eveline of ze zin hebben om koffie te komen drinken. Femke is opgelucht, alles beter dan direct met de in zichzelf gekeerde Jurre naar huis te gaan.

Toen hij gisteravond terugkwam van het hardlopen, had hij alleen zijn hoofd even om de hoek van de kamerdeur gestoken om te zeggen dat hij ging douchen en daarna meteen naar bed ging.

Femke was, toen de film afgelopen was, nog een poos op de bank blijven zitten, ze had nog een tweede glas wijn genomen. Toen ze eindelijk ook naar boven ging voelde ze zich wat licht in haar hoofd en ze had erg veel medelijden met zichzelf.

Als hij echt heeft gezien dat de mail op haar scherm voor Peter was, had hij maar verder moeten doorvragen. Nu had ze willen praten met hem en dan loopt hij weg. Vanochtend had hij niet veel meer gezegd dan nodig was. Gelukkig leken de meisjes het niet door te hebben.

Dus het is fijn nu even op neutraal terrein te zijn samen. Door de gezelligheid met zijn vriend Marco ontdooit Jurre vast wel weer.

Het is inderdaad gewoon gezellig bij Marco en Eveline. Hun dochters hebben ongeveer dezelfde leeftijd als Anna en Suze. Ze kunnen goed met elkaar opschieten en Merel zit lekker in een hoekje van de bank met een stapel oude Donald Duckjes.

Ze vertellen over en weer over hun vakanties die ze allebei net achter de rug hebben en Jurre heeft het met Marco over zijn schilderplannen voor de komende weken.

'Toch wel heerlijk, dat jullie allebei de schoolvakanties vrij hebben,' zegt Eveline. 'Hier is het altijd een beetje gepuzzel met oppas, zeker in de zomervakantie.'

'Fleur en Fien mogen best eens een dagje bij ons komen,' stelt Femke voor. 'Je ziet dat ze leuk met elkaar spelen.' Ze knikt naar de vier meisjes, die op een kleed op de grond zitten met barbies.

'Meen je dat? Nou graag, eerlijk gezegd heb ik deze week nog twee dagen waar ik oppas voor zoek, dus als ze een van die dagen bij jullie zouden kunnen zijn, zou dat wel erg fijn zijn. Voor woensdag en donderdag zoek ik nog een oplossing, mijn schoonmoeder zou oppassen maar ze heeft een stevige griep te pakken, die zie ik hier nog niet deze week. Dus als jij een van deze dagen tijd hebt, zou ik alvast een stukje verder zijn.'

'Prima, hoor,' zegt Femke. 'Wij zijn toch thuis, Jurre gaat schilderen zoals je hoorde. Wat mij betreft komen ze woensdag én donderdag, maar dat moeten ze zelf ook willen, zo heel goed kennen ze ons natuurlijk niet.'

'Dat lijkt me geen probleem, ze zijn gemakkelijk wat dat betreft.' Eveline glimlacht, dan gaat ze verder: 'Wij zien elkaar eigenlijk ook veel te weinig, hè? De mannen ontmoeten elkaar natuurlijk vaker met club en zo, maar jij en ik spreken elkaar zelden, alleen zo nu en dan na de kerk zoals nu. Ik heb weleens vaker gedacht om het je te vragen: zou je geen zin hebben om mee te gaan naar een gespreksgroep van de kerk? Ik bezoek de Bijbelkring die op woensdagavond wordt gehouden, echt heel fijn. Je bespreekt met elkaar aan de hand van een boekje een gedeelte uit de Bijbel en dan vooral gericht op het hier en nu, wat kun je ermee in je eigen leven. Ga eens mee in het nieuwe seizoen, joh!'

Femke schudt haar hoofd. 'Dat is niets voor mij. Ik weet heel weinig van de Bijbel, ik ben er niet zo mee opgegroeid en eerlijk gezegd vind ik de preken in de kerk vaak al moeilijk zat.'

'Dan zou je zeker mee moeten gaan, met elkaar over een onderwerp praten is vaak veel duidelijker dan in een preek. Ik zou zeggen, probeer het eens, als je het niks vindt, stop je weer. Maar het is ook gewoon fijn om elkaar te spreken, het is een groepje van ongeveer twaalf, veertien mensen. Veel een beetje van onze leeftijd maar ook een paar wat ouderen.'

'Ik zal erover nadenken,' belooft Femke.

Als ze na een tijdje afscheid hebben genomen en zwijgend naar huis fietsen, bedenkt Femke dat ze de uitnodiging van Eveline maar moet aannemen. Dan zal Jurre ook zien dat ze echt wel van goede wil is. Want na gisteravond heeft ze het gevoel dat er iets helemaal fout is tussen hen en dat zijzelf daar behoorlijk debet aan is.

Haar leugen van gisteren staat levensgroot tussen hen in. Ze kan daar niet meer op terugkomen, maar vanaf nu zal ze echt haar best gaan doen om Jurre dat te laten vergeten.

'Eveline vroeg of ik straks in september met haar meega naar de Bijbelkring. Ik heb gezegd dat ik dat denk ik wel ga doen,' vertelt ze als ze thuis zijn gekomen.

'Goed idee!' zegt Jurre vriendelijk.

In de week die volgt is Jurre beleefd tegen haar. Vriendelijk en beleefd, maar tegelijk is er een enorme afstand tussen hen en ze weet niet hoe ze die moet doorbreken. Na een paar dagen probeert ze dat ook maar niet meer en krijgt de irritatie weer de overhand. Oké, als hij het zo wil, ook prima. Bijna automatisch neemt ze zijn toon over, ze zijn beleefd tegen elkaar als er iets te vragen of te zeggen valt, maar alle warmte en betrokkenheid ontbreken.

Femke ziet dat Merel hen af en toe observeert, maar ze zegt niks. Misschien gedraagt ze zich nog iets obstinater dan anders.

Het is gelukkig mooi zomerweer geworden, Jurre is iedere dag druk met schilderen van het huis, ook 's avonds gaat hij door tot het begint te schemeren. Woensdag en donderdag komen de meisjes van Marco en Eveline. Femke gaat een dag met de kinderen naar het zwembad en de week is zomaar weer voorbij.

Femke heeft de eerste dag na het versturen van haar mailtje heel dikwijls haar mail gecontroleerd, maar er komt geen reactie van Peter. Het lucht haar op maar tegelijkertijd voelt ze teleurstelling.

Twee weken later is de vakantie voorbij. Op maandag moeten de meisjes weer naar school en ook Jurre moet die dag naar school, waar de eerste vergaderingen gehouden worden. Femke, die nog steeds op een andere school dan Jurre werkt, heeft deze maandag nog vrij.

Ze zit alleen met haar kop koffie aan de eettafel. Het is best fijn om het huis weer helemaal voor zichzelf te hebben. Automatisch opent ze de mail op haar telefoon. Eigenlijk verwacht ze al niet meer een reactie van Peter te krijgen, maar nu gaat ze met een schok rechtop zitten.

Er is een bericht van hem!

Hi my love!

Als ze die aanhef leest, voelt ze zich helemaal warm worden. Met die woorden begroette hij haar iedere dag in de tijd dat ze samen optrokken. Snel leest ze verder: Peter schrijft dat hij sinds kort contact heeft met Emma en via haar foto's van Femke heeft gezien.

Je ziet er geweldig uit. En natuurlijk weet ik nog wie je bent! Echt leuk om weer te contacten. Als je zin hebt om eens deze kant op te komen, altijd welkom. En ach, wie weet, kom ik eens een keer naar Holland. Dat was ik eigenlijk jaren geleden al van plan, toen je opeens uit mijn leven verdween. Ik heb nooit begrepen waarom ik niks meer van je heb gehoord na die heerlijke weken samen.

Begrijpt ze het wel goed? Ja, dit staat er echt. Maar hij was degene die verdween zonder adres achter te laten, hij was degene die haar telefoontjes niet beantwoordde. In de verdere mail schrijft hij wat over zijn leven nu, maar dat wist ze eigenlijk al. Hij is vooral druk met sporten en genieten. Over een relatie schrijft hij niets.

Femke leest het bericht nog eens en nog eens. *Hi my love!* In gedachten hoort ze het hem weer zeggen als ze 's morgens haar tentje uitkroop. Wat was het toch een fantastische tijd geweest, maanden van ontdekken, genieten, reizen zonder een strak schema te hebben. En de zes weken die ze met Paul en Peter doorbrachten waren helemaal geweldig. Peter zat vol plannen en invallen, geen enkele dag verliep als de vorige, ja, dat was echt leven.

En nu? Nu sjouwt ze drie dagen per week naar haar werk, geeft les aan kinderen die meestal geen enkele interesse hebben in geschiedenis. Om daarna boodschappen te doen, te wassen, eten te koken, om de volgende dag weer van voren af aan te beginnen.

Als ze zover is gekomen met haar gedachten, schudt ze haar hoofd. Nee, nu overdrijft ze natuurlijk. Maar toch, het was zo'n totaal ander leven toen. En zo te horen leidt Peter nog steeds zo'n heerlijk leven, net als Emma, die ook bepaald geen saai bestaan heeft.

Opnieuw roept ze zichzelf tot de orde. Ze zou immers nooit willen ruilen, haar drie meiden zijn veel meer waard dan welk avontuurlijk leventje dan ook.

Nee, ze zou niet willen ruilen, maar toch, wat meer flair, wat meer plezier, wat meer verrassing in haar leven, dat is toch niet te veel gevraagd? De uitjes van Jurre en haar beperken zich zo ongeveer tot een familiebezoekje, de kinderboerderij of een enkele keer een bezoek aan een pannenkoekenrestaurant. En zondags naar de kerk en hier of daar een kop koffie. Dat laatste is altijd bij vrienden van Jurre, vrienden die voor haar nooit meer dan kennissen zijn geworden.

Met een ontevreden zucht sluit ze haar mail af. Ze moet erover nadenken of en wat ze Peter gaat terugschrijven.

Zo gaan de weken verder. Zonder er verder iets over te zeggen is Jurre weer gaan volleyballen op donderdagavond. Hij lijkt nog vaker van huis te zijn dan voor de zomervakantie. Maar Femke vindt het niet erg; als hij wel thuis is, beperken hun gesprekken zich ook tot praktische zaken.

Eind september spreekt Eveline Femke op een zondag aan om te vragen of ze de komende woensdagavond mee gaat naar de gesprekskring, waarover ze het eerder hadden. Femke zoekt naar een uitvlucht en antwoordt: 'Ik moet thuis even in mijn agenda kijken en ik weet ook niet of Jurre thuis is. Ik heb geen zin om hier oppas voor te vragen. Ik app je wel.'

Ze is van plan een berichtje te sturen dat ze niet meekan omdat Jurre weg moet. Maar dat plannetje gaat niet lukken, want Eveline loopt al naar Jurre toe die met Marco staat te praten.

'Ik probeer je vrouw mee te krijgen naar de kring woensdag,' zegt ze. 'Maar het lijkt van jou af te hangen, ben jij woensdagavond thuis?'

Jurre knikt. 'Ja hoor, geen probleem.' Direct hervat hij het gesprek met zijn vriend weer.

'Nou, zullen we meteen maar afspreken dan? Zal ik je om kwart voor acht ophalen? Als het regent met de auto en anders kunnen we wel fietsen, oké?' Eveline kijkt haar vragend aan.

'Goed,' zegt Femke met lichte tegenzin.

Na afloop van de avond moet Femke toegeven dat het helemaal niet zo saai was als ze had verwacht. In de groep van twaalf mensen, variërend in leeftijd, is een ontspannen en gezellige sfeer en er is veel openheid naar elkaar toe. Zelf heeft Femke niet veel gezegd, de meesten kent ze alleen van gezicht, dus ze prakkiseerde er niet over haar gedachten met hen te delen. Trouwens, veel van de vragen waarover werd gesproken, waren dingen waarover zijzelf eigenlijk nog nooit had nagedacht.

'En, wat vond je ervan?' informeert Eveline als ze samen naar huis fietsen.

'Best gezellig,' antwoordt Femke voorzichtig.

'En het onderwerp, kon je daar iets mee?' vraagt Eveline verder.

'Hm, ik weet het eigenlijk niet zo goed, ik vond het soms wel een beetje moeilijk.'

'Ik ook, maar dat vind ik juist het fijne aan deze kring. Al pratend met elkaar ga je dingen toch beter begrijpen.'

'Dat zal wel ja.'

Eveline vraagt niet verder, maar als ze op het punt zijn waar ze elk een andere kant op moeten, vraagt ze: 'Ga je over drie weken weer mee?'

'Ik kijk wel even,' houdt Femke zich een beetje op de vlakte. 'Het moet natuurlijk ook uitkomen met de plannen van Jurre.'

'Nou, we zien elkaar vast nog voor die tijd, ik hoor het tegen die tijd wel.'

Met een vrolijke groet slaat Eveline rechtsaf. Femke fietst langzaam door naar huis. Misschien moet ze hiermee verdergaan en dan hopen dat ze ook wat meer contact krijgt met de anderen van haar leeftijd.

'Hoe was het?' vraagt Jurre direct als ze binnenkomt.

Natuurlijk, nu het iets van de kerk is, heeft hij belangstelling, denkt Femke. Nu wel!

Ze haalt haar schouders op. 'Hm, ging wel hoor.'

'Oké,' zegt Jurre en als hij merkt dat ze niet van plan is om meer te zeggen, gaat hij verder met zijn correctiewerk.

Femke heeft een paar weken gewacht, nu besluit ze eindelijk Peters mail te beantwoorden. In zijn mail heeft hij niet gereageerd op haar mededeling dat ze een dochter heeft die in november twaalf wordt. Is dat bewust of heeft hij de link niet gelegd naar hun samenzijn? Ze zegt er ook maar niks meer over; wellicht heeft hij het heel goed begrepen en moet hij het eerst even verwerken.

Ze schrijft iets over haar werk en haar gezin, maar als ze het terugleest klinkt het haar vreselijk saai in de oren. Nee, dit gaat ze hem niet sturen.

Ze begint haar mail opnieuw en nu vertelt ze hoe gezellig ze met Emma op stap is geweest toen zij in Nederland was. Dat de laatste keer al een jaar geleden is, doet er niet toe. Ze voegt een foto toe van het groepje waarmee ze, nog langer geleden, in Utrecht in een cafeetje zat. Een foto waar ze zelf heel voordelig opstaat, vindt ze. Met een tikje op verzenden vliegt de mail de oceaan over.

Deze keer komt de reactie veel sneller dan de vorige keer. Al de volgende dag is er een mail van Peter. Opnieuw begint hij met Hi my love. Hij vertelt iets over de surfwedstrijden die de komende weken zullen plaatsvinden. Ik realiseer me dat het bij jou bijna winter is. Hier begint juist de lente, beter! Verderop vraagt hij om een foto te sturen van haar gezin. Ik ben benieuwd naar die drie mooie dochters van je.

Weer geen woord over de leeftijd van Merel. Begrijpt hij dat nou echt niet, of wil hij het niet horen?

Femke reageert niet direct op zijn mail. Er zijn trouwens nu andere dingen die haar aandacht vragen. Merel wordt over een week twaalf en dat vindt ze zelf een belangrijke leeftijd.

'Het is mijn laatste verjaardag op de basisschool. Mag ik een slaapfeestje geven voor alle meiden uit mijn klas?' vraagt ze. 'Dan gooien we luchtbedden en matrassen in de kamer en gaan we de hele nacht film kijken.'

'Ik vind het prima, al hoop ik dat jullie toch ook nog even gaan slapen,' zegt Femke. 'Ik zal er even met papa over praten.'

'Papa is toch nooit thuis,' zegt Merel schouderophalend, 'dus hij vindt het vast wel best of hij merkt het niet eens.'

Merel overdrijft natuurlijk, maar ze heeft ook wel een beetje gelijk, bedenkt Femke. Daar schrikt ze toch wel van. Jurre is veel weg en als hij thuis is gaat hij stil door het huis. Vriendelijk en lief tegen de kinderen, maar hij zegt geen woord meer dan nodig is.

'Prima,' zegt ze. 'Ik bespreek het met papa, maar dat zit wel goed. Wanneer wil je dat dan doen? Op vrijdagavond, denk ik? En hoeveel meisjes zijn het?'

'Elf,' zegt Merel en ze begint meteen plannen te maken.

Jurre komt eind van de middag thuis. Femke en de kinderen hebben al gegeten omdat Merel vroeg naar turnen moet. En als Merel thuiskomt, is Jurre weer vertrokken, waarschijnlijk naar de zoveelste vergadering, Joost mag weten waarvan. Ze heeft hem vanavond niet eens horen weggaan.

Eigenlijk leven ze als twee vreemden in hetzelfde huis. Aan wie dat ligt? Misschien aan hen allebei, maar vooral aan haar. Ze is het afgelopen halfjaar met haar gedachten meer bij Peter en het verleden geweest dan bij Jurre en haar dochters. Bewust en onbewust heeft ze Jurre steeds vergeleken met Peter en met het leven dat ze wellicht met hem had kunnen hebben. Ze heeft zich laten beïnvloeden door Emma en haar veel boeiender leven.

Als alle drie de meiden in bed liggen, klapt Femke haar laptop open en zoekt de laatste mail van Peter op. Ze gaat hem beantwoorden en ze gaat hem over Merel vertellen. En daarna stopt ze met hun contact. Ze moet met twee benen op de grond komen en zich richten op wat ze heeft: een prachtig gezin. Als Merel achttien is, mag zijzelf contact opnemen met Peter, als ze dat dan nog steeds wil.

Het wordt een lange mail. Ze vertelt hem over haar zwangerschap, over de geboorte van Merel en over haar huwelijk met Jurre. Even denkt ze dat ze een deur hoort, maar het blijft stil in huis en ze schrijft verder, zoekend naar woorden.

Ik weet niet waarom ik je niet kon bereiken toen Paul en jij weg waren, maar ik wil dat je weet dat je een dochter hebt, net zoals zij weet dat haar biologische vader in Australië woont. Verder doe ik geen enkele aanspraak op je. Mijn man, Jurre, heeft haar helemaal als zijn dochter geaccepteerd en haar zijn achternaam gegeven, maar nu weet je van het bestaan van Merel af. Ik hoop dat je, als ze volwassen wordt en meer vragen gaat stellen, openstaat voor contact met haar. Ik stuur een foto van Merel mee, dan zul je zien dat ze veel op jou lijkt.

Met een paar zinnen sluit ze af. Ze voegt de laatste schoolfoto van Merel bij en verstuurt het bericht. Het geeft haar een goed gevoel, het gevoel een periode af te sluiten.

Ze weet dat het niet goed gaat tussen Jurre en haar, omdat ze zich schuldig voelt over het contact dat er is tussen Peter en haar. Ze zal hard haar best moeten gaan doen om haar huwelijk te redden. En dan weet Jurre nog niet eens van de mails tussen Peter en haar!

Het is goed dat ze daarmee stopt. Af en toe over de tijd met Peter dromen is één ding, maar contact met hem onderhouden, achter de rug van Jurre om, dat kan niet.

Ze heeft het gevoel of ze wakker is geworden uit een verkeerde droom. Wat heeft ze aan dromen over een man die ze nauwelijks kende? Jurre is haar man. Het leven is misschien niet avontuurlijk met hem, maar hij is eerlijk en betrouwbaar.

Als Jurre om halfelf de kamer binnen komt en een groet mompelt, staat ze op en schenkt ze twee glazen wijn in. Ze loopt de kamer weer in, waar Jurre de afstandsbediening van de tv al in zijn hand heeft.

'Heb je een vruchtbare vergadering gehad?' vraagt ze en ze zet een glas voor hem neer.

Hij kijkt wat verbaasd naar haar, maar schudt dan zijn hoofd. 'Nee, ik was bij Rogier, de broer van Marco om een boor terug te brengen. En nee, dank je, ik hoef geen wijn.'

De dagen erna blijft ze haar best doen om het contact, dat altijd zo vanzelfsprekend tussen hen was en nu helemaal weg lijkt te zijn, te herstellen. Ze kookt zijn lievelingsgerecht, brengt Suze naar zwemles, iets wat Jurre meestal doet, en ze zet op woensdagavond direct na het eten de vuilnisbak aan de weg.

Op woensdag vraagt Merel als ze 's avonds aan tafel zitten: 'Pap, hoe doen we het nou met de bedden vrijdag? Wij hebben vier luchtbedden, en met mijn matras en dat van het logeerbed zijn het er zes, maar dan moeten we er nog zes hebben. Zal ik vragen wie er een luchtbed of een matje mee kan nemen? En kan de tafel dan helemaal aan de kant?'

'Wat bedoel je?' vraagt Jurre.

'Mijn slaapfeestje natuurlijk,' zegt Merel ongeduldig.

'Slaapfeestje?'

'Heeft mama dat niet gezegd?' Nu kijken ze allebei naar Femke.

'Stom, niet meer aan gedacht!' Femke slaat haar hand voor haar mond. 'Dat is natuurlijk overmorgen al. Maar het komt goed, Merel. We zorgen dat er slaapplekken genoeg zijn.'

Jurre zwijgt. Maar als ze later samen in de kamer zijn, zegt hij: 'Ik kan ook meteen ergens anders gaan wonen, hè, als je dat gemakkelijker vindt?'

'Wat?' Femke draait zich geschrokken naar hem om. 'Wat bedoel je?'

'Ik bedoel dat ik toch al nergens bij betrokken word hier in huis. Nou ja, natuurlijk ben ik nog wel handig om de kliko aan de weg te zetten op woensdag – hoewel, ook dat doe je al zelf. En verder interesseert het jou niet wat ik doe of waar ik naartoe ga, je vergeet zelfs om te vertellen hoe Merel haar verjaardag wil vieren. Vroeger overlegden we dit soort dingen.' Zijn stem klinkt kil.

'Dat is niet waar, het interesseert me wel wat jij doet. Het ligt niet alleen aan mij, ik probeer juist de laatste dagen om het weer beter te maken tussen ons, maar dat merk jij niet eens op,' verdedigt Femke zich.

'Nee, daar merk ik inderdaad niks van,' antwoordt Jurre moe. 'Als jij niet eens de moeite neemt om met mij te overleggen als je hier een halve klas met kinderen wilt laten slapen, als je alles zelf regelt voor de kinderen, dan vraag ik me af wat ik hier nog doe.'

Uit het veld geslagen kijkt Femke hem aan. 'Het is stom dat ik dat vergeten ben,' zegt ze dan. 'Maar verder doe ik juist zo mijn best, maar dat merk jij niet eens.'

'Doe jij je best?' vraagt hij. 'Daar merk ik bedroevend weinig van. Maar ja, je bent natuurlijk meestal heel druk achter je laptop.' Dat laatste klinkt smalend.

'Achter m'n laptop?' herhaalt ze niet-begrijpend.

'Ja, eergisteravond was je zo fanatiek bezig, dat je niks hoorde of zag. En dat gebeurt nogal eens de laatste tijd. Je bent vast heel druk.'

Femke kijkt hem even aan, dan draait ze zich om. 'Jij zit toch ook vaak 's avonds te werken?' Maar ze voelt haar gezicht warm worden. Was Jurre thuis toen ze die laatste mail aan Peter schreef?

Jurre reageert niet en gaat de kamer uit.

Als ze die avond op bed liggen, kruipt Femke in het donker dicht tegen Jurre aan. Maar hij reageert niet, stijf en strak ligt hij naast haar.

'Jur...' zegt ze zachtjes.

'Ja, wat is er?'

'Jurre, ik wil dat het weer goed wordt tussen ons. Het spijt me, ik weet dat het vooral aan mij ligt. Je hebt wel gelijk, ik liet me te veel beïnvloeden door Emma en zo.'

Nu keert hij zich op zijn zij naar haar toe. 'Zit je steeds met haar te mailen?' vraagt hij. 'Ik was bang dat je toch contact had gezocht met Peter.'

'Ik wil geen contact met Peter,' fluistert ze. 'En als Emma weer naar Nederland komt is ze hier welkom, maar ik ga dan ook niet steeds met haar uit. Je had gelijk, we zitten in een heel andere fase van ons leven en daar ben ik blij mee. Geloof me, het gaat echt anders worden.'

Jurre slaat nu wel een arm om haar heen, maar hij reageert niet meteen.

'Jur, geloof je me?' vraagt ze.

'Jawel, ik wil je graag geloven. Maar vanwaar die omslag?'

'Ik weet het niet, misschien voelde ik opeens dat we elkaar aan het kwijtraken zijn. En ik wil jou niet kwijt, Jurre! Jij en de meisjes betekenen zoveel voor me.'

Nu zijn zijn armen helemaal om haar heen.

Toch gaat het hierna niet opeens allemaal even soepel tussen hen. Er blijven vooral problemen over Merel, die nu in groep acht zit en behoorlijk begint te puberen. Jurre accepteert geen grote mond van haar en eist dat ze zich aan de regels houdt. Femke is minder strak en probeert de boel vaak te sussen.

'Daar gaan we weer,' antwoordt Jurre korzelig. 'Fem, onze Merel heeft echt een strakke hand nodig. Ze loopt nu al over je heen, wat moet dat worden als ze vijftien, zestien is. Ze heeft echt regels nodig, of ze dat nu leuk vindt of niet. En we zouden veel meer één lijn moeten trekken, want wat ze van mij niet mag, probeert ze even later bij jou. Dat is niet goed.'

'Je begrijpt haar niet,' zegt Femke.

Gefrustreerd schudt Jurre zijn hoofd. 'Laten we er maar weer over ophouden. Alleen, beloof me dat je me niet afvalt als ik Merel straf geef. Eens een avond niet voor de tv om *Goede tijden* te kijken maakt meer indruk dan steeds maar te zeggen dat ze nu echt niet zomaar zonder het te zeggen de stad in moet gaan. Trouwens, ik vind het toch een waardeloze serie voor zo'n kind.'

En daarmee heeft Jurre het laatste woord. Maar hoewel Femke zwijgt, is ze het niet met hem eens. En al zegt Jurre altijd dat het niet zo is, zij is er voor zichzelf van overtuigd dat het er zeker mee te maken heeft dat Merel niet echt Jurres dochter is.

Het blijft lastig. Hoewel Femke probeert om Jurre niet af te vallen, merkt Merel heel goed dat haar moeder vaak anders over dingen denkt dan Jurre. En ze is slim genoeg om hen regelmatig tegen elkaar uit te spelen. Ze wordt er ook steeds beter in om dingen met haar moeder te regelen zonder Jurre er in te kennen.

'Zeg maar niet tegen papa,' zegt Femke zelf soms ook tegen Merel.

Ergens weet Femke dat het niet goed is, want Merel neemt steeds minder aan van wat Jurre zegt. Al met al geeft het toch vaak een vervelende sfeer in huis.

13

Het voorjaar begint. Af en toe komt er een mail van Peter. Hij heeft verrast gereageerd op Femkes eerste bericht over Merel en nu vraagt hij in elke mail naar haar. De laatste tijd geeft hij vaak aan dat hij niet wil wachten tot Merel achttien is om haar te ontmoeten. Femke beantwoordt zijn mails met enige tegenzin; zij zou het contact liever helemaal beëindigen tot de tijd dat Merel achttien wordt. Ze heeft spijt dat ze contact met hem heeft gezocht, maar toch mailt ze hem steeds kort terug.

Ze gaat nog steeds iedere maand met Eveline naar de gespreksgroep van de kerk en dat vindt ze fijn. Met Eveline kan ze goed opschieten; voelt ze nu ook echt als een vriendin. Ze komen vaker bij elkaar over de vloer en ook de kinderen spelen leuk met elkaar. Merel is dikwijls degene die er dan wat bijhangt omdat ze een stuk ouder is dan de anderen.

Eveline ziet hoe het toegaat in het gezin van Femke en Jurre. Een keer heeft ze voorzichtig een opmerking gemaakt over de wat minachtende manier waarop Merel over Jurre sprak. Maar dat werd haar niet in dank afgenomen door Femke.

'Evelien, jij hebt geen idee hoe het is om een kind te hebben van een andere man, dus daar moet je je niet mee bemoeien. Ik kan je zeggen dat Jurre vanaf het begin heel erg zijn best heeft gedaan om een goede vader voor Merel te zijn, maar ja, het bloed kruipt waar het niet gaan kan, zei mijn oma vroeger weleens. Merel is en blijft een kind van een ander, en dat is altijd voelbaar. Dat neem ik Jurre niet kwalijk en hij denkt zelf dat het niet zo is. Maar heus, het is wel zo en dat voelt Merel natuurlijk ook best. Voor die twee kleinsten is hij veel toegeeflijker dan voor Merel.'

'Oké, daar kan ik inderdaad niet over oordelen,' had Eveline gezegd. 'Het zal inderdaad soms best lastig zijn.'

Daarna hebben ze nooit meer over deze dingen gesproken. En verder is Femke echt blij met hun vriendschap. Ze beseft dat dit een heel andere vriendschap is dan die ze met Emma had. Van Emma hoort ze de laatste tijd trouwens weer weinig, en eigenlijk is dat ook maar beter. Zoveel onrust en onvrede Emma bracht in haar leven, zoveel rust is er gekomen nu ze meer met Eveline optrekt. Wellicht heeft dat te maken met de manier waarop Eveline in het leven staat.

Dat merkt Femke ook op de kringavonden. Natuurlijk zitten daar allerlei mensen met verschillende karakters, maar op de een of andere manier is er iets gemeenschappelijks, een rekening houden met elkaar.

Als ze dat eens aarzelend onder woorden brengt als ze met Eveline naar huis fietst, zegt Eveline: 'Ik denk dat je liefde bedoelt. Als je probeert vanuit je geloof in God te leven, dan wil je ook proberen Zijn liefde door te geven aan elkaar. Eigenlijk gewoon zoals Jezus de mensen heeft voorgeleefd. Als je gelooft dat iedereen kostbaar en waardevol is voor God, dan ga je vanzelf ook zo naar anderen kijken.' Ze schiet in de lach en gaat verder: 'Dat lukt me ook niet voortdurend, hoor, maar ik probeer het wel.'

'Nou,' zegt Femke met een diepe zucht, 'dat vind ik nogal wat. Ik ken best heel wat mensen op wie ik niet zo dol ben, eerlijk gezegd.'

'Je hoeft ook niet dol te zijn op alle mensen, dat is wat anders dan weten dat ze waardevol zijn. Dus ieder in zijn of haar waarde te laten, dat is al heel wat.'

'Daarvoor hoef je natuurlijk niet per se gelovig te zijn, toch?'

'Nee, zeker niet. Maar als je het voorbeeld van Jezus als uitgangspunt neemt, is het misschien meer vanzelfsprekend om zo met een ander om te gaan.'

Dit soort gesprekken hebben ze niet heel vaak samen, maar deze woorden van Eveline zijn toch blijven hangen bij Femke, en regelmatig denkt ze er nog over na. Nou, zijzelf is daar nog ver van af!

Dat het tussen haar en Jurre weer wat beter is geworden, daar is Femke blij om. Ze nemen bewust meer tijd voor elkaar, zodat ze niet helemaal opgeslokt worden door hun baan, de kinderen en alles wat hen verder in beslag neemt. Iedere maand plannen ze samen een uitje, en beiden merken ze dat dat goed is voor hun relatie. Om de beurt moeten ze iets bedenken en reserveren om de ander te verrassen. Even alle tijd en aandacht voor elkaar, terwijl Dionne, een tiener uit de kerk, oppast. Eigenlijk vindt Merel zichzelf te oud voor een avondoppas, maar met Dionne vindt ze het gelukkig gezellig.

Ook deze vrijdag gaan ze samen weg. Femke heeft een leuk nieuw Grieks restaurantje in de stad ontdekt en daar een tafeltje besproken. Met een beetje geluk blijft het weer mooi en kunnen ze vanavond zelfs buiten eten. Een vakantiegevoel, ook al is het pas eind mei.

Als de kinderen naar school zijn, gaat Femke snel aan de gang. Ze houdt van de vroege ochtend als iedereen weg is en het huis even voor haar alleen is. Ze zet de muziek lekker hard aan en opgewekt ruimt ze de keuken op, trekt snel de stofzuiger door de kamer en hangt een was op.

Ziezo, en nu koffie! Ze schakelt het koffiezetapparaat in en juist als ze de volle mok pakt om mee naar de tuin te nemen, gaat de bel.

'Hè nee,' mompelt Femke, 'nu even niet, hoor!' Waarschijnlijk is het haar buurvrouw van twee huizen verder. Zij heeft er nogal een handje van om op vrijdagmorgen rond deze tijd voor de deur te staan met een of andere smoes, maar duidelijk uit op een kop koffie en een praatje.

Maar als er opnieuw gebeld wordt, zet ze haar koffie neer en loopt naar de gang.

'Vooruit Fem, ieder mens is waardevol en verdient aandacht,' mompelt ze deels spottend, deels geïrriteerd voor ze de voordeur opendoet.

Maar dan staat ze als aan de grond genageld stil en met grote ogen kijkt ze naar de man die voor haar staat.

'Hi, my love!'

'Peter, you?' Even heeft ze de neiging de deur dicht te slaan. 'Come in, kom binnen,' zegt ze kortaf, terwijl ze bedenkt dat ze blij mag zijn dat hij nu komt en niet vanmiddag als Jurre of de meisjes thuis zouden zijn.

Dan staan ze tegenover elkaar in de gang. Ze reikt langs hem heen en duwt de voordeur achter hem dicht. Ze kijken elkaar even aan, dan trekt hij haar in zijn armen en kust haar.

Femke maakt zich snel los en vraagt: 'Waarom ben je hier? Je kunt niet zomaar mijn leven binnenstappen.'

'Ik wil met je praten,' zegt hij. 'En ik wil natuurlijk kennismaken met mijn dochter Merel.' Hij spreekt Merels naam uit als Meryl. Het klinkt vreemd en het doet Femke beseffen dat hij inderdaad een vreemde is, ook voor Merel.

Ze schudt haar hoofd. 'Je kunt niet zomaar ons leven binnenstappen,' herhaalt ze. 'Waarom heb je niet overlegd? Jurre, mijn man... en Merel... Dit kan niet, Peter!'

'Je bent nog even mooi als tien jaar geleden,' zegt hij, alsof hij haar niet gehoord heeft.

'Dertien,' verbetert ze, 'dertien jaar geleden is het. O, Peter!' Allerlei emoties overspoelen haar, herinneringen aan die zomer komen in alle hevigheid boven.

'Is je man thuis?' vraagt hij. 'Of Merel?'

Ze schudt haar hoofd. 'Nee, en daar ben ik blij om.' Ze herpakt zichzelf. 'Kom binnen, dan kunnen we praten.'

Hij volgt haar naar de woonkamer, waar haar beker koffie op een hoek van de tafel staat, vlak bij de openslaande deuren naar de tuin.

'Wil je koffie?' vraagt ze.

Hij knikt. 'Yes please.'

Ze knikt naar de open deuren. 'Ga maar in de tuin zitten, ik kom er zo aan.' Ze loopt snel naar het koffieapparaat. Maar terwijl ze op het knopje drukt, slaat hij van achteren opnieuw zijn armen om haar heen.

'Ik heb je gemist, Femmy. Nu pas besef ik hoe erg ik je heb gemist,' fluistert hij.

Heel even leunt ze tegen hem aan. Het voelt vreemd en vertrouwd tegelijk, maar dan schudt ze ongeduldig zijn armen weg. 'Niet doen,' zegt ze. 'Als je me had gemist was je twaalf jaar eerder al gekomen.' Ze wacht tot de beker vol is en draait zich dan om. 'Kom, we gaan in de tuin zitten.'

Haar eigen koffie is lauw geworden, maar dat merkt ze nauwelijks als ze een slokje neemt. Haar keel voelt droog, dus voor ze weer begint te praten drinkt ze de beker leeg.

Peter is ook stil. Hij heeft zijn beker op de tuintafel gezet en kijkt rond. Dan zegt hij: 'Zo, dus hier woon je en hier woont mijn dochter, ónze dochter. Ze is een mooi meisje, zag ik op de foto.'

Femke knikt. Het irriteert haar dat hij Merel zijn dochter noemt. 'Peter, je kunt niet zo onaangekondigd in Merels leven verschijnen. Ze is net in de puberteit, ze is te jong om onvoorbereid met jou geconfronteerd te worden.'

'Ze weet toch dat jouw man niet haar vader is?' vraagt hij. 'Ze heeft er recht op haar vader te leren kennen. En ik mijn dochter.'

Dat laatste schiet verkeerd bij Femke. 'Jij hebt geen enkel recht,' zegt ze scherp. 'Waarom kon ik je niet meer bereiken zodra je was vertrokken uit Nieuw-Zeeland? Was je misschien al bang dat onze nacht samen gevolgen had? Je nam je telefoon niet meer op en een adres had ik ook niet van je. Nee, je bent twaalf jaar te laat om rechten te hebben.'

'Ik wist niet dat je zwanger was! Jij had me toen ook direct kunnen zoeken. Pas vorig jaar nam je contact op, dat had veel eerder gekund als je had gewild. Als ik geweten had dat ik een dochter heb, was ik veel eerder naar Nederland gekomen. Dus verwijt mij niks!'

Femke weet niets meer te zeggen. Peter heeft gelijk, ze had hem eerder kunnen opzoeken. Maar toch wringt er iets in zijn redenatie.

'Jij wilde niet gevonden worden,' werpt ze daarom tegen. 'Waarom nam je anders je telefoon niet op na ons afscheid? Of waarom belde je mij niet?'

'Ik verloor mijn telefoon en ik wist jouw nummer niet uit mijn hoofd. En ja, ik dacht dat wij een leuk vakantieavontuur hadden samen, maar nogmaals, als ik had geweten dat je een kind kreeg...'

'Het heeft achteraf allemaal weinig zin,' zegt Femke als hij zwijgt. Ze schudt haar hoofd en kijkt naar hem, zoals hij daar zit. Nog steeds een mooie, slanke, maar gespierde jongen. Nou ja, een man natuurlijk, hij zal ook zeker tweeëndertig zijn.

Hij vangt haar blik. 'Femmy, my love,' zegt hij zachtjes en hij lacht naar haar.

Femke schudt haar hoofd. 'Dat ben ik niet meer, ik ben getrouwd en moeder van drie dochters.'

'Van wie een ook mijn dochter is,' zegt hij. 'Ik wil haar leren kennen, Femmy. Wanneer komt ze thuis?'

'Niet vandaag,' zegt ze beslist. 'Ik wil dat je zo weggaat, voor de kinderen thuiskomen. Ik moet hierover nadenken, Peter. Ik moet Merel voorbereiden op een ontmoeting met jou en ik vraag me af of dit de juiste tijd is. Ze is niet een gemakkelijk kind.' Dat laatste zegt ze met een scheef lachje.

'Dat was ik ook niet,' zegt hij. 'Ik denk dat ze veel op mij lijkt.'

'Jurre en ik hebben met haar afgesproken dat ze contact met jou mag opnemen als ze achttien wordt,' gaat Femke verder. 'Dat duurt nog ruim vijf jaar.'

'Ik ben nu hier, ik wil geen vijf jaar wachten,' antwoordt hij verongelijkt. 'Ik wil mijn dochter zien.'

'Het gaat niet alleen om jou, het gaat nu vooral om Merel, wat goed voor háár is,' zegt ze scherp. Peter gedraagt zich als een verwend kind, schiet het door haar heen. 'In elk geval gaat dat vandaag niet gebeuren; je zet mij voor het blok. Ik moet hierover nadenken, Peter,' zegt ze vriendelijk maar vastbesloten. 'Geef me je telefoonnummer, ik zal je een berichtje sturen als ik weet hoe het moet.'

'Soms moet je niet te veel nadenken,' zegt hij luchtig. 'Laat de dingen komen zoals ze komen, dat is vaak het beste. En anders is het een les voor een volgende keer.'

'Dat gaat hier niet op. Het zou Merel erg van slag kunnen brengen als ze opeens onvoorbereid met jou geconfronteerd wordt. Toe Peter, het kan niet, laat me er rustig over nadenken.'

'Stuur je me nu al weg?' vraagt hij. 'Ik ben ook blij jou te zien, Femmy, ik wil alles over je leven horen! Kunnen we ergens gaan lunchen misschien?'

Femke aarzelt, ze kijkt op haar telefoon. Het is halftwaalf, dus ze heeft nog tot twee uur voor de school van de meisjes uitgaat. In elk geval wil ze hem hier weg hebben.

Ze knikt. 'Dat is goed, maar daarna kom je niet meer onverwacht hier opduiken.'

Ze staan op en snel sluit Femke het huis af. 'Hoe ben je hier?' vraagt ze als ze de deur uit lopen. 'Met het openbaar vervoer? Dan kun je met mij meerijden en zet ik je later ergens in de stad af.'

Hij knikt in de richting van de parkeerplaats aan de overkant. 'Ik heb een auto gehuurd, maar die laat ik hier staan tot we terug zijn, ik vind het verkeer hier in de stad een ramp, al die smalle straten.'

'Nee, die auto moet hier weg,' zegt Femke wat nerveus, terwijl ze rondkijkt of er geen bekenden langskomen nu ze hier buiten staan. 'Ik rijd een stukje voor je uit naar een parkeerplaats aan de rand van de stad, daar kun je bij mij instappen.'

Zonder nog wat te zeggen stapt ze in haar auto en wacht tot hij in de zijne is gestapt voor ze wegrijdt, erop lettend of hij haar volgt. Nu ze alleen in haar auto zit, vliegen er allerlei gedachten door haar hoofd. Er komt paniek opzetten, wat moet ze met hem! Waarom is hij zomaar opeens gekomen en hoe komt hij eigenlijk aan haar adres? Hij heeft alleen haar e-mailadres, hij weet zelfs haar achternaam niet sinds ze die van Jurre draagt.

Emma natuurlijk, schiet het door haar heen.

Ze rijdt naar een parkeerplaats aan de rand van het centrum. In haar spiegel houdt ze de huurauto van Peter in de gaten. Ze moet hem niet kwijtraken, anders staat hij misschien later op de dag weer voor haar deur. Als ze naast elkaar gestopt zijn op de parkeerplaats, wacht ze met draaiende motor tot hij bij haar is ingestapt. Ze heeft besloten de stad achter zich te laten en naar een groot restaurant langs de doorgaande weg te gaan. Daar loopt ze de minste kans bekenden tegen te komen. Ze zeggen onderweg niet veel. Ze voelt dat hij van opzij naar haar kijkt, maar Femke houdt haar ogen strak op de weg tot ze de oprit van het restaurant opdraait en op de parkeerplaats stopt.

Het is druk in het restaurant en Femke kijkt onrustig rond terwijl ze naar een tafeltje in de hoek loopt. Gelukkig ziet ze geen enkele bekende. Ze gaat met haar rug naar de zaal zitten, terwijl Peter tegenover haar plaatsneemt.

'Zo fijn je weer te zien, Femmy,' zegt hij warm. Over de tafel heen legt hij zijn hand op de hare.

Maar Femke trekt haar hand meteen weg. 'Ik wilde dat je had laten weten dat je van plan was om te komen,' zegt ze.

'Waarom? Een verrassing is toch altijd leuk?' Hij kijkt haar in de ogen en zegt zacht: 'En jij vindt het ook best fijn om mij weer te zien, toch?'

Ongeduldig schudt ze haar hoofd. 'Ja, nee, niet zo onvoorbereid.'

'Als je me niet had willen zien, had je me niet geschreven over Merel,' zegt hij. 'Je kon natuurlijk begrijpen dat de kans groot was dat ik dan hier naartoe zou komen.'

'Nee, echt niet. Je had mijn adres niet eens, dat had ik je bewust niet gestuurd om dit soort verrassingen te voorkomen.'

'Emma vertelde me dat je mij nog niet vergeten was.' Opnieuw kijkt hij haar diep in de ogen en gaat verder: 'Ik kom niet alleen voor onze dochter, ik ontdekte dat ik je ook nog steeds mis. We hadden een superleuke tijd, Femmy!'

Geïrriteerd fronst ze haar wenkbrauwen. 'Dat lijkt me bijzonder onwaarschijnlijk, dat je na dertien jaar opeens ontdekt dat je me mist. Trouwens, dat doet er nu niet meer toe, ik ben getrouwd met Jurre, we hebben een gezin. Er is geen ruimte voor jou, Peter.'

'Waarom heb je me dan geschreven?'

'Dat heb ik je al gezegd. Merel stelt vragen over haar afkomst en ik wilde je alvast voorbereiden dat ze je waarschijnlijk over een aantal jaren gaat zoeken.'

'Ik heb geen vijf jaar voorbereiding nodig. Ik wil haar nú zien, het liefst vandaag nog!'

Femke schudt vastbesloten haar hoofd. 'Dat gaat niet gebeuren. Niet zo onvoorbereid, dat kan echt niet. Ik moet er met Jurre over praten, hij moet het er ook mee eens zijn.'

'Dus jij vindt het wel goed?'

'Ik weet het niet. Ik zei je al, ik moet hier over nadenken, je hebt me enorm overvallen.'

'Wat mag ik voor jullie inschenken, of willen jullie de lunchkaart?' Een meisje van de bediening staat naast hun tafeltje.

'Ik wil alleen thee,' zegt Femke.

'Wil je niks eten?' vraagt Peter, 'we zouden toch lunchen?'

Ze zou geen hap door haar keel kunnen krijgen. 'Ga jij gerust je gang.'

Peter bestelt een broodje en koffie. Even blijft het stil tussen hen.

Femke vraagt: 'Dus… hoe ziet je leven er nu uit? Volgens mij ben je heel sportief.'

Peter begint te vertellen en Femke luistert geboeid naar hem. Zijn enthousiaste manier van praten brengt haar weer terug naar de tijd dat ze samen optrokken. Haar aandacht dwaalt af en ze verliest zich in de herinneringen.

'Dat was het zo ongeveer,' hoort ze hem zeggen. 'En jij, hoe is het jou vergaan na die zomer?'

Terwijl hij van zijn broodje eet, vertelt Femke kort wat over haar baan, over haar ontmoeting met Jurre en over hun gezin.

'Het spijt me toch wel enorm dat we, waardoor dan ook, elkaar uit het oog verloren zijn,' zegt Peter. Hij buigt zich naar haar toe, zijn gezicht dicht bij het hare. Even blijft ze stil, dan schuift ze haar stoel naar achteren. De betovering van zo-even is meteen weer voorbij.

'Er zit mosterd op je wang,' zegt ze. 'Ik moet gaan. Ik moet de meisjes uit school halen.'

Als ze weer naast elkaar in de auto zitten, draait Femke zich voor ze de auto start, naar hem toe. 'Beloof me dat je niet meer naar ons huis komt.'

'Beloof jij me dat ik deze week mijn dochter kan ontmoeten,' antwoordt hij al even ernstig.

'Dat kan ik niet beloven, ik ga daar niet alleen over. Jurre moet het daarmee eens zijn.'

'Het gaat om míjn dochter,' zegt hij. 'Niet om de zijne.'

'Jurre heeft Merel als zijn dochter aangenomen, ze draagt zijn achternaam. Stop toch, Peter! Ik heb je gezegd dat ik erover moet nadenken.' Nu springen de tranen in Femkes ogen. Driftig veegt ze ze weg.

'Niet huilen, my love.' Hij slaat een arm om haar heen en trekt haar naar zich toe.

Ze leunt tegen hem aan, maar al snel maakt ze zich met een diepe zucht los.

Ze start de auto. 'We moeten gaan. Geef me je nummer, dan stuur ik je een berichtje als ik weet hoe het verder moet. Wanneer vertrek je weer?'

'Volgende week zaterdag. Mag ik je een zoen geven, Femmy?'

Ze kijkt van opzij naar hem. 'Eigenlijk niet,' zegt ze, maar ze houdt hem haar wang voor.

Met zijn hand draait hij haar gezicht naar zich toe en kust haar zacht op haar lippen.

Verward gaat ze weer recht zitten, zet de auto in de eerste versnelling en rijdt weg. Onderweg zeggen ze niet veel meer. Peter heeft zijn telefoon gepakt en haar nummer genoteerd.

'Ik stuur je een appje, dan heb je mijn nummer. Ik hoor snel van je!'

Ze geeft geen reactie.

'Als ik over twee dagen nog niks heb gehoord, kom ik een antwoord halen,' zegt hij.

'Ga je dreigen?' Femke rijdt de parkeerplaats weer op en stopt naast de huurauto.

'Nee, ik ga niet dreigen, maar ik kom op voor mijn rechten.' Hij stapt nog niet direct uit, maar legt zijn hand op haar bovenbeen. 'Come on, Femmy, probeer je in mijn gevoel te verplaatsen,' smeekt hij.

'Je hoort van me,' zegt ze, terwijl ze strak voor zich uit blijft kijken. 'Tot ziens, Peter.'

'Ja, tot ziens,' zegt hij nadrukkelijk. Dan stapt hij uit.

Femke betrapt zich erop dat ze even teleurgesteld is dat hij haar geen afscheidskus heeft gegeven. Boos op zichzelf zet ze de auto in z'n achteruit, keert en stuift de parkeerplaats af. Op het klokje in de auto ziet ze dat het al bijna tijd is om de meisjes op te halen. Zo snel mogelijk rijdt ze naar huis, parkeert de auto voor de deur en loopt meteen door naar school.

Het kost haar veel moeite om de rest van de middag gewoon met de kinderen bezig te zijn. Zowel Anna als Merel heeft een vriendinnetje mee naar huis genomen en gelukkig gaan zij zelf hun gang. Maar Suze is moe en ze verveelt zich nu haar zusjes een vriendinnetje hebben.

'Kan Suze niet met jullie meedoen?' vraagt ze aan Anna.

'Nee, ik wil nu alleen met Lieke spelen.'

Tenslotte gaat ze een spelletje met haar jongste doen, maar ze kan zelfs hier haar gedachten niet bijhouden.

'Je doet het niet goed, mama!' zegt Suze boos. 'Ik zei toch dat het zo niet moet?'

'Sorry, lieverd,' zegt Femke. 'Mama heeft een beetje hoofdpijn. Weet je wat, we gaan een filmpje kijken, oké?'

Terwijl ze samen op de bank zitten blijven Femkes gedachten rondtollen in haar hoofd. Steeds weer opnieuw beleeft ze de ochtend: de gesprekken die ze met Peter had, zijn nadrukkelijke wens om Merel te zien. Ze weet niet wat ze ermee aan moet. Moet ze het Jurre vertellen? Maar dan moet ze ook opbiechten dat ze contact heeft gezocht met Peter, iets wat ze steeds ontkend heeft. Ze weet zeker dat Jurre een enorm punt zal maken van haar leugen.

Nee, het met Jurre bespreken lijkt niet de beste oplossing. Wat dan? Peter zijn zin geven en, zonder het tegen Jurre te zeggen, Merel aan hem voorstellen? Dat kan al helemaal niet. Natuurlijk zal Merel haar mond niet houden en ze kan haar dochter niet instrueren om te liegen. Maar wat moet ze dan doen?

Steeds komen haar gedachten weer op dit punt uit. Er is maar één oplossing, ze moet Peter zover krijgen dat hij vertrekt zonder Merel ontmoet te hebben. Maar hoe moet ze dat voor elkaar krijgen?

Ze heeft intussen flinke hoofdpijn gekregen en is blij als beide vriendinnetjes zijn opgehaald.

'Wat eten we vanavond?' vraagt Merel. 'O ja, jullie gaan uit eten hè? Eten wij dan ook wat lekkers?'

'Spaghetti hè mama?' zegt Anna.

Ach natuurlijk! Ze gaan uit eten vanavond, ze was het door alle toestanden helemaal vergeten. Ook de boodschappen zijn er bij ingeschoten vandaag. Gelukkig zit er nog een zak frites in de vriezer.

'Jullie krijgen patat,' belooft ze. 'Ik ben vergeten om spaghetti te kopen, we ruilen het om, vandaag patat en morgen de spaghetti.'

'Wat hoor ik daar? Krijgen die meiden patatjes vandaag? Bofferds!' Jurre is binnengekomen en geeft eerst Femke en dan zijn dochters een kus.

'Ja, ik ga de frituurpan aanzetten, willen jullie er een kroket of een frikandel bij?' Femke loopt naar de keuken. In de vriezer vindt ze wel een zak frites, maar geen snacks meer. 'Sorry meiden,' roept ze naar de kamer, 'de snacks zijn op. Het wordt alleen patat met appelmoes.'

Er is nog wel een pot doperwten, dat vinden de meiden ook lekker bij de patat. Ze maakt het blik open en gooit het leeg.

'Mama! Wat doe je?' roept Merel.

Dan ziet Femke wat ze staat te doen: ze heeft de pot met doperwten leeggegooid in het frituurvet. Het warme vet beging heftig te bruisen.

Jurre is op het geschreeuw van Merel afgekomen. 'Wat is er aan de hand?' vraagt hij, kijkend van Merel naar Femke, die met haar hand voor haar mond geslagen naar de friteuse kijkt.

'Ik gooi de erwten in de verkeerde pan,' zegt ze wat verwezen in de pan kijkend.

Jurre barst in lachen uit. 'Wie weet hoe lekker gefrituurde erwten zijn,' zegt hij opgewekt als hij ziet dat bij Femke de tranen in de ogen schieten. 'Kom op, Fem, het is geen ramp.' Hij slaat zijn arm om haar schouder. 'Maar je bent er niet helemaal bij met je gedachten, geloof ik.'

'Het is niet om te lachen,' zegt ze. 'Nu is de olie ook niet meer te gebruiken.'

'Dan maken we de pan meteen weer eens goed schoon en voor nu haal ik wel even patat bij de snackbar.' Jurre trekt de stekker uit het stopcontact. 'Gaat het wel goed met jou?' Onderzoekend kijkt hij Femke aan.

Ze slaagt erin om te glimlachen. 'Verder wel,' zegt ze. 'Ik weet niet waar ik met m'n gedachten zat, zo stom.'

Terwijl Jurre naar de snackbar fietst, schept ze met een schuimspaan de erwtjes uit de frituurolie. Die kunnen in de kliko. De olie moet eerst helemaal afkoelen. Ze moet haar gedachten bij het hier en nu houden, ze moet proberen om het probleem voorlopig te parkeren. Morgen gaat ze er wel weer over nadenken, vanavond niet meer. Maar dat is lastig.

'Is er iets, Fem?' vraagt Jurre als ze samen in de auto zitten. 'Je bent zo stil.'

'Nee hoor, maar ik heb hoofdpijn.' Dat is niet gelogen.

'Had je dan wel zin om uit eten te gaan?' vraagt hij bezorgd.

'Jawel, ik heb paracetamol genomen. Het zakt zo wel.'

'Heb je een drukke dag gehad?'

'Niks bijzonders, gewoon wat in huis gerommeld, gewassen, gestofzuigd, die dingen. En jij, nog bijzonderheden op school?'

'Nee, het was een lekker dagje eigenlijk,' antwoordt Jurre. Dan vraagt hij: 'Ben je vandaag met de auto weggeweest?'

Femke voelt een schok van schrik door zich heen gaan. 'Hoezo?' vraagt ze op haar hoede.

'Toen ik net patat ging halen, ontdekte ik dat de auto open was, niet op slot. Als jij niet bent weggeweest is hij al vanaf gisteravond open geweest. Dan heb ik hem niet afgesloten nadat ik naar volleybal ben geweest. Nou ja, er valt niet veel te stelen, hè?'

'Nee, dat is waar. Waarom ging je gisteren eigenlijk met de auto?'

'Het regende toch heel hard? Ben je dat al weer vergeten?' Jurre kijkt wat verbaasd opzij.

'Ach ja, natuurlijk. Ik zit echt een beetje te suffen, geloof ik.' Femke dwingt zichzelf om de gedachten aan het probleem uit haar hoofd te bannen.

Maar ook tijdens het etentje samen lukt het niet om Peter en zijn vraag uit haar hoofd te krijgen.

Pas na een glas wijn voelt ze zich wat ontspannen.

'Moet je dat wel doen, als je hoofdpijn hebt?' vraagt Jurre als ze een tweede glas bestelt.

'Ja hoor, de hoofdpijn is aardig gezakt,' zegt ze met een glimlach.

Als ze om elf uur thuiskomen en Jurre de oppas naar huis gaat brengen, zegt Femke: 'Ik ga alvast naar boven, Jur, ik heb toch niet zo'n lekker hoofd.'

Wanneer hij de slaapkamer binnenkomt, houdt ze zich slapend. Jurre valt al snel diep in slaap, maar zij ligt nog steeds wakker. Wat moet ze toch doen? Had ze maar nooit contact gezocht, had ze maar nooit met Emma over Peter gesproken. Had ze maar…

14

Na een onrustige nacht is Femke vroeg wakker. Onmiddellijk is ook het probleem weer levensgroot in haar hoofd aanwezig.

Het is heerlijk weer en 's middags stelt Jurre voor om een fietstochtje te maken naar de waterspeeltuin. Anna en Suze staan meteen te juichen, maar Merel haalt haar neus op voor het plannetje.

'Ik heb daar geen zin in hoor,' zegt ze. 'Ik blijf thuis.'

'Je kunt er ook kano's huren,' zegt Femke. 'Dan gaan wij samen kanoën, Merel.'

Femke wil graag weg en wil zeker niet dat Merel alleen thuisblijft. Stel je voor dat Peter het toch in zijn hoofd haalt om weer langs te komen!

Merel schudt haar hoofd. 'Daar heb ik ook geen zin in. Ik heb trouwens helemaal geen puf om te gaan fietsen, veel te heet buiten.'

'Nou, tweeëntwintig graden kun je niet echt heet noemen,' zegt Jurre. 'Kom op, Mereltje, we maken er een gezellige middag van.'

'Nee, ik heb geen zin. Ik kan prima alleen thuisblijven,' houdt Merel vol. 'Ik ga lekker liggen lezen in de tuin.'

Jurre kijkt Femke aan. 'Wat vind jij?' vraagt hij. 'Het kan prima, hè? Binnen een paar uurtjes zijn we weer terug.'

Femke geeft hem geen antwoord, maar kijkt naar Merel en vraagt: 'En als we met de auto gaan, wil je dan wel mee?'

'Wat een onzin!' reageert Jurre voor Merel antwoord geeft. 'Het is heerlijk weer, dan gaan we toch niet met de auto voor zo'n klein stukje? Als Merel geen zin heeft, kan ze best alleen thuisblijven.'

'Dat vind ik ook, pap,' zegt Merel.

Maar Femke fronst. 'Nee, dat vind ik niks. Weet je wat, ga jij maar met Anna en Suze, dan blijven Merel en ik samen thuis.'

Jurre kijkt haar verwonderd aan en trekt even zijn wenkbrauwen op, maar dan zegt hij wat kortaf: 'Oké, Anna en Suus, dan gaan we met ons drietjes. Wil jij bij mij achterop of ook op je eigen fiets, Suze?'

'Op mijn eigen fiets,' zegt Suze.

'Ik heb geen oppas nodig, hoor mam,' sputtert Merel nog tegen.

Maar Femke negeert haar en zegt: 'Ik pak even een oude korte broek voor jullie, meiden. Dan is het niet erg als jullie helemaal onder de modder komen te zitten. Neem ook een handdoek mee, Jur. En misschien ook een extra T-shirtje voor ze. Als ze erg nat worden, kun je ze dat aantrekken voor je weer op de fiets stapt.'

Jurre is net weggefietst met de meisjes als Femke een berichtje op haar telefoon krijgt: Can I meet Merel today?

Meteen schiet ze in de stress. Nee, hij kan Merel absoluut vandaag niet ontmoeten! Vandaag niet, morgen niet en de dagen daarna ook niet. Het zou niet goed zijn voor Merel, ze moet echt ouder zijn. En ook haar relatie met Jurre kan het nu niet aan om geconfronteerd te worden met Peter. Juist nu het weer beter gaat tussen hen, kan ze geen risico nemen. Wanneer Merel achttien is zal ze hem berichten dat hij kan kennismaken met zijn dochter, vooropgesteld dat Merel dat wil. Dan hoeft Femke ook niet op te biechten dat ze al eerder contact heeft gezocht, ze kan dan met een schone lei beginnen.

Hier zal Peter begrip voor moeten hebben. Allereerst zal hij moeten begrijpen dat hij geen rechten in deze heeft, al riep hij dat gisteren steeds. Niet hij, maar zijzelf heeft de regie.

Zodra Merel met een stapel stripboeken naar de tuin is gegaan waar ze zich in de hangmat installeert, stuurt Femke een bericht naar Peter.

Ze vertelt hem nogmaals dat ze Merel nog te jong vinden. Het zou haar in de war brengen, schrijft ze. Na even nadenken schrijft ze er eerlijk achteraan: Jurre en ik hebben een wat moeilijke periode achter de rug in onze relatie. Gelukkig gaat het weer beter, maar als ik nu over jou ga beginnen, zou dat wel eens opnieuw mis kunnen gaan.

Het is gewoon de tijd niet om die onrust in het leven van Merel en van mij te brengen. Ik begrijp dat jij het graag anders zou zien, maar ik doe een beroep op je respect voor mij en respect en liefde voor je dochter, en dat je accepteert dat het er nu gewoon niet in zit. Het spijt me voor je, maar ik hoop dat je het begrijpt en niet langer aandringt op een ontmoeting. Het kan echt niet.

Ze leest het nog een keer door en verstuurt het dan. Het geeft een klein beetje rust, ze twijfelt in elk geval niet meer over wat ze moet doen. En nu maar hopen dat Peter dat ook snapt!

Er komt niet direct een reactie en dat maakt haar weer onrustiger. Wat is hij van plan?

Ze zet zich ertoe om wat kleine klusjes in huis te gaan doen, stilzitten kan ze nu echt niet. Om vier uur komen de anderen weer thuis. De meisjes hebben het erg naar hun zin gehad en vertellen honderduit tegen Femke, die met een glimlach luistert maar intussen steeds op haar telefoon kijkt of ze geen berichtje mist.

'Ik dacht, we kunnen misschien wel barbecueën,' zegt Jurre. 'Het voelt bijna als een zomerse dag. En laten we Marco en Eveline dan uitnodigen met de meisjes, dan maken we er een klein feestje van.'

'Ik heb niks in huis, dus dat lijkt me niet handig,' reageert Femke bepaald niet enthousiast.

'Dat is zo gehaald, hoor,' zegt Jurre opgewekt. 'Ik doe de boodschappen wel.'

Femke zucht. 'Toe dan maar,' zegt ze. 'Maar bel dan eerst Marco en Eveline, daarna zullen we een boodschappenlijstje maken.'

De uitnodiging wordt met veel enthousiasme aangenomen en even later pakt Jurre de fiets om boodschappen te gaan doen.

Femke begint er nu toch ook zin in te krijgen. Afleiding is precies wat ze nodig heeft, beseft ze.

Als Jurre is weggefietst, schenkt Femke nog eens limonade in voor de kinderen. Ze zet de bekers op de tuintafel. Anna en Suze proberen hun grote zus uit de hangmat te werken, maar dat lukt nog niet zo gemakkelijk.

'Nu is het onze beurt,' vindt Anna. 'Jij ligt er de hele middag al in.' Ze trekt Merel aan een been.

'Jullie waren er niet, dus dat telt niet,' vindt Merel. Ze kietelt Suze, die probeert om erbij te klimmen in de hangmat. 'Jullie mogen erin, als het je lukt mij eruit te krijgen.'

Nou, dat laten de jongste twee niet op zich zitten. Met veel geschreeuw en gelach zijn ze bezig.

Juist als Femke met een glimlach naar binnen loopt, hoort ze de bel bij de voordeur.

Tjonge, Marco en Eveline zijn best vroeg. Jurre had beter een tijd kunnen afspreken met ze.

Met een glimlach trekt ze de voordeur wijd open. 'Hoi, gezel...' Midden in haar zin blijft ze steken.

'Ik had je gezegd dat je hier niet moest komen!' In paniek wil ze de deur dicht doen, maar Peter is haar te snel af en stevig houdt hij de deur vast.

'En ik had jou gezegd dat je moest regelen dat ik haar kan zien.'

Nu schieten de tranen haar in de ogen, tranen van angst, boosheid en wanhoop. 'Niet nu! Je moet hier weg. Alsjeblieft!'

Maar hij schudt zijn hoofd. 'Ik heb geen vijftienduizend kilometer gereisd om weggestuurd te worden,' zegt hij kortaf. Ze ziet dat hij langs haar heen naar binnen kijkt. Als Merel alsjeblieft maar in de tuin blijft!

'Ik wil haar zien.'

'Maar niet nu, niet vandaag,' zegt Femke gehaast.

Op de achtergrond hoort ze Suze huilen. Het geluid komt dichterbij. 'Mama, mám!'

'Ik bel je,' zegt ze zacht. 'Echt, maandag bel ik je, we komen er wel uit. Maar ga nu weg!'

Even kijkt hij haar aan, zijn hand nog steeds tegen de voordeur.

'Mama, Anna zegt dat ik...' Suze komt ook de hal in maar ze

wordt stil als ze de onbekende man ziet.

Dan knikt Peter, terwijl hij Femke strak blijft aankijken. 'Okay, we'll see. Bye Femmy.'

'Dag meneer,' zegt Femke luid en duidelijk in het Nederlands. Dan doet ze snel de deur dicht.

Even blijft ze staan, haar hart bonkt. Dan draait ze zich om naar Suze. 'Wat is er aan de hand?' vraagt ze. 'Toch geen ruzie, hè?'

'Wie was die man?' vraagt Suze. 'Hij praatte Engels, hè? Kon jij dat wel verstaan?'

Opgelucht haalt Femke diep adem. 'Ja hoor,' zegt ze, 'hij was een beetje verdwaald.'

Ze neemt Suze aan haar hand mee terug naar de tuin, waar Anna nu breeduit in de hangmat ligt en zegt: 'Ik mag nu tien minuten, Suus. Daarna mag jij.'

De vrede lijkt weer getekend, dus Femke loopt terug naar binnen. Ze gaat naar boven en laat zich op haar bed vallen. De paniek raast door haar heen, wat moet ze in vredesnaam doen? Ze blijft liggen tot ze Jurre hoort beneden. 'Fem, waar zit je?'

Ze haalt diep adem en loopt dan langzaam de trap af. 'Hier, ik kom eraan. Is het allemaal gelukt?'

Een halfuurtje later komen Marco en Eveline met hun meisjes. De kinderen spelen in de tuin en de mannen steken de barbecue aan, terwijl Eveline en Femke samen in de keuken bezig zijn. Femke heeft de stokbroden uit de oven gehaald en Eveline snijdt de komkommer in plakjes.

'Alles goed?' vraagt Eveline. 'Je ziet er moe uit.'

'Ja hoor, ik voel me prima.' Femke glimlacht. 'Ik heb alleen inderdaad niet zo best geslapen vorige nacht. Maar dat haal ik vannacht wel weer in.'

'Mag ik helpen?' vraagt Merel, die de keuken binnenkomt.

'Vraag maar aan papa hoe laat we kunnen eten en welk vlees hij eerst op de barbecue wil hebben. Dan haal ik dat zo vast uit de koelkast. En hier, neem maar wat sausjes mee naar buiten.'

Tien minuten later ligt het eerste vlees te garen op het rooster, er staat van alles op de tafel en iedereen is vrolijk. Wat zou dit een leuke avond kunnen zijn, denkt Femke. Als dat *ene* er maar niet was. Tegelijk beseft ze dat ze het helemaal aan zichzelf te wijten heeft. Had ze maar nooit contact met hem gezocht!

Op zondag voelt Femke zich zo gespannen als een veer. Constant draaien haar gedachten op volle toeren. Wat moet ze doen, hoe kan ze Peter overtuigen dat het onmogelijk is om Merel te ontmoeten? Was het maar zomervakantie, konden ze maar vertrekken naar hun vakantieadres, zodat ze thuis weg waren tot Peter weer verdwenen was uit Nederland. Dit soort gedachten hebben geen enkele zin – ze moet een oplossing bedenken! Maar die lijkt er niet te zijn.

'Gaat het wel goed?' heeft Jurre al een paar keer gevraagd. 'Of heb je weer hoofdpijn?' Hij kijkt haar onderzoekend aan.

'Ja hoor, niks aan de hand. Ik ben aan vakantie toe, denk ik,' antwoordt Femke zo luchtig als ze kan opbrengen.

Ze is blij als het maandagochtend is. De kinderen gaan naar school en Jurre en zij elk naar hun werk. Geen onderzoekende blikken meer, geen vragen. Maar ze moet vandaag Peter wel bellen, anders staat hij misschien weer voor de deur. En dat moet ze voor alles voorkomen!

Als ze na haar werk weer in de auto zit, belt ze hem voor ze wegrijdt van de parkeerplaats. Het is een vervelend gesprek, waarin beiden steeds hetzelfde blijven herhalen: Peter zegt dat hij Merel wil zien, terwijl Femke benadrukt waarom dat niet kan.

'Ik moet nu naar huis,' zegt Femke na een kwartier. 'Ik ga weer denken hoe we dit kunnen oplossen, ik bedenk wel een oplossing. Woensdagochtend bel ik je weer, goed?'

'Als je maar niet denkt dat je me op deze manier aan het lijntje kunt houden tot zaterdag,' zegt hij grimmig. 'Woensdag maken we een afspraak en anders kom ik naar je toe.'

Femke rijdt met een ellendig gevoel naar huis. Peter is niet gek, hij heeft haar snel door. Ze had inderdaad het plan om steeds te rekken en dan te zorgen dat ze tot zaterdag onbereikbaar zouden zijn. Ze voelt een enorme weerzin tegen de man op wie ze ooit zo verliefd was. Zelfs afgelopen vrijdag had ze die aantrekkingskracht weer gevoeld toen ze bij hem was, maar nu is ze alleen bang en boos.

'S Avonds krijgt ze een appje van hem. Hij schrijft dat hij echt geen ruzie met haar wil, dat hij ook wel begrip voor haar situatie heeft, maar dat zij dat ook voor hem moet hebben. Is het zo vreemd dat hij zijn dochter wil zien, van wie hij tot voor kort het bestaan niet wist? Wat medewerking, dat was Femke hem toch wel verschuldigd.

Het berichtje schuurt. Ergens snapt ze hem en zijn mildere toon doet haar wel wat, maar tegelijk proeft ze het drammende er weer in.

Kon ze er maar met iemand over praten! Even komt de gedachte aan Eveline bij haar boven. Zal ze haar vriendin om raad vragen? Nee, die zou het niet begrijpen. Ongetwijfeld zou ze zeggen dat Femke het allemaal moet opbiechten aan Jurre. Maar Eveline weet niet hoe hoog eerlijkheid bij Jurre in het vaandel staat.

Ze zal het dus zelf moeten oplossen. Maar hoe?

'Fem, slaap je niet?'

Ze ziet op haar klokje dat het tien over twee is. 'Nee, jij dus ook niet?'

'Ik word wakker van jouw onrust,' antwoordt Jurre slaperig. Hij draait zich naar haar toe en tast in het donker naar haar. 'Kom, ga slapen.'

Femke blijft zo stil mogelijk liggen en al snel hoort ze aan zijn regelmatige ademhaling dat Jurre alweer slaapt. Zelf tobt ze maar door. Ze moet iets verzinnen waarmee Peter tevreden is, maar wat Jurre niet te weten hoeft te komen.

Misschien kan ze ergens met Merel naartoe gaan, waar ze Peter 'toevallig' tegenkomen? Of is dat te ongeloofwaardig? Misschien kan het wel als Peter zich niet bekendmaakt aan Merel, maar zich voordoet als een oude kennis van Femke. Iemand die ze tijdens haar reizen heeft ontmoet, dat wel. Maar niet vertellen dat dit om Peter, Merels biologische vader gaat.

Ja, zo moet ze het doen. Daar zal Peter mee moeten instemmen, anders krijgt hij zijn dochter helemaal niet te zien. Min of meer opgelucht valt Femke eindelijk in slaap.

15

Als de wekker afloopt, heeft ze moeite om haar ogen open te krijgen.

Jurre heeft al gedoucht en spoort haar aan. 'Je moet echt opschieten, de kleintjes zijn al beneden en zelfs Merel is er al uit.'

'Ja, ik kom.' Ze zit op de rand van het bed.

'Wat was je aan het spoken vannacht!' Jurre ploft naast haar om zijn sokken aan te trekken. Hij kijkt haar van opzij aan. 'Het gaat niet helemaal goed, hè?' Voor hij opstaat legt hij even zijn arm om haar schouders. 'Als er iets is, zeg je dat dan wel?'

Ze knikt. 'Tuurlijk, maar er is echt niks, ik ben gewoon moe.'

'Dat is geen wonder na zo'n nacht,' zegt Jurre. 'Blijft de vraag waarom je wakker lag, toch muizenissen ergens over?'

'Nee hoor,' zegt Femke met een glimlach. 'Ik zal gauw mijn hoofd onder de kraan houden, dan word ik wel wakker.' Ze loopt naar de badkamer en zet de douche aan.

Nu moet ze een plannetje bedenken. Waar kan ze naartoe gaan met Merel om 'toevallig' een oude kennis tegen het lijf te lopen? Ze piekert er de hele dag over, maar Merel geeft zelf de oplossing. Als ze 's avonds zitten te eten, zegt ze: 'Mam, kunnen we morgen of overmorgen na schooltijd niet even gaan shoppen? Ik heb helemaal geen leuke bloesjes en het is echt te warm voor truien.'

Femke glimlacht. 'Ik vind het prima, Merel.' Opeens beseft ze dat dit idee van Merel heel goed te combineren is met haar eigen plannetje.

'Ik wil niet mee, hoor,' helpt Anna haar onbewust. 'Jij wilt altijd in honderd winkels kijken. Hoef ik niet mee, mama?'

'Ik zal aan Eveline vragen of jij en Suze woensdagmiddag bij Fien en Fleur mogen spelen. Dan gaan wij even samen winkelen,' zegt Femke met een knikje naar Merel.

Woensdag is Femkes vrije dag. Zodra ze de meisjes naar school heeft gebracht, belt ze Peter.

'Luister,' zegt ze. 'Ik heb het volgende bedacht. Jij mag vandaag kennismaken met Merel, maar ik wil absoluut niet dat je vertelt wie je bent. Ik meen het, als je me dat niet belooft, kom ik niet.'

'Maar waarom niet, ik heb recht op...'

'Stop nu eens met dat recht hebben op,' onderbreekt Femke hem fel. 'Je hebt geen rechten. En als je je toch bekendmaakt of hier komt, krijg je Merel helemaal niet te spreken en verziek je ook mijn relatie met Jurre. Is dat dan wat je wilt?'

Even blijft het stil. Dan antwoordt hij met duidelijke tegenzin: 'Oké, we doen het zoals jij wilt. Maar daarna wacht ik niet tot Merel achttien is om haar te leren kennen. Je bedenkt het komende jaar maar iets, dan kom ik volgend jaar terug.'

'Goed, nou luister, ik ga vanmiddag winkelen met Merel, daarna zullen we wat gaan drinken op een terrasje in het centrum. Daar komen we elkaar toevallig tegen, jij bent Paul uit Australië, de vriend van Peter. We raken aan de praat en ik vertel Merel, en later ook aan Jurre, dat jij een van de twee jongens bent met wie Emma en ik dertien jaar geleden een poos optrokken. Het is dan logisch, als jij als vriend hoort hoe oud Merel is, dat je zelf de gevolgtrekking maakt en zogenaamd je vriend Peter inlicht.

'Dat kan dan een reden zijn dat je me over een tijdje weet te vinden en me gaat mailen met de vragen over mijn dochter. Dat ga ik dan eerlijk met Jurre bespreken en daarna kan er misschien een plan worden gemaakt dat Merel en jij elkaar écht ontmoeten.'

Ze hoort Peter lachen. 'Wat ben jij slim. Maar je vergeet één ding: als Merel me dan over een jaar eindelijk mag ontmoeten van jullie, ziet ze onmiddellijk dat ik dus dezelfde ben die je nu Paul gaat noemen.'

Femke valt stil. Ja, zover had ze nog niet gedacht. Opnieuw komt de paniek omhoog. 'Dat zien we dan wel weer. Eerst moet dit opgelost worden.'

Ze kan nu niet verder denken. Hierna ziet ze wel weer, desnoods verhuizen ze, neemt ze een ander telefoonnummer, de gekste gedachten vliegen door haar hoofd.

'Goed, in welk café zitten jullie?' hoort ze Peter dwars door haar gedachten heen vragen.

Ze noemt hem de naam van het café. 'Het blijft mooi weer, dus we zitten om vier uur buiten op het terras. En denk aan onze afspraak: geen enkele toespeling op jullie relatie!' Algauw beëindigt Femke het gesprek.

De hele ochtend loopt ze onrustig door het huis, telkens kijkend hoe laat het is.

Toen ze gisteravond Eveline belde om te vragen of Anna en Suze een paar uurtjes konden komen, had Eveline voorgesteld om de meisjes meteen uit school mee te nemen. 'Dan hebben Merel en jij een lekkere lange middag, goed voor haar en voor jou, een middagje samen op stap.'

Dus nu hoeft ze om twaalf uur niet naar school, Merel komt zelf naar huis.

In gedachten repeteert Femke steeds hoe ze Peter zal begroeten, maar ze weet ook dat ze dit niet echt kan oefenen, ze weet immers niet hoe hij zich zal opstellen.

Ze is blij als Merel thuiskomt. Ze eten samen een broodje en pakken dan de fiets om naar het centrum te gaan.

'Mam, ik vind het zo leuk, lekker een middagje samen weg,' zegt Merel vrolijk als ze hun fiets achter hebben gelaten bij een stalling en samen de winkelstraat inlopen.

'Ik ook!' zegt Femke.

Ze bedenkt dat Merel inderdaad vaak rekening moet houden met haar twee veel jongere zusjes. Dit zal misschien ook meespelen in haar vaak lastige houding thuis. Zo'n vierenhalf jaar is ze enig kind geweest en kreeg ze alle aandacht. Anna en Suze trekken veel samen op, terwijl Merel daar wat bijhangt door het leeftijdsverschil. Daarom is een uitstapje heel belangrijk en zou Femke daar eens vaker aan moeten denken. Tegelijk beseft ze weer, waarom ze dit uitje heeft bedacht en ze voelt zich schuldig ten opzichte van haar dochter.

Onderwijl kletst Merel gezellig door en trekt haar moeder mee de eerste winkel binnen. Merel past de ene na de andere outfit. Femke staat erbij, maar haar gedachten gaan allerlei andere kanten op.

'Mam, je zegt bij alles "leuk". Wat vind je nou de leukste?' vraagt Merel wat ongeduldig. 'Dit blauwe bloesje of toch dat rode shirtje voor bij die witte broek?'

'Weet je wat, we nemen ze allebei,' zegt Femke.

'Echt? Bedankt mam!' zegt Merel terwijl ze in de paskamer verdwijnt.

Even later komt ze weer tevoorschijn, de beide kledingstukken in haar hand. 'Mag ik ze echt allebei? Ik heb net ook al dat gele shirtje en dat roze bloesje gekregen.' Ze kijkt bijna verbaasd naar Femke.

Femke knipoogt naar haar. 'Dan heb je voorlopig even niks meer nodig, zo vaak winkelen we niet samen. Kom we gaan naar de kassa, daarna gaan we nog gezellig even wat drinken voor we naar huis gaan.'

'Fijn! Zullen we bij de Hema wat drinken?' stelt Merel voor als ze richting de uitgang lopen. 'Dat is hier vlak naast.'

'Nee joh, het is zulk heerlijk weer, we zoeken een plekje op een terras, lekker buiten,' zegt Femke.

'Dat duurt altijd zo lang,' zegt Merel. 'Eerst voor ze komen vragen wat je wilt en dan nog eens tot het eindelijk gebracht wordt. We kunnen ook een ijsje halen, dat schiet op en is net zo lekker.'

'Nee joh, we maken er gewoon een soort vakantiemiddagje van en daar hoort een terrasje ook bij, lekker in de zon. Kom op!' Met een opgewekte lach pakt ze haar dochter bij de arm. 'Wij dames strijken neer op een terrasje als echte toeristen in eigen stad.'

Haar stem klinkt haar onnatuurlijk in de oren. Merel hoort dat blijkbaar ook, want ze kijkt haar verbaasd aan.

'Hier?' vraagt Femke terwijl ze stopt bij het afgesproken terrasje.

Merel haalt haar schouders op, weer op en top een kribbige puber. 'Mij best.'

Femke gaat aan een leeg tafeltje zitten, terwijl ze zo onopgemerkt mogelijk rondkijkt. Ze ziet hem nog niet. Merel ploft op de andere stoel en pakt de kaart die op een standaardje op de tafel staat. Juist als ze hun drankje hebben gekregen, ziet Femke hem aankomen, een glas bier in de hand.

Hij loopt tot naast hun tafeltje zonder een blijk van herkenning te geven. Femkes hart klopt haar in de keel, wat verwacht hij nu? Moet zij hem aanspreken? Maar als hij precies bij hun tafel komt, blijft hij staan.

'Femmy, Femke?'

Zowel Femke als Merel kijkt op. Even weet Femke niet hoe ze reageren moet, maar Peter gaat al verder: 'I think I'm dreaming! Is it really you?'

Femke ziet verbazing en nieuwsgierigheid op Merels gezicht. Ze voelt zich huichelachtig als ze opstaat en zo verrast mogelijk zegt: 'Paul! Nee maar, wat leuk!' Ze schakelt over op het Engels en zegt dat het wel heel toevallig is dat ze elkaar hier tegenkomen. 'Dat is lang geleden! Vertel eens, hoe kom je hier zo terecht?'

Hij pakt een stoel en gaat bij hen aan hun tafeltje zitten, terwijl ze Merel uitlegt dat ze Paul dertien jaar geleden heeft ontmoet tijdens haar reis door Nieuw-Zeeland. Aan 'Paul' legt ze uit dat dit haar dochter Merel is.

Hij omhelst Merel stevig. 'Zo doen we dat in Australië,' zegt hij lachend als hij merkt dat Merel zich ongemakkelijk voelt. 'A big hug!'

Daarna vraagt hij belangstellend hoe oud ze precies is, hij lijkt

Femke te zijn vergeten en richt zich helemaal op Merel. Hij stelt haar de ene na de andere vraag. Femke irriteert zich mateloos aan zijn houding, maar ze laat niets merken. Met een krampachtige glimlach vertaalt ze voor Merel wat zij niet goed begrijpt.

'Mama, dan kent hij mijn vader dus ook?' vraagt ze opgewonden aan Femke.

Femke knikt met tegenzin. Dit gesprek gaat een heel verkeerde kant op.

'Vraag eens aan hem hoe het met mijn vader gaat,' dringt Merel aan.

Femke schudt even haar hoofd en zegt wat kortaf: 'Nee, joh, ik geloof dat ze elkaar niet zo heel goed kenden.'

'Vraag het dan!' Als Femke daar niet op in gaat, richt Merel zich tot Peter. 'Paul, you know Peter?' vraagt ze in stuntelig Engels.

'Peter? Zeker ken ik hem, heel goed zelfs!'

Merel knikt dat ze hem begrijpt. Dan zegt ze met een uitdagende blik naar haar moeder: 'Peter is mijn vader.'

'Really, echt waar?' doet Peter quasi verrast. 'Hij zou trots op je zijn, hij wil je vast graag ontmoeten.'

Merel kijkt naar haar moeder. 'Wat zegt hij?'

'Hij is vast trots op je,' zegt Femke kortaf. 'We moeten zo gaan, Merel, anders zijn we te laat om je zusjes op te halen.'

De ontmoeting loopt heel anders dan zij van te voren had bedacht. Peter zou hen begroeten, een kort praatje maken en verdergaan. Maar daar denkt hij duidelijk anders over.

'Maar ik heb mijn cola nog niet op, mam,' protesteert Merel. 'We kunnen toch nog wel even blijven zitten? Eveline zei bij school dat we ons niet hoefden te haasten.' Dan kijkt ze weer naar Peter. 'Ik vind het leuk dat u mijn vader kent. Vertaal dat eens mama,' zegt ze met glanzende ogen. 'En zeg hem dat ik mijn vader ook graag een keer zou willen zien.'

Maar Femke is er helemaal klaar mee. Ze staat op. 'Nee, we moeten echt gaan nu. Ik vind het niet prettig dat je met hem over Peter praat.' Tegen Peter zegt ze: 'Het was leuk je te ontmoeten, Paul. Doe Peter de groeten en zeg hem dat hij over een aantal jaren welkom is om Merel te ontmoeten.' Ze kijkt hem bij die laatste woorden strak aan.

'We zullen zien,' antwoordt hij. Dan omhelst hij Merel, die mokkend van haar stoel is opgestaan. 'Bye beautiful girl.'

Hij geeft ook Femke een knuffel. 'Thanks for this meeting with my beautiful daughter, but it's not enough!' Hij zegt het zacht in haar oor, maar Femke schrikt en kijkt snel naar Merel. Zij lijkt de woorden niet gehoord, of in elk geval niet verstaan te hebben.

Dan draait hij zich weer om naar Merel, tikt haar nog even tegen haar wang en glimlacht. 'See you later!'

'Bye Paul,' zegt Merel.

Hij loopt weg van hun tafeltje. Het halflege bierglas blijft naast de twee andere glazen staan.

'Kom, ik zal binnen betalen, dan gaan we,' zegt Femke. Haar stem is hoog en gespannen.

Merel kijkt boos naar haar moeder. 'Je vindt hem niet aardig, hè? Waarom niet? Ik vond hem juist superaardig. En waarom wilde je niet naar mijn vader vragen?'

'Kom,' zegt Femke kortaf en zonder om te kijken loopt ze naar binnen om af te rekenen.

Maar Merel geeft het natuurlijk niet meteen op. Als Femke weer naar buiten komt, staat Merel bij de deur. Met de armen over elkaar drukt haar houding een en al opstand uit.

'Mam, waarom deed je zo stom?' vraagt ze. 'Je deed echt onaardig tegen hem! En wat zei hij eigenlijk op het laatst tegen je? Het ging over mijn vader, hè, want ik hoorde heus wel dat hij "beautiful daughter" zei, dus dat ging over Peter.'

'Ja, zoiets,' zegt Femke. 'En je hebt gelijk, ik vond hem niet aardig, of beter gezegd, hij was juist té aardig. Ik vond dat hij heel overdreven tegen jou deed, dat omhelzen en zo, je zag hem voor het eerst. Ik hou daar niet van. Maar kom, we gaan het er niet meer over hebben, we zien die man toch nooit meer!'

Dat laatste hoopt Femke van harte, maar ze is heel bang dat Peter het niet bij deze ontmoeting wil laten.

'Maar mijn vader hopelijk wel,' merkt Merel op.

Terwijl ze naar huis fietsen, zeggen ze geen van beiden veel. In gedachten beleeft Femke de ontmoeting met Peter opnieuw. Nee, dit is geen handig idee geweest van haar. Ze had natuurlijk kunnen bedenken dat hij het niet zou laten bij een korte ontmoeting, dat hij niet tevreden zou zijn met het alleen zien van Merel op afstand.

'Gek hè, ik vond dat ik wel op hem lijk, maar dat kan natuurlijk niet,' zegt Merel.

'Nee, dat kan niet,' antwoordt Femke kortaf. 'En laten we er nu maar over ophouden.'

Merel zegt niks meer.

Ze heeft gelijk, denkt Femke met een angstig hart, Merel lijkt op Peter. Dat heeft ze zelf dus ook opgemerkt.

Bij Eveline aangekomen verontschuldigt ze zich omdat het best laat geworden is.

'Ik had toch gezegd dat je je niet hoefde te haasten?' zegt Eveline. 'De meiden hebben heerlijk in de tuin gespeeld, ik had geen omkijken naar ze. En jullie lekker gewinkeld? Nog wat leuks gevonden, Merel?'

Merel haalt de bloesjes en shirtjes uit de tas en laat ze zien. Femke is blij dat ze niet over de ontmoeting op het terras begint. Hopelijk vindt Merel het niet belangrijk genoeg en praat ze er straks thuis ook niet over. Maar als Eveline nog even meeloopt naar de fietsen, zegt Merel tegen Eveline: 'En we hebben ook een man uit Australië gezien die mama nog kende van vroeger. En hij kende ook mijn vader, ik bedoel Peter. En hij...'

'Zo is het wel goed, Merel,' onderbreekt Femke haar. 'Dat vertellen we een andere keer wel, nu wil ik echt naar huis. Papa zal niet weten waar we blijven.'

Ze ziet dat Eveline wat verbaasd naar haar kijkt, maar Femke tilt Suze op de fiets en zegt: 'Pak je fiets, Anna, we gaan.' En met een glimlach naar Eveline: 'Niks bijzonders, dat hoor je nog wel een keer.' Weer hoort ze dat haar stem raar klinkt. Haar adem zit veel te hoog, alsof ze een eind gerend heeft.

'Mocht ik dat niet vertellen? Waarom niet?' vraagt Merel als ze weggefietst zijn.

'Wat bedoel je?' vraagt Femke.

'Hè mam, dat weet je echt wel. Waarom doe je zo stom over die man? Heb je vroeger ruzie met hem gehad of zo?' reageert Merel korzelig.

'Ik vind het gewoon niet fijn als je met allerlei mensen praat over je biologische vader,' zegt Femke zo rustig mogelijk. 'Niet met Paul en zonet ook weer bij Eveline, dat vind ik vervelend.'

'Maar Eveline weet toch dat papa niet…'

'Zij wel, ja, maar je zusjes en Fleur en Fien stonden er ook bij. Zij zijn nog te jong om die dingen te begrijpen. En je had die Paul al helemaal niet hoeven te vertellen dat Peter je biologische vader is. Soms denk ik dat we je het beter pas hadden kunnen vertellen als je achttien bent.'

'Dat zou niet eerlijk geweest zijn,' reageert Merel fel. 'Ik heb er recht op om te weten wie mijn vader is.'

Femke geeft geen antwoord. Dat heeft ze de laatste dagen vaker gehoord: *ik heb er recht op*… Merel lijkt niet alleen uiterlijk op haar vader, vreest ze.

16

Als ze thuis zijn, showt Merel trots haar nieuwe kleren voor haar zusjes.

'Mag ik dat bloesje, als het voor jou te klein is?' vraagt Suze wijzend op het roze bloesje.

'Nee hoor,' zegt Anna, 'dan mag ik het hebben, hè mama? Als het voor mij te klein is, mag jij het, Suus.'

Femke schiet in de lach. 'Arme kleine Suze,' zegt ze. 'Jij moet altijd wachten, hè?'

Ze beseft opeens dat Suze weinig nieuwe kleding krijgt. Er zijn altijd nog wel bloesjes, shirtjes of jurkjes van een van haar grote zussen. Alleen broeken, die verslijten de oudste twee wel, maar verder gaat de kleding meestal van de een naar de ander.

'Weet je wat, Suze, wij gaan volgende week ook een keer naar de winkel. Jij, Anna en ik. En dan mogen jullie ook wat nieuwe shirtjes uitzoeken, afgesproken?'

Suze knikt enthousiast en Anna vraagt: 'Gaan we dan ook een ijsje eten? Heb jij een ijsje gehad, Merel?'

Merel schudt haar hoofd. 'Nee, geen ijsje. Mama en ik gingen wat drinken op een terrasje.'

'O, nou, ik heb liever een ijsje, hoor,' zegt Anna. 'Jij ook, hè Suus?'

'Jullie zijn ook veel jonger dan ik,' zegt Merel. Ze lijkt vergeten dat ze het zelf ook niet zo'n geweldig plan vond. 'Het was heel leuk. Er kwam ook een man bij ons zitten, hij was een oude vriend van mama. En hij sprak Engels. Hij kende...' Nu stopt ze en kijkt even schuin naar haar moeder, blijkbaar herinnert ze zich de waarschuwing van zo-even. 'Hij was heel aardig,' eindigt ze dan.

'Ha, meisjes van me, wie was heel aardig?' Jurre is binnengekomen en kust Femke, Anna en Suze, en geeft Merel een liefkozend tikje tegen haar wang.

'Een vriend van mama,' beantwoordt Anna haar vaders vraag. 'Papa, volgende week gaan Suze en ik met mama shoppen en dan wil ik net zo'n bloesje als Merel.'

'Toe maar!' zegt Jurre met een glimlach. 'Jullie vrouwen maken al het geld op met shoppen. Maar ik begrijp dat jullie geslaagd zijn? Een leuk bloesje, Merel.'

Merel pakt ook de andere nieuwe kledingstukken van de tafel en zegt: 'Ja, kijk, deze hebben we ook gekocht.'

'Mooi!' knikt Jurre. 'En ook nog een lekker ijsje gegeten, zeker?'

'Nee,' zegt Merel, 'we gingen op een terrasje een colaatje drinken.' Haar blik glijdt naar haar moeder, ze weet natuurlijk dat Femke dit onderwerp liever laat rusten. Maar toch lijkt ze het te interessant te vinden om niks te zeggen over de ontmoeting. 'Daar kwam heel toevallig een man voorbij die mama van vroeger kende, van haar reis naar Australië en zo. Hij sprak Engels en ik kon hem soms best verstaan. Hij was heel aardig, hè mama?'

Femke knikt. 'Paul,' zegt ze tegen Jurre. 'Hem hadden Emma en ik toen ook ontmoet.'

'Dat is heel toevallig zeg,' zegt Jurre. 'Herkende jij hem of hij jou? En was hij hier op vakantie?'

'Hij sprak mij aan,' zegt Femke. 'Ja, hij is hier blijkbaar op vakantie, ik heb hem maar heel kort gesproken, hoor. Je hebt elkaar na zoveel jaar toch niet veel te zeggen natuurlijk.'

'Nou,' mengt Merel zich in het gesprek, 'hij heeft best een poos bij ons gezeten, hoor. Hij was dus heel aardig en vroeg van alles aan me.'

Femke voelt hoe het zweet op haar rug staat. Haar hoofd voelt wazig, ze wil dit gesprek niet. Het is allemaal zo anders gegaan dan ze wilde. De ontmoeting had terloops moeten zijn, nauwelijks het vertellen waard, hoogstens een heel enkele opmerking. Merel had hem kort moeten zien, zodat ze later als ze Peter weer zou zien hem nauwelijks zou herkennen als 'Paul'.

Ze voelt dat Jurre naar haar kijkt. Ze forceert een glimlach. 'Ja, dat was wel even leuk en inderdaad wel heel toevallig. Nou, Merel, breng je nieuwe garderobe nu maar naar boven. Ik ga naar de keuken, het is hoog tijd om te gaan koken.'

Ze is opgelucht dat Jurre verder niks vraagt. De jongste twee willen zijn aandacht en terwijl Merel met de nieuwe shirts en bloesjes de kamer uitloopt, gaat Femke naar de keuken. Ze merkt dat haar handen trillen terwijl ze de sla wast.

Maar natuurlijk is het onderwerp Paul nog niet voorbij voor Merel. Als de jongste twee op bed liggen en Jurre naar buiten is gegaan om het gras in de achtertuin te maaien, gaat Merel hem achterna. Femke ziet hen vanuit haar slaapkamer, waar ze een stapeltje schoon wasgoed in de kast heeft gelegd. Merel praat druk tegen Jurre. Femke gaat dichter bij het raam staan. Ze kan het gesprek niet goed verstaan, want ze staan te ver de tuin in, maar aan de opgewonden toon waarop Merel praat en door het enkele woord dat ze opvangt begrijpt Femke heel goed waar het gesprek over gaat.

Heeft ze wel goed gereageerd toen Merel bij thuiskomst van Jurre vertelde over de ontmoeting? Had ze niet wat enthousiaster moeten doen? Hoe zou ze het hebben verteld als het echt Paul was geweest die toevallig langsliep? Ja, vast veel enthousiaster. En ze zou het ook zelf meteen aan Jurre verteld hebben. Zou Jurre het vreemd vinden dat ze er zo weinig over zei? Maar hij denkt vast dat ze het lastig vindt omdat Paul haar herinnert aan Peter.

Wat zegt Merel toch allemaal? Heeft ze het erover dat Paul Peter kent? Zou Jurre het wel geloven of heeft hij argwaan? Nee, waarom zou hij?

Al die gedachten gaan door haar hoofd.

Eindelijk lijkt Merel klaar te zijn met haar verhaal. Nu is Jurre aan het woord, maar hij praat zacht. Van hem verstaat ze hier helemaal geen enkel woord. Merel kijkt ernstig en knikt. Dan loopt ze naar de achterdeur en gaat naar binnen. Jurre gaat verder met maaien.

Femke loopt snel weg bij het raam en legt het stapeltje schone kleren dat ze nog steeds vast heeft in haar kast. Dan gaat ze naar beneden. Ze vindt Merel in de kamer, waar ze stil voor het raam staat.

'Alles goed, Meer?' vraagt Femke luchtig.

Merel draait zich om. 'Wat denk je, mama, zou Paul tegen Peter vertellen dat hij mij heeft gezien?'

'Ik weet helemaal niet of die twee elkaar nog weleens zien,' antwoordt Femke. 'Ze trokken toen samen op tijdens hun reis, maar ik geloof niet dat ze echt vrienden waren, ik bedoel thuis.'

'Wel hoor, Paul zei dat hij hem heel goed kende.'

'O, dat heb ik niet gehoord,' zegt Femke.

'Waarom doe je zo, mama?' vraagt Merel nu. 'Het lijkt of je het helemaal niet leuk vindt dat we hem tegenkwamen. Hij was toch hartstikke aardig?'

'Jazeker is hij aardig. Maar je begrijpt het denk ik niet zo goed allemaal, ik word niet graag herinnerd aan die tijd. Het was natuurlijk helemaal niet goed wat ik deed.'

'Niet goed? Ben je dan niet blij met mij?' vraagt Merel nu kwaad. 'Lekker dan! Nou, hopelijk is mijn echte vader wel blij met me. Ik hoop dat Paul hem snel vertelt dat hij ons heeft gezien en dat mijn vader me opzoekt.'

'Merel! Draaf niet zo door!' zegt Femke. 'Natuurlijk ben ik blij met jou, vanaf het begin hield ik verschrikkelijk veel van je. Maar toch, het was niet goed dat ik toen met Peter...'

'Naar bed geweest was,' vult Merel aan. 'Ik ben geen baby meer, hoor. Het was natuurlijk ook echt stom van je. Maar toch... anders was ik er niet geweest. En hij is gewoon mijn vader. Dus ik heb er recht op om hem te zien en hij om mij te zien.'

'Stop toch met "er recht op hebben"', valt Femke geïrriteerd uit. 'Hij heeft geen enkel recht, hij heeft toch nooit naar je omgekeken?'

'Maar hij wist toch niet dat ik er ben!' Merel begint te huilen en Femke beseft dat dit gesprek niet goed gaat, Merel is nog maar twaalf.

Ze loopt naar haar dochter toe en neemt haar in haar armen. 'Daar heb je natuurlijk gelijk in,' zegt ze zacht. 'Maar het is zo gecompliceerd allemaal. En papa, Jurre, is toch je vader. Hij heeft wel altijd voor je gezorgd en van je gehouden. Laat dat andere nu maar rusten tot je ouder bent. Je gaat hem heus wel een keer ontmoeten. Maar ik denk dat je daar nu nog niet aan toe bent.'

'Jij misschien niet, maar ik wel,' zegt Merel nog steeds op boze toon. Dan breekt ze en ze snikt: 'Ik wilde dat papa gewoon mijn vader was, net zoals van Anna en Suze. Ik ben altijd anders.'

'Ach meisje! Voor hem, voor ons ben jij niet anders. Papa houdt echt net zoveel van jou als van Anna en Suze. Heus, geloof me.'

Even blijven ze zo staan, dicht bij elkaar. Dan zegt Femke: 'Kom, snuit je neus, dan schenk ik wat te drinken voor je in en daarna ga je lekker douchen. Het is onderhand ook bedtijd voor jou.'

Ze geeft Merel een kus en laat haar dan los, terwijl ze zegt: 'En vergeet nooit dat ik ontzettend veel van je hou.'

Als ook Merel naar bed is, heeft Femke maar niet de rust om te gaan zitten. Er moet nog een was in de wasmachine, er heeft een melkpak gelekt in de koelkast en de planten in de vensterbank moeten echt nodig wat water.

'Jij gaat ook maar door,' zegt Jurre. Hij staat in de keuken zijn handen te wassen. 'Het is bijna halftien, dat heb je haast niet door omdat het al zo lang licht is. Maar de tuin is weer netjes, dus ik stop ermee voor vandaag. Ben jij ook bijna klaar, dan schenk ik wat in voor ons. Wil je een sapje of zullen we maar eens een wijntje nemen?'

Femke zet de plantengieter op de kast en zonder hem aan te kijken, zegt ze: 'Wijn? Het is geen weekend!'

'Uitzonderingen bevestigen de regel,' zegt Jurre luchtig. 'Ik schenk een lekker roseetje in, daar is het wel weer voor.'

Femke geeft geen antwoord. Ze kent Jurre; af en toe breken ze hun regel om door de week geen alcohol te drinken en dat is altijd als er iets te bespreken valt, iets leuks of iets lastigs. En ze weet nu al dat het zo een heel lastig gesprek zal gaan worden.

Ze haalt een doekje over het aanrecht en treuzelt nog wat in de keuken als Jurre al met twee glazen rosé naar de kamer is gegaan. Eindelijk volgt ze hem en gaat naast hem op de bank zitten.

'Ik ga niet te laat naar bed hoor,' zegt ze. 'Eigenlijk niet slim om aan de wijn te gaan, het was een druk dagje en morgen gaat de wekker weer vroeg. Je kunt beter een dag lesgeven dan met een puber kleren uitzoeken.'

'Daar kan ik me iets bij voorstellen,' zegt Jurre. 'Maar volgens mij is ze helemaal tevreden met haar aanwinsten. En het was vast leuk, zo'n middagje samen?'

Femke knikt. 'Ja, zeker. Dat moet ik eigenlijk vaker doen, met een van de meisjes apart eens op stap. Zeker nu ze groter worden.'

'Ja,' zegt Jurre, 'maar vertel eens over die ontmoeting van vanmiddag? Die man heeft blijkbaar nogal indruk gemaakt op Merel. Ik begrijp dat hij degene was met wie... Peter toen samen door Nieuw-Zeeland reisde?'

'Ja, dat klopt,' zegt ze. 'Peter en Paul reisden samen vanuit Australië door verschillende landen en dus ook door Nieuw-Zeeland.'

'Wel heel bijzonder, dat jullie elkaar nu juist vanmiddag hier in Amersfoort tegenkwamen. Merel vertelde dat hij haar veel vragen stelde en ik begrijp dat ze hem verteld heeft dat Peter haar biologische vader is? Dan was het geen oppervlakkig gesprekje. Vertel er eens wat meer over.'

Femke neemt een slokje van haar wijn en haalt haar schouders op. 'Er valt niet zoveel te vertellen. Hij liep langs en herkende me, dus sprak hij me aan. En hij stelde inderdaad wat vragen aan Merel, gewoon uit beleefdheid.'

'Wist je echt niet dat je hem daar zou ontmoeten?' Hij vraagt het zachtjes, aarzelend bijna.

Met een ruk keert ze zich naar hem toe. 'Waarom vraag je dat? Vertrouw je me niet?'

'Ik vind het alles bij elkaar gewoon vreemd,' zegt Jurre rustig. 'Het is natuurlijk supertoevallig dat je hem daar tegenkomt, maar dat kan. Maar ik vind jouw reactie een beetje vreemd, het lijkt me dat je het verrast en enthousiast zou vertellen als je onverwacht een oude bekende tegenkomt, maar het lijkt of jij er helemaal niet over wilt praten. En Merel vertelde me vanavond hoe leuk en toevallig het was dat jullie juist op dat terrasje zaten, zij wilde liever een ijsje of een tompouce bij de Hema eten, maar mama wilde per se naar dit terras, volgens haar. Sorry als ik het fout heb, Fem, maar ik heb hier gewoon een beetje een raar gevoel bij.'

'Wat wil je nou eigenlijk zeggen?' Femkes stem klinkt fel. 'Suggereer je dat ik een afspraakje met hem had? Ik zal je zeggen dat ik Paul al dertien jaar niet heb gesproken. En nee, ik ben niet heel enthousiast over die ontmoeting, want het herinnert me te veel aan wat er toen gebeurd is, snap je dat niet?'

'Ja, dat begrijp ik wel. Maar...' Jurre aarzelt even, dan gaat hij verder: 'Weet je wat Merel ook zei? Ze zei dat ze even dacht dat Paul haar vader was, ze vond dat ze op hem leek.'

Deze woorden laten een bom ontploffen in Femkes hoofd. 'Nou ja! Hoe komt ze erbij!' zegt ze. 'Ik heb geen zin in dit gesprek, Jurre.' Ze wil opstaan, maar Jurre pakt haar hand en trekt haar terug naast zich op de bank.

'Maar ik wel!' zegt hij kil.

'Ik wil...' begint Femke.

'Femke, ik heb één vraag en ik wil een eerlijk antwoord: wie hebben jullie vanmiddag ontmoet op dat terras?'

'Dat heb ik toch verteld? Paul.' Ze kijkt hem niet aan.

'Waarom heb ik toch het gevoel dat je tegen me liegt? Alwéér liegt?' zegt Jurre.

Opeens kan ze niet meer. Ze slaat haar beide handen voor haar gezicht en zegt gesmoord: 'Je hebt gelijk, natuurlijk heb je weer gelijk. Het was Peter en ja, ik had met hem afgesproken. Maar niet voor mezelf, dat zweer ik je. Hij was opeens in Nederland en wilde per se Merel ontmoeten, anders zou hij aan de deur komen. En dat heeft hij al een keer gedaan vorige week. Ik wist het niet meer, ik wist niet meer wat ik anders kon doen dan toestemmen in een ontmoeting, ik wilde gewoon dat hij weer zou vertrekken.'

'Hoe wist hij ons adres dan, hoe wist hij van het bestaan van Merel, wie heeft hem dat allemaal verteld?' Nu klinkt de stem van Jurre toonloos.

'Ik heb hem gemaild, vorig jaar... maar ik wilde niet dat hij hiernaartoe zou komen.' Femke fluistert de woorden. 'Hij dook gewoon opeens op.'

'Hij is hier geweest zeg je, dan heb je hem dus ook je adres gegeven. Zo gek is het dus niet dat hij "opeens" op de stoep stond.'

'Nee, dat moet Emma gedaan hebben, ik heb hem geen adres gegeven, dat weet ik zeker.'

Jurre zwijgt en ook Femke zegt niks meer. Wat zou ze nog ter verontschuldiging kunnen zeggen?

Toch probeert ze het na een poosje van doodse stilte. 'Ik weet niet waarom ik wilde dat hij wist dat Merel er is. Misschien om hem voor te bereiden op het moment dat zij naar hem op zoek zal willen gaan. Maar niet voor mezelf, echt niet voor mezelf, dat moet je geloven. Ik hou van jou, Jurre, alleen van jou.'

Jurre begint te lachen, maar het is geen vrolijke lach. Op bittere toon zegt hij: 'Ja, natuurlijk, dat geloof ik helemaal! Jij weet niet eens wat houden van betekent, Femke. Je denkt alleen maar aan jezelf. Je bent onze relatie met liegen begonnen en al liegend heb je hem ook weer beëindigd, bijzonder toch? Dat moet ik je nageven, je bent heel consequent.'

Dan staat hij op en gaat de kamer uit. Femke hoort hoe hij de trap oploopt. Stil blijft ze zitten. Zijn woorden echoën in haar hoofd.

Je bent onze relatie met liegen begonnen en al liegend heb je hem ook weer beëindigd...

Wat wil hij daarmee zeggen? Bedoelt hij dat het voorbij is tussen hen? Dat kan toch niet waar zijn, dat mag niet waar zijn!

Hij komt de trap weer af en steekt even zijn hoofd om de hoek van de kamerdeur. Voor zij iets kan zeggen, zegt hij: 'In het weekend zullen we de dingen verder bespreken.'

Direct gaat de deur weer dicht en vlak erna hoort ze de achterdeur dichtgaan. Nu staat ze op en loopt de gang in, kijkt in de keuken. Ja, hij is echt weggegaan.

Ze rent bijna de trap op, hun slaapkamer in en doet de grote kledingkast open. In één blik ziet ze het, zijn stapeltjes kleding zijn een stuk lager. Hij is weg, hij is echt weggegaan en het is haar eigen schuld!

Langzaam loopt ze de trap af en zakt weer op de bank. Daar waar ze nog geen vijf minuten geleden samen zaten, zit ze nu alleen. Twee glaasjes rosé staan op de kleine tafel.

Heel lang blijft ze daar zitten. Het is helemaal donker geworden. De nacht valt en nog altijd zit ze daar, haar wanhopige gedachten als enig gezelschap.

Het begint alweer licht te worden als ze opstaat en de trap op wankelt. Met haar kleren aan laat ze zich op bed vallen en vrijwel direct valt ze in slaap.

'Mama, mam!'

Als Femke haar ogen opendoet ziet ze Anna naast haar bed staan.

'We zijn veel te laat, mama, Merel zegt dat we over vijf minuten naar school moeten.'

Nu is ze helemaal wakker, haar blik vliegt naar de wekkerradio naast haar bed.

'Ach joh!' Meteen staat ze naast haar bed. 'Vlug, kleed je aan, je kleren liggen op je stoel. Zijn Merel en Suze wel aangekleed?'

'Nee, Suze is aan het spelen en Merel is kwaad omdat ze te laat is. Waarom heeft papa ons niet wakker gemaakt voor hij wegging?'

'Ik weet het niet, hup, trek je kleren aan.'

'Heb jij in je kleren geslapen, waarom?' hoort ze Anna nog vragen.

Ze geeft geen antwoord maar loopt naar de slaapkamer van Suze, die rustig op de grond zit te spelen. 'Kom vlug, hier, je broek en je shirtje aantrekken, we hebben ons verslapen.'

Ze pakt de kleding van haar jongste van de stoel en legt het op bed. 'Echt opschieten, hoor, anders kom je veel te laat op school.'

Direct holt ze de trap af, waar ze Merel met een boos gezicht aantreft, die bij het aanrecht een boterham naar binnen propt.

'Je hebt onze broodtrommeltjes ook niet klaargemaakt,' zegt ze. 'Nou, dan neem ik wel een paar koeken mee voor tussen de middag. En waarom heeft papa ons niet wakker gemaakt?'

Femkes hoofd bonkt en ze voelt zich wazig, alsof ze in een droom zit. Een heel foute droom.

'Smeer zelf even een paar boterhammen om mee te nemen,' zegt ze. 'Ik maak een broodje voor Anna en Suus, dan breng ik jullie met de auto, komt goed.'

'Moet je zelf dan niet werken?' vraagt Merel. 'Wat is er mam, je ziet er zo raar uit.'

Femke schudt haar hoofd. 'Ja, nee, ik voel me niet goed.' Intussen graait ze al naar haar telefoon, ze moet zich ziek melden. Ze zullen er niet blij mee zijn op school, het eerste uur begint al bijna. Snel pleegt ze het telefoontje, terwijl Anna en Suze de keuken binnenkomen.

'Hier meiden, snel een boterham eten, dan gaan we.'

Merel is begonnen ook de lunchboterhammen voor haar zusjes te smeren.

'Ik heb me niet gewassen,' zegt Suze.

'Dat geeft niet voor een keer. Bedankt, Merel. Hier, meiden, jullie broodtrommeltje. Waar is je rugzak, Anna? Kom, we moeten weg, schoenen aan.'

'Mama, wat is er in vredesnaam aan de hand?' Merel pakt haar eigen broodtrommel en stopt het in haar rugzak. 'Waarom doe je zo... zo... raar?'

'Raar?' valt Femke uit. 'Ik voel me beroerd en we hebben ons verslapen!' Onderwijl duwt ze de jongste meisjes hun rugzakjes in de handen.

'We hebben niks gedronken.' Suze kijkt met grote ogen naar haar moeder.

'Ach nee, vlug dan.' Femke pakt een pak melk uit de koelkast en schenkt twee bekers vol. 'Jij ook Merel?'

'Nee, ik heb al op.'

Ongeduldig wacht Femke tot Anna en Suze hun melk op hebben. 'Goed, kom meisjes, we gaan.' Ze pakt de autosleutels van de kast en probeert haar ademhaling onder controle te krijgen, maar dat lukt niet echt.

'We hebben geen tanden gepoetst en niet...' begint Anna.

'Maakt niet uit, kom!' Femke houdt de voordeur open.

Stilletjes stappen de meisjes in de auto en precies op het moment dat de laatste kinderen de school binnengaan, stopt Femke bij het schoolplein.

Ze dwingt zichzelf tot een glimlach en kust eerst de jongste twee meisjes. 'Fijne dag, meiden, ga maar snel en tot vanmiddag!'

Merel staat ernaast en kijkt nog steeds bezorgd naar haar moeder. 'Gaat het echt wel, mama?' vraagt ze.

'Ja hoor, ik duik nog even mijn bed in, dan ben ik vanmiddag vast weer helemaal opgeknapt,' antwoordt ze. 'Ook vlug naar binnen, lieverd, tot vanmiddag.'

Merel geeft haar een kus en loopt dan snel achter haar zusjes aan. Bij de deur van de school staat ze stil en kijkt nog even om. Met een glimlach vastgeplakt op haar gezicht zwaait Femke naar haar. Dan gaat ook Merel naar binnen.

Thuisgekomen gaat Femke aan de eettafel zitten. Het was geen leugen toen ze tegen Merel zei dat ze zich beroerd voelde. Want dat is nog zacht uitgedrukt. Haar hoofd bonkt en ze is misselijk en duizelig.

Wat is er gebeurd? Of beter kan ze zeggen: wat heeft zij láten gebeuren? Hoe heeft ze zo stom kunnen zijn?

Nooit had ze contact moeten zoeken met Peter, zeker niet achter de rug om van Jurre. Maar ze had nooit gedacht dat hij opeens naar Nederland zou komen. Dat was absoluut haar bedoeling niet.

Emma, het is ook deels haar schuld. Zij heeft Peter haar adres gegeven, dat kan niet anders. En het was ook Emma die haar onrustig heeft gemaakt, haar aangepraat heeft dat ze van alles tekort is gekomen door haar huwelijk met Jurre.

Eigenlijk is alles de schuld van Emma! Had ze maar nooit het contact met haar weer opgepakt. Ze haat die vrouw!

Femke verbergt haar gezicht achter haar handen en huilt. Het zijn tranen van spijt en van woede. Hoe moet het verder? Waar is Jurre naartoe gegaan en komt hij wel weer terug?

Na een poosje raapt ze zichzelf bij elkaar. Ze snuit haar neus en gaat naar de keuken om koffie te zetten. Ze heeft niet ontbeten en trek heeft ze niet, maar van een beker koffie zal ze vast opknappen.

En dan moet ze nadenken. Eén ding is duidelijk: vanaf nu zal ze eerlijk moeten zijn tegen Jurre, eerlijk over alles. Ze moet hem uitleggen dat ze het niet meer durfde te vertellen over het contact met Peter, nu het juist de laatste tijd beter leek te gaan tussen hen tweeën.

Je bent onze relatie met liegen begonnen en al liegend heb je hem ook weer beëindigd… Steeds duikt die uitspraak van Jurre weer op in haar gedachten.

Nee, zo mag het niet gaan. Hij heeft gelijk, in het verleden is ze niet altijd eerlijk geweest, maar vanaf nu zal dat anders worden. En Emma wil ze nooit meer zien of spreken.

Terwijl de koffie doorloopt begint ze werktuigelijk op te ruimen. Het pak melk staat nog open op het aanrecht en ook de bekers die de meisjes mee hadden moeten nemen naar school. Ze voelt zich even schuldig als ze aan haar werk denkt, maar haar leerlingen zullen blij zijn met een onverwacht tussenuur.

Met de beker koffie voor zich gaat ze weer bij de tafel zitten. En opnieuw komt de vraag boven: waar is Jurre? Waar is hij gisteravond naartoe gegaan, waar heeft hij geslapen vannacht?

De school waar Jurre werkt is niet ver, hij gebruikt de auto weinig en ook gisteravond is hij met de fiets weggegaan. Dus ver weg zal hij niet zijn. Heeft hij een hotel in de stad genomen of is hij naar een vriend gegaan, naar Marco en Eveline misschien?

Als ze haar koffie opheeft, loopt ze naar boven. Ze trekt de verkreukelde kleren uit waarin ze vannacht heeft geslapen en neemt een douche. Daarna weet ze niet wat ze moet doen. Ze loopt maar wat heen en weer door het huis. Kon ze maar met iemand praten, raad vragen! Maar ze heeft niemand.

Even denkt ze aan Eveline. Zal ze haar bellen? Maar nee, Eveline is natuurlijk ook aan het werk, donderdag is voor haar een werkdag.

Ze schrikt op als haar telefoon gaat. Als ze op het scherm Peters naam ziet, gooit ze haar telefoon van zich af. Hem wil ze zeker niet spreken, nooit meer! Vlak erna ziet ze een appje van hem binnenkomen, maar ze opent het niet. En als hij wat later opnieuw belt, zet ze het geluid van haar telefoon uit.

Maar dan bedenkt ze dat hij misschien weer langskomt als ze niet reageert. Dus met tegenzin opent ze toch zijn berichtje maar. Hij schrijft dat hij het fantastisch vond om zijn dochter te ontmoeten en hij wil graag afscheid nemen voor hij teruggaat. Kan Femke dat weer regelen?

Boos en bang drukt ze het bericht weg en legt ze de telefoon neer. Ze gaat hem geen antwoord geven, hij heeft al ellende genoeg aangericht.

Maar tegelijk weet ze dat hij niet zal opgeven. En dat blijkt te kloppen als er opnieuw een bericht binnenkomt.

Wat moet ze doen, wat kan ze doen? Niets anders dan wachten, beseft ze. Dan krijgt ze een idee. Ze opent zijn laatste berichtje, een herhaling van het eerdere verzoek.

Snel tikt ze een berichtje terug: Ik kom zaterdag met Merel naar Schiphol om afscheid te nemen. Laat maar horen hoe laat, dan drinken we daar nog wat.

Natuurlijk gaat ze dat niet doen. Maar als hij dat ontdekt, is het te laat voor hem om naar Amersfoort te komen. Zo, dit is geregeld. Voor nu hoeft ze zich daar geen zorgen meer over te maken. Haar probleem is al groot genoeg.

Ze schrikt als er aangebeld wordt. Haar eerste gedachte is dat het Peter zal zijn. Maar tegelijk beseft ze dat dat niet waarschijnlijk is, hij zal niet verwachten dat ze thuis is op dit tijdstip.

Als ze de deur opendoet ziet ze Eveline staan.

'Hoi, mag ik binnenkomen?' Door de toon waarop Eveline de vraag stelt, is het duidelijk dat het geen toevallig gezelligheidsbezoekje is.

Zwijgend doet Femke de deur verder open om haar vriendin binnen te laten. 'Koffie?' vraagt ze terwijl ze haar voorgaat naar de kamer. Ze gaan tegenover elkaar zitten.

'Nee, bedankt.'

'Is Jurre bij jullie?' vraagt ze dan.

'Hij heeft bij ons geslapen, ja,' antwoordt Eveline. 'Hij is nu natuurlijk naar school.'

'Hoe wist je dat ik thuis ben?' vraagt Femke. 'Ik zou nu eigenlijk ook aan het werk moeten zijn.'

'Ik zag jou en de meisjes vanochtend niet bij school, maar juist toen ik wegfietste zag ik je in de auto aankomen. Ik veronderstelde dat je het niet zou kunnen opbrengen om les te geven vandaag.'

'Jurre wel dus,' stelt Femke wat bitter vast. 'Hij kan het dus gemakkelijker naast zich neerleggen dan ik.'

'Dat denk ik niet. Fem, ik vind het zo ellendig voor jullie. Jurre was echt kapot gisteravond, maar hij heeft mij niet zoveel verteld. Hij heeft een hele poos boven met Marco zitten praten op Marco's werkkamer. En hij heeft in onze logeerkamer geslapen. Marco heeft me alleen verteld dat jullie serieuze problemen hebben samen.

'Ik heb een poos zitten twijfelen of ik naar je toe moest gaan of niet. Maar je bent mijn vriendin en als ik je kan helpen, wil ik dat graag. Je hoeft mij natuurlijk helemaal niks te vertellen als je dat niet wilt, maar als je behoefte hebt aan een luisterend oor, ben ik er voor je.'

Als Femke niet direct antwoord geeft, staat Eveline op. 'Ik begrijp dat je er niet over wilt praten, Fem. Ook goed natuurlijk, dan ga ik weer. Maar ik wilde gewoon...'

'Nee, blijf alsjeblieft!' Femke is ook gaan staan. 'Ik wil heel graag met je praten!'

'Prima.' Eveline gaat weer zitten. 'Doe dan toch maar die koffie.'

Terwijl Femke in de keuken bezig is met de koffie gaat er van alles door haar hoofd. Doet ze er wel goed aan alles tegen Eveline te vertellen? Kan ze het niet beter voor zich houden? Maar ze kan nu niet meer terug en het is ook fijn om erover te kunnen praten met iemand.

Even later zitten ze weer tegenover elkaar, nu elk met een beker koffie in de hand.

'Ik weet niet waar ik moet beginnen,' zegt Femke.'Het heeft eigenlijk allemaal al te maken met het begin van onze relatie.'

'Begin daar dan maar,' zegt Eveline.

Femke vertelt over hun ontmoeting en het verzwijgen van Merels bestaan. Ze vertelt dat dat bijna een eind aan hun prille relatie heeft gemaakt, juist omdat eerlijkheid zo belangrijk is voor Jurre. En hoe dat door de jaren heen steeds weer een ding was tussen hen.

'Maar iedereen heeft toch wel dingen die je voor jezelf houdt?' vraagt ze, begrip zoekend bij Eveline, 'dat zullen jij en Marco toch ook wel hebben?'

Eveline knikt langzaam. 'Tja, ik deel niet iedere gedachte met Marco, maar in grotere dingen, zoals jij nu vertelt, nee, daarin heb ik geen geheimen voor hem. Ik denk ook echt dat dat niet goed is voor een relatie. Je vertelde dat je ook dingetjes niet met hem deelde als je bijvoorbeeld met je vriendin Emma wegging. Maar waarom dan niet? Was je bang dat hij het zou afkeuren of zo?'

'Ja, ik merkte best dat hij het niet zo geweldig vond toen ik vorig jaar regelmatig met Emma op stap ging. En achteraf begrijp ik dat ook wel. Emma liet steeds merken dat ze me eigenlijk maar een beetje zielig vond, zo burgerlijk met mijn man en kinderen. Ik denk dat als Emma niet opnieuw in beeld was gekomen, dit allemaal niet gebeurd zou zijn. Zij was ook degene die weer over Peter begon.'

'Heb je al die jaren door dan contact met hem gehouden?' vraagt Eveline. 'En heb je dat contact nog steeds met hem?'

'Erger nog, hij is in Nederland en stond opeens voor de deur vorige week!'

'Wát?' Verbijsterd kijkt Eveline haar aan. 'Was dat gisteravond het breekpunt? Maar hoe kan dat dan? Had je met hem afgesproken en Jurre was daarvan niet op de hoogte?'

Femke schudt haar hoofd en vertelt over het hernieuwde contact met Emma en haar vrienden. 'Jurre was er niet gecharmeerd van dat ik regelmatig met Emma en de anderen uitging. Dat zei hij niet maar ik merkte het wel. Dus ja, ook toen vertelde ik soms dingen niet aan hem. Hij vond dat liegen, maar ik vond dat hij daarin overdreef. Ook dat was achteraf allemaal niet zo handig van me en Emma had echt geen goede invloed op me. Zij was het ook die me weer aan het verleden herinnerde en me op de hoogte bracht van hoe het nu met Peter gaat, me foto's stuurde van hem. Eigenlijk is alles voor een groot deel de schuld van Emma, al was ik natuurlijk dom daarin mee te gaan.'

Ze stopt even met praten en kijkt Eveline aan, hopend op bijval, maar die krijgt ze niet. Eveline trekt alleen even haar wenkbrauwen wat op en vraagt: 'En toen heb je contact met hem gezocht. Hij wist toen nog niet van Merel, begrijp ik?'

'Klopt ja. Merel vroeg de laatste tijd regelmatig naar haar biologische vader. Jurre en ik hadden afgesproken dat ze voor haar achttiende geen contact met Peter mag zoeken. Ik had tot vorig jaar ook geen contact met hem, maar Emma gaf me zijn e-mailadres en toen heb ik hem een berichtje gestuurd. Daarin heb ik hem onder andere verteld wanneer mijn oudste dochter geboren is. Ik dacht, dan is het aan hem om uit te rekenen dat dat zijn dochter weleens zou kunnen zijn. En later heb ik hem ook een foto van Merel gestuurd. Eigenlijk wilde ik hem voorbereiden op het bericht dat hij over een jaar of zes zou gaan krijgen als Merel hem inderdaad zou willen gaan ontmoeten.'

Ze zucht en gaat verder: 'Het was natuurlijk niet de bedoeling dat Emma hem mijn adres zou geven. Dus ja, ook hierin heb ik dus grote ellende te danken aan haar. Ik noemde haar ooit mijn vriendin, nou, die benaming verdient ze al lang niet meer.'

'Maar hij stond dus onverwacht op de stoep,' pakt Eveline de draad van het verhaal weer op. 'En daar werd Jurre bepaald niet vrolijk van lijkt me.'

'Jurre was gelukkig niet thuis,' zegt Femke en ze legt uit hoe het allemaal verder is gegaan. Van hun lunch buiten de stad tot en met de afspraak samen met Merel op het terrasje. 'En dat raadde Jurre dus, dat het Peter was die we daar ontmoet hebben. Het was ook helemaal niet mijn bedoeling dat hij uitgebreid zou gaan praten met Merel, ik had bedacht dat we hem zouden tegenkomen, een paar woorden zouden wisselen en meer niet. Hij is echt een egoïst, hij roept niets anders dan "ik heb recht op dit en recht op dat". Hij heeft natuurlijk geen enkel recht.'

En als Eveline niet reageert zegt Femke: 'Maar ik ben nu van hem af. Hij appte vanochtend dat hij Merel nog een keer wil zien voor hij zaterdag terugvliegt naar huis. Ik heb hem beloofd dat ik met haar naar Schiphol kom om afscheid te nemen. Maar dat ga ik natuurlijk niet doen. Ik stuur hem rond de afgesproken tijd wel een berichtje dat we in de file staan of zo. Dan is het in elk geval te laat voor hem om deze kant nog op te komen; hij zal zijn vlucht vast niet willen missen.'

Eveline luistert zonder haar te onderbreken en Femke gaat verder: 'Ik wilde Jurre echt wel de waarheid vertellen, maar ik durfde het niet. Juist omdat hij altijd zo krampachtig doet als het over eerlijkheid gaat. Hoe kan ik hem overtuigen dat ik echt helemaal niks wil van Peter? Ik hou echt van Jurre, alleen van hem. Maar ik ben bang dat hij... Weet je wat hij gisteravond zei toen hij wegging? "Je bent onze relatie met leugens begonnen en zo eindig je hem ook..." Ik ben zo bang! Hij kan dat toch niet echt menen? Hij zal toch wel begrijpen dat ik dit zo niet wilde, dat het Emma was die me die richting opstuurde en dat het Peter was die zo lomp en onbeschoft was om gewoon ongevraagd hiernaartoe te komen? Dat moet hij toch begrijpen, Eveline?'

Femkes stem klinkt smekend en de tranen stromen nu over haar wangen. Eveline geeft niet meteen een reactie. Ze schudt langzaam haar hoofd.

'Nu weet je alles,' zegt Femke. 'Wat een ellende, hè? Hoe kom ik hier ooit nog uit? Ze hebben me allemaal van de wal in de sloot geholpen!'

Eveline is steeds stil geweest, maar nu vraagt ze zacht: 'Hoor je zelf wat je zegt? Alles is dus de schuld van anderen? Emma die je op het verkeerde idee bracht, Peter die onverwacht naar Nederland kwam en Jurre die te veel waarde hecht aan eerlijkheid?'

'Als je het zo stelt, klinkt het wel raar, maar eigenlijk zijn die dingen bij elkaar wel de hoofdfactor van alle ellende,' zegt Femke. 'Al heb ik zelf natuurlijk ook stomme dingen gedaan.'

'Je vindt mij misschien hard, Femke, maar ik denk dat je vooral naar jezelf moet wijzen. Jij had je niet door Emma hoeven te laten beïnvloeden, je had eerlijk met Jurre moeten bespreken dat je het leuk vond om met die oude vrienden op stap te gaan. Je kunt Emma daar toch niet de schuld van geven?

'Je had ook niet achter Jurres rug om moeten gaan mailen met Peter om hem te vertellen over Merel. Dat begrijp je toch achteraf zelf ook wel? Merel is jullie dochter, Jurre heeft haar volledig geaccepteerd als zijn kind, ze heeft zijn naam en hij is een liefdevolle vader voor haar. Als je wilde dat Merel en Peter met elkaar in contact kwamen voor Merel achttien wordt, had je dat met Jurre moeten bespreken. Dit zijn toch geen kleine dingetjes die je voor je zelf kunt beslissen?

'En ik snap dat je in paniek raakte toen Peter voor je deur stond vorige week. Maar stiekem met hem afspreken was ook toen het stomste wat je kon doen. Natuurlijk komt zoiets vroeg of laat uit. Als het nu niet was geweest, wel over zes jaar als Merel de "echte" Peter had ontmoet, natuurlijk zou ze dan ontdekken dat Paul die ze nu gezien heeft, eigenlijk Peter was. Wat denk je hoe zij en ook Jurre zich dan zouden voelen?

'En nu lieg je ook weer tegen die vent, dat je naar Schiphol komt terwijl je dat helemaal niet van plan bent. Liegen lijkt een deel van je leven te zijn geworden, Femke. Probeer dat in te zien, ik denk dat dat de eerste stap is. Ik wil je graag –'

'Ben je klaar?' onderbreekt Femke haar fel. Ze staat op. 'Of heb je nog meer om me af te kraken? Ik dacht dat je mijn vriendin was, dat ik je kon vertrouwen. Maar nee, jij wrijft het er nog eens lekker in, alles is dus mijn schuld. Ga alsjeblieft weg!'

Eveline komt ook overeind. Ze schudt haar hoofd en doet een stap naar Femke toe. 'Nee, ik wil je niet afkraken, ik probeer je te helpen. Je moet inzien dat je niet altijd anderen verantwoordelijk kunt stellen voor wat er fout gaat in je leven. De verantwoordelijkheid voor je beslissingen ligt uiteindelijk bij jezelf. En ik wil eerlijk tegen je zijn, anders kan ik je niet helpen.'

'Je begrijpt er helemaal niks van. Ga alsjeblieft weg,' zegt Femke opnieuw. Ze is achteruitgelopen en houdt nu de kamerdeur open. En als Eveline nog aarzelt, schreeuwt ze: 'Ga weg!'

Eveline huilt nu ook terwijl ze de gang in loopt. 'Het spijt me dat ik blijkbaar hard overkom, ik probeerde eerlijk tegen je te zijn, Femke. Denk nog eens rustig na, en bel of app me. Ik wil je echt helpen.'

'Je probeert eerlijk tegen me te zijn?' vraagt Femke met overslaande stem. 'Ook al zo'n eerlijk mens. Fijn hoor!'

Ze opent de voordeur en Eveline gaat zonder nog iets te zeggen naar buiten. Met een enorme klap smijt Femke de deur achter haar dicht. Dan draait ze zich om en strompelt de trap op. Huilend laat ze zich op haar bed vallen. Ze dacht dat ze in elk geval één goede vriendin had, maar ook dat blijkt een illusie.

Na een poosje wordt ze rustiger. Laat Eveline ook maar kletsen, zij begrijpt er helemaal niks van! Ze moet met Jurre praten, hem uitleggen hoe het allemaal gekomen is, hem zeggen dat het haar spijt, dat ze allang besloten had dat ze geen contact meer met Emma wilde, dat ze spijt had dat ze ooit contact had gezocht met Peter. Het ging toch juist beter tussen hen de laatste tijd?

Terwijl ze nog op bed ligt hoort ze beneden een deur opengaan. Meteen zit ze rechtop. Wie komt er binnen, Jurre?

'Femke?' Ja, dat is Jurre.

Snel stapt ze van het bed af en loopt naar de slaapkamerdeur. 'Ja, ik kom eraan,' roept ze. Gelukkig, hij is weer thuis. Ze veegt langs haar gezicht terwijl ze de trap afloopt.

Jurre staat in de gang. Voor ze bij hem is, loopt hij zonder wat te zeggen naar de kamer en gaat aan tafel zitten.

'Hoi…' zegt ze aarzelend, terwijl ze tegenover hem gaat zitten. 'Het spijt me echt heel erg, Jurre. Ik ben stom geweest, maar Peter stond opeens voor mijn neus en ik dacht dat ik beter –'

Maar Jurre valt haar in de rede: 'Ik heb geen zin om dit te horen, Femke. Ik heb al te vaak sorry gehoord. Maar steeds opnieuw lieg je tegen me, verzwijg je dingen voor me en als er vragen worden gesteld verzin je er nog meer bij. Ik kan dit niet meer. Bij alles wat je zegt of doet moet ik me afvragen of het wel waar is. Ik wil zo niet meer leven, het spijt me.'

'Wat bedoel je?' vraagt ze met bevende stem. 'Ik beloof je echt dat het vanaf nu anders gaat worden, echt!'

'Dat zeg je al tien jaar, ik geloof er niet meer in. Zoals ik gisteren al zei, je bent onze relatie al begonnen met een leugen en je bent nooit opgehouden te liegen. Over grote en kleine dingen. Ook als jij dacht dat ik het niet door had, bijvoorbeeld over het gedrag van Merel. Je was zo vaak niet eerlijk, verzweeg je dingen. Ik ben er echt klaar mee, het sloopt me, ik trek het niet langer.'

'Wil je... bij me weg?' Ze fluistert het.

'Het kan niet anders, ik ga hieraan kapot. Ik moet afstand van je nemen, ik weet niet of ik nog toekomst zie in ons huwelijk. Maar het breekt mijn hart voor de meisjes. Je bent een goede moeder, Femke, alleen hoop ik dat je ze niet zal besmetten met dat eeuwige gelieg van je.' Hij klinkt vreemd monotoon, maar zijn woorden snijden haar door het hart. 'Ik heb me vanochtend ziek gemeld, het lukte niet op school. Afgelopen nacht heb ik bij Marco en Eveline geslapen, straks ga ik naar mijn moeder. Ik had haar er graag buiten gehouden maar dat gaat helaas niet. Als je wilt, haal ik de meisjes morgen of zondag een dag op.'

'Kunnen we er echt niet over praten, Jurre?' smeekt ze.

Hij haalt zijn schouders op. 'Wat valt er te praten? Bij alles wat je zegt vraag ik me af of het waar is. Ik kan dat niet meer.'

'En wat zeggen we tegen de meisjes?'

'Vertel ze de waarheid of verzin maar iets, daar ben je toch zo goed in?'

Die laatste opmerking snijdt door Femkes hart. 'Je moet me geloven, Jurre,' zegt ze smekend, 'het zal echt anders worden. Ik had me niet zo moeten laten beïnvloeden door Emma. Zij was geen goede vriendin voor me. Als zij niet weer was opgedoken, was het allemaal niet zo gegaan. En echt, ik wilde niet dat Peter naar Nederland kwam, ik had hem gemaild dat Merel, als ze achttien wordt, contact met hem zou opnemen. Maar hij is zo'n egoïst, hij dacht alleen maar aan zichzelf.'

Jurre schudt zijn hoofd. 'Hoor je nu wat je zegt?' vraagt hij moe. 'Je legt de schuld bij anderen, maar alleen jijzelf bent verantwoordelijk voor je leugens. Maar dit is typisch iets voor jou. Als Merel zich dwars en brutaal gedraagt, is dat mijn schuld, dan zeg je dat ik te streng voor haar ben omdat ik haar biologische vader niet ben. Het kwam nooit in je op dat jij te toegeeflijk was voor haar, dat ze een pittig karakter heeft en duidelijke regels nodig heeft.'

'Maar ik...' begint Femke. Dan zwijgt ze, ze beseft dat Jurre hetzelfde zegt als Eveline. Ze begrijpen het gewoon niet!

'Peter stond onverwacht voor je neus, zeg je. Maar je vergeet dat je zelf contact met hem hebt opgenomen om te vertellen dat hij een dochter heeft. Je schuift altijd alle verantwoordelijkheid naar een ander, je zet jezelf altijd in het hoekje van de vermoorde onschuld. En zolang je dat zelf niet wilt inzien, zal dat ook nooit veranderen. Misschien heb je de uitdrukking weleens gehoord: als je met een beschuldigende vinger naar een ander wijst, wijs je automatisch met drie vingers van die hand naar jezelf.'

Hij staat op en gaat verder: 'Ik pak nog wat spullen bij elkaar en ik ga weg. Laat maar horen of ik zaterdag Merel, Anna en Suze op kan halen. Misschien moeten we het er voor de kinderen maar even op houden dat mijn moeder zich wat eenzaam voelt en ik daarom bij haar logeer.' Met een bitter lachje voegt hij eraan toe: 'Je ziet, ik leer het ook al, smoesjes bedenken. Maar dat is omdat ik de meisjes nog niet wil belasten. Ik heb nu rust nodig, volgende week zullen we verder praten hoe we alles gaan regelen en dan moeten we ook eerlijk met de meisjes praten.'

Zonder haar reactie af te wachten loopt hij de kamer uit. Femke hoort hem de trap opgaan. Ze blijft zitten tot ze hem een paar minuten later de trap weer hoort afkomen.

Ze loopt naar de gang. 'Jurre,' zegt ze bijna fluisterend, 'kan het echt niet meer goed komen tussen ons?'

Hij blijft even staan en kijkt naar haar. 'Ik ben bang van niet, Femke.'

Femke buigt haar hoofd. Ze kijkt pas op als ze de voordeur hoort dichtvallen. Ze blijft verdoofd op de trap zitten tot het tijd is om de meisjes op te halen.

‘Maar waarom is papa dan bij oma, is ze ziek?’ Suze vindt het duidelijk niet fijn dat Jurre er niet is. Ze heeft al een paar keer gevraagd of papa al bijna terugkomt.

‘Papa blijft een paar dagen bij oma,’ legt Femke opnieuw uit. ‘Oma is natuurlijk altijd maar alleen doordat opa niet meer leeft, dus is het gezellig dat haar zoon eens komt logeren.’

‘Ik vind het maar gek, hoor,’ zegt Anna. ‘Opa is toch al heel lang geleden gestorven, toen Suze een baby’tje was. Oma kan beter bij ons komen logeren, dat is toch veel gezelliger?’

Merel zegt niks, ze heeft helemaal niet gereageerd toen Femke vertelde dat Jurre een paar dagen bij zijn moeder is. Maar aan haar gezichtsuitdrukking ziet Femke dat ze het niet gelooft.

Voor het avondeten heeft Femke pizza’s laten komen. Ze kan de energie niet opbrengen om te koken.

‘Ik vind het helemaal niet gezellig zonder papa,’ zeurt Suze verder.

‘Houd eens op, Suus,’ zegt Femke wat geïrriteerd, ‘we eten toch weleens vaker zonder papa.’

‘Ja, maar dan gaat hij niet logeren.’

‘Papa heeft gezegd dat jullie zaterdag ook een dagje bij oma mogen komen. Dat is gezellig, toch?’

‘Ik moet voetballen,’ zegt Anna. ‘Hoe moet dat dan?’

Anna zit sinds januari op voetbal en Jurre staat iedere week langs de lijn.

‘Dat kan toch gewoon? Papa haalt je hier op en na afloop van je wedstrijd ga je met hem mee naar oma. En ga nu eten, Anna, je pizza wordt koud.’

Pas als de jongste twee op bed liggen, zegt Merel: ‘Jullie gaan scheiden, hè? Ik weet heus wel dat papa niet bij oma logeert.’

Femke schrikt van Merels directheid. Maar ze begrijpt dat ze eerlijk zal moeten zijn, want Merel is te groot om zich met een smoesje te laten afschepen. Ze haalt diep adem en antwoordt dan zo rustig als ze kan: ‘Papa logeert wel bij oma. En er zijn wat probleempjes tussen ons, daar wilde papa even rustig over nadenken. Dat wil helemaal niet zeggen dat we gaan scheiden. Als jij ruzie hebt met Anna of met een van je vriendinnen is het soms toch ook goed om elkaar even niet te spreken. Zoiets hebben wij nu ook afgesproken, maar het komt wel weer goed, hoor.'

Bij die laatste woorden schiet ze bijna weer vol. *Het komt wel weer goed*? Ze vreest dat dit nooit meer goedkomt, maar door deze woorden uit te spreken tegen Merel, geeft ze zichzelf ook hoop. Ze probeert geruststellend te glimlachen naar Merel.

'Ik ga echt niet naar oma zaterdag, hoor!' hoort ze Merel nu zeggen.

'Zoals je wilt,' antwoordt Femke. 'Zullen we een spelletje doen?'

Merel schudt haar hoofd. 'Nee, geen zin.' En meteen gaat ze verder: 'Heeft het iets te maken met die man, die Paul? Of met mijn echte vader? Ja hè?'

De vraag overvalt Femke, maar ze slaagt erin om rustig te antwoorden. 'Nee, hoor.'

'Wat dan?' houdt Merel aan.

'Merel, sommige dingen hoef jij niet te weten,' zegt Femke kortaf. 'Als je geen spelletje wilt doen, kun je misschien het beste gaan douchen en zorgen dat je op tijd in je bed ligt. Ik ga zelf ook vroeg, ik ben moe.'

'Lekker gezellig.' Met een boos gezicht staat Merel op. 'Goed, ik ga wel naar bed.' Ze gaat de kamer uit en stampt de trap op.

Femke blijft nog een poosje zitten en als het stil geworden is boven, gaat ze ook zelf de trap op.

Ze gaat de slaapkamer van Merel binnen, ze ligt met een boek in bed.

'Welterusten lieverd,' zegt Femke zachtjes. Ze buigt zich over haar oudste dochter heen om haar een kus te geven.

In de schemer van de kamer ziet ze dat Merel huilt. Ze zakt neer op haar knieën bij het bed en slaat een arm om Merel heen.

'Het komt wel goed,' fluistert ze.

'Beloof je dat?' vraagt Merel snikkend.

'Ja, ik beloof je dat ik er alles aan zal doen om het goed te laten komen,' zegt Femke.

Merel komt half omhoog en vraagt: 'Het ligt dus aan papa, is het zijn schuld? Hij is tenslotte weggegaan.'

Femke schudt haar hoofd. 'Nee, het ligt niet aan papa. Het ligt ingewikkelder, bij sommige problemen kun je niet één persoon aanwijzen als schuldige. Probeer er niet meer over te denken, Mereltje, daar ben je te jong voor. Ga maar lekker slapen.'

Even blijft het stil, dan zegt Merel zacht: 'Is het mijn schuld, mama? Ik zeg weleens dat papa niet mijn vader is, maar dat meen ik niet, hoor. Ik hoef mijn biologische vader helemaal niet te zien, ik wil gewoon dat papa thuiskomt.'

'Nee Merel, denk nooit dat het jouw schuld is als wij problemen hebben.' Even aarzelt ze, dan zegt ze: 'Het is de schuld van papa en mij, maar ook van andere mensen.'

Terwijl ze dat laatste zegt schieten de woorden van Eveline weer door haar hoofd: hoor je zelf wat je zegt? Alles is dus de schuld van anderen... Iets dergelijks zei Jurre ook.

Ze staat op. 'Lees nog maar even en dan lekker slapen, Merel. En maak je geen zorgen, dat is niet nodig.'

Femke was van plan om ook naar bed te gaan, maar ze gaat toch de trap weer af. Ze blijft nog een tijd beneden zitten. Het is al uren donker als ze eindelijk naar boven gaat om toch te gaan slapen, maar het duurt nog lang voor haar gedachten stoppen en ze in een onrustige slaap valt.

17

Femke is blij dat vrijdag haar vrije dag is. Ze zou de moed niet kunnen opbrengen om naar school te gaan, al zal ze maandag wel moeten. Hopelijk komt het dit weekend tot een gesprek met Jurre waarin alles wordt opgelost. Maar diep in haar hart beseft ze dat het zo eenvoudig niet zal zijn.

De dag sleept zich voort. Femke brengt de meisjes naar school en doet daarna boodschappen. Even overweegt ze om bij Eveline langs te gaan, maar natuurlijk is dat geen optie. Eveline is naar haar werk vandaag en als ze wel thuis was, wat zou dat bezoek opleveren? Waarschijnlijk nog meer scherpe verwijten en opmerkingen.

Als ze thuisgekomen is, bedenkt ze dat ze een van haar zusjes zou kunnen bellen. Maar ook die gedachte laat ze weer snel los. Erg veel contact hebben ze niet met elkaar en Nora en Lisa zouden er waarschijnlijk ook niks van begrijpen. Met Lotte wil ze hier al helemaal niet over praten. Nee, ze zal dit zelf moeten oplossen.

Ze probeert normaal te doen als de kinderen uit school zijn. Gelukkig gaan de jongste twee buiten spelen en Merel trekt zich terug op haar kamer. Van Jurre hoort ze vandaag niks.

De volgende ochtend krijgt Femke een kort berichtje van Jurre: Als je met de meisjes naar de wedstrijd van Anna komt, neem ik ze daarna mee.

Merel blijft thuis, dus rijdt Femke om halftien met de jongste twee naar de sportvelden. Zal dit haar toekomst zijn, gaat het door haar hoofd. Het uitwisselen van de kinderen bij het voetbalveld als ze het weekend naar hun vader gaan?

Ze is gespannen, maar als de wedstrijd begint is Jurre er nog niet. Ze staat met Suze aan de kant van het veld en kijkt steeds in de richting van de ingang of ze hem al ziet komen. Juist als het rust is ziet ze hem. Het doet haar opeens denken aan hun eerste ontmoeting, ook op een voetbalveld. Zou Jurre er ook aan denken?

'Papa!' Suze is al op Jurre afgerend. En Anna, aan de kant van het veld met haar elftal, komt ook aanlopen.

'Blijf je kijken, papa?' vraagt ze. Ze kijkt van Femke naar Jurre, en Femke vreest dat ook Anna voelt dat er iets aan de hand is.

'Jazeker!' antwoordt Jurre, terwijl hij zijn arm om Suze heen slaat. 'Ik blijf de tweede helft, dan kan mama naar huis. Hoeveel staat het?'

'We staan 2–1 voor,' zegt Anna. Ze holt terug naar haar team.

Jurre doet een paar stappen bij Femke vandaan. Over zijn schouder zegt hij: 'Merel appte me al dat ze thuis blijft. Ik breng Suus en Anna na het eten weer thuis.'

Zonder op haar antwoord te wachten, loopt hij wat verder langs het veld, terwijl hij tegen Suze praat. Femke blijft nog even staan. Wat moet ze doen? Ze wil afscheid nemen van de meisjes, maar ze wil niet achter Jurre aanlopen.

Ze wacht even tot Anna haar kant opkijkt, dan zwaait ze en roept: 'Succes Anna, ik zie je vanavond!'

Suze, die het hoort komt nu naar Femke toe hollen. 'Ga je weg, mama?'

'Ja, jij mag met papa mee naar oma, weet je nog? Veel plezier en tot vanavond.' Ze bukt zich en geeft haar jongste een knuffel. Dan draait ze zich om en loopt weg. Het lukt haar om haar tranen in te houden tot ze in de auto zit.

Onderweg naar huis veegt ze haar tranen weg en langzaam wint boosheid het van haar verdriet. Jurre deed gewoon maar wat hij wilde, hij stuurde haar eigenlijk gewoon weg. En hij vroeg ook niet of ze het er mee eens is dat hij Anna en Suze na het eten pas terugbrengt. Gaat het voortaan zo worden, dat hij alles beslist en zij zich maar te voegen heeft? Het is gemakkelijker om kwaad te zijn dan de angst en het verdriet toe te laten.

Thuis ruimt ze met veel lawaai de ontbijtspullen op. Ze slaat de kastdeuren met een klap dicht en gooit de bordjes bijna in de vaatwasser. Hij moet echt niet denken dat hij zomaar over alles kan beslissen! Gewoon weggaan en dan zonder overleg de meisjes ophalen! Wat denkt hij wel! Ze schopt een plastic bakje opzij dat op de grond gevallen is.

'Wat doe je, mama?' Merel staat opeens achter haar in de keuken. 'Ik hoorde zo'n lawaai, viel er wat?'

Even was ze vergeten dat ze niet alleen in huis is. Femke draait zich om. 'Ik liet van alles vallen,' zegt ze en ze probeert te glimlachen.

'Ik ga naar Annelies.' Zonder nog wat te zeggen, maar met een blik die vertelt dat ze haar moeder niet gelooft, draait Merel zich om en loopt de keuken uit. De voordeur slaat dicht.

Femke loopt als verdoofd naar de kamer, waar ze zich op een stoel bij de eettafel laat vallen. Wanhoop overspoelt haar – hoe moet het toch verder?

De dag gaat traag voorbij. Merel laat zich pas om vijf uur weer zien en Femke zegt er maar niks van dat ze zo lang is weggebleven. Om zes uur bakt ze een paar tosti's en na het eten begint het wachten op de meisjes. Merel is naar boven gegaan.

Tegen halfnegen hoort ze eindelijk de voordeur opengaan en daarna komen Anna en Suze de kamer binnen. Anna ongewoon rustig maar Suze rent op Femke af.

'We zijn weer thuis, mama,' zegt ze, als Femke haar in haar armen opvangt.

'Fijn, meiden! Merel en ik hebben jullie gemist, hoor. Het was zo stilletjes in huis,' zegt Femke zo opgewekt als ze kan opbrengen. 'Was het gezellig bij oma? Krijg ik van jou ook een knuffel, Anna?'

Jurre is blijven staan op de drempel van de deur naar de kamer. Voor de meisjes kunnen reageren, vraagt hij met een korte blik op Femke: 'Is Merel boven?'

Femke knikt, ze wil van alles vragen maar er komt niets uit haar mond. Dan draait hij zich om en gaat de trap op. Suze begint meteen te vertellen over hun dag bij oma.

'Gaat het goed, Anna?' vraagt Femke. Ze kijkt naar Anna, die stilletjes op de bank zit. 'Hoe is je voetbalwedstrijd afgelopen, hebben jullie gewonnen?'

Anna knikt, dan vraagt ze: 'Gaat papa straks weer terug naar oma of blijft hij nu thuis?'

Even weet Femke niet wat ze moet antwoorden. 'Ik weet het niet, misschien is het ook fijn voor oma als papa nog een nachtje blijft logeren.'

Even later komt Jurre de kamer weer in.

'Blijf je nu thuis, papa?' vraagt Suze.

Jurre knikt. 'Ja, maar het is voor jullie onderhand wel bedtijd. Kom, een kus, ik ga nog even het gras maaien.'

Hij knuffelt Anna en Suze en gaat dan naar de tuin.

'Mogen we nog wat drinken, mama?' vraagt Suze.

'Ja, maar dan snel opschieten, douchen en naar bed. Het is eigenlijk al te laat voor jullie.' Femke loopt naar de keuken en schenkt twee bekertjes limonade in.

Merel is naar beneden gekomen en Suze begint meteen tegen haar te kletsen. Merel reageert nauwelijks.

'Wil jij ook wat drinken?' vraagt Femke.

Ze voelt zich gespannen. Wat is Jurres bedoeling, heeft hij besloten gewoon weer thuis te blijven? Maar hij heeft haar niet aangekeken en niets tegen haar gezegd. Eerst de kleintjes maar naar bed, dan wachten tot ook Merel naar boven is en dan kunnen ze hopelijk praten.

Opnieuw voelt ze boosheid opborrelen. Waarom zegt hij niet gewoon wat hij wil, waarom moet zij maar afwachten of hij van plan is om te praten?

Achter Anna en Suze gaat ze de trap op en doet haar best om vrolijk te reageren op het gebabbel van Suze, die vertelt wat ze allemaal gedaan hebben met oma en papa. Anna is nog steeds wat stilletjes. Terwijl Suze onder de douche staat, kleedt Anna zich langzaam uit.

'Toe, een beetje opschieten, Anna,' spoort Femke haar zachtjes aan. 'Suus is bijna klaar, dan kun jij douchen.'

'Ben je boos op papa, hebben jullie ruzie?'

Aarzelend knikt ze. 'Een beetje ja, maar dat gaat wel weer over. Jij maakt toch ook wel eens ruzie met Suze?'

'Ja, maar dat is anders,' zegt Anna.

'Nee hoor, dat is eigenlijk precies hetzelfde,' zegt Femke zo opgewekt als ze kan.

Als de beide meisjes op bed liggen, gaat Femke weer naar beneden. Jurre is nog in de tuin bezig en Merel staat op als Femke de kamer binnenkomt.

'Ik ga ook maar naar bed, dan kunnen papa en jij praten,' zegt ze. 'Ik vind het niet eerlijk dat jij kwaad bent op papa.'

Femke kijkt haar oprecht verbaasd aan. 'Hoe kom je daar nou bij, dat ik kwaad ben en waarom zou dat niet eerlijk zijn?'

Merel haalt haar schouders op. 'Gewoon, ik weet niet, ik vind het zielig voor hem.'

'Je moet je niet willen bemoeien met dingen van volwassenen,' zegt Femke kortaf.

Merel zwijgt, dan loopt ze langs Femke heen naar de kamerdeur.

Femke pakt haar in het voorbijgaan bij haar arm en trekt haar naar zich toe. 'Hé Merel, maak je niet te veel zorgen, het valt allemaal wel mee! Ga ook maar niet te laat naar bed, als papa straks klaar is, praten we samen. Je zult zien, morgen is alles weer goed.' Maar ze gelooft zelf niet wat ze zegt.

En het komt niet goed. Het wordt al donker als Jurre binnenkomt uit de tuin.

'Ik ga even douchen,' zegt hij en hij loopt meteen door naar boven.

Femke staat voor het raam en kijkt in de donkere tuin als hij na een kwartier naar beneden komt.

Hij doet de kamerdeur achter zich dicht. 'We moeten praten,' zegt hij.

Ze knikt en gaat op de bank zitten. Jurre komt niet naast haar zitten, maar neemt een stoel tegenover haar. Even blijft het stil, dan zegt Jurre:.

'Femke, ik kan dit niet meer. Ik heb de afgelopen dagen veel nagedacht over ons. Je bent tien jaar geleden onze relatie met een leugen begonnen en dat werd een breekpunt. Daar hebben we toen uitgebreid over gesproken samen en ik heb je verteld over mijn eerdere relatie met Lilian, en dat eerlijkheid voor mij het allerbelangrijkst is in een relatie. Maar in deze tien jaar zijn er zoveel momenten geweest dat je niet eerlijk was tegen me. Vaak deed ik maar alsof ik het niet merkte, andere keren sprak ik je er wel op aan. Maar ik verdroeg het omdat ik zoveel van je hield. Maar nu...'

Hield. Verleden tijd. Als een dolkstoot komt dat woord bij haar binnen.

'Dit was niet zomaar een leugentje, Femke. Al meer dan een jaar heb jij contact met die man en als ik ernaar vroeg ontkende je het steeds weer. En nu was hij gewoon in Nederland, had jij afspraakjes met hem en je loog een heel verhaal bij elkaar over een toevallige ontmoeting met een vriend. Als het nu niet was uitgekomen zou je daar dus rustig mee doorgegaan zijn.' Hij schudt zijn hoofd en Femke ziet tranen in zijn ogen.

Ze kan niet reageren, wat zou ze moeten zeggen? Hij heeft immers gelijk, ook al was het niet allemaal haar schuld. Als Emma haar niet zo had beïnvloed, als Peter gewoon had afgewacht tot Merel achttien was, dan was er niks aan de hand geweest.

'Een huwelijk is een verbond, gebaseerd op vertrouwen,' gaat Jurre verder. 'Maar jij vertrouwt mij blijkbaar niet genoeg om eerlijk tegen me te zijn. En ik vertrouw jou niet meer, ik zou me altijd bij alles blijven afvragen of je de waarheid spreekt of dat je weer liegt. Ik kan zo niet verder. Ik vind het vreselijk voor onze meisjes, ze verdienen beter dan steeds van de ene naar de andere ouder te moeten, maar het is niet anders.'

Het blijft heel stil in de kamer. Femke zit als verlamd op de bank, ze kan niet eens huilen. Het voelt of het niet echt is, wat er gebeurt. Maar als ze naar Jurre kijkt en ziet dat hij huilt, beseft ze de werkelijkheid en dan breekt ze. Ze slaat haar handen voor haar gezicht en wanhopig vraagt ze: 'Is er echt geen weg terug, Jurre? Ik beloof je dat het anders zal worden. Het komt door Emma, als zij niet...'

'Hou toch op, Femke!' Zijn stem klinkt nu hard. 'Nu wijs je alweer naar een ander, stop daar toch mee.' Hij snuit zijn neus en staat op. Terwijl hij door de kamer ijsbeert, zegt hij: 'We moeten morgen eerlijk met de meisjes praten. Merel heeft me al gevraagd of we gaan scheiden en Anna heeft ook meer in de gaten dan je denkt. Ook hierin moeten we eerlijk zijn en ze niet proberen zoet te houden met smoesjes.' Zijn woorden klinken als een nieuwe aanklacht tegen haar.

'Waar ga je naartoe?' vraagt ze zacht. 'Of wil je dat ik wegga?'

'Nee.' Hij schudt zijn hoofd. 'Ik wil dat het voor de kinderen zo min mogelijk verandering geeft, dus het lijkt me het beste dat jij hier met ze blijft. Ik ga morgen naar mijn moeder en ga dan proberen zo snel mogelijk een plek voor mezelf te vinden. Er moet veel geregeld worden en we moeten kijken wat financieel mogelijk is. Ik hoop dat we dit huis niet hoeven te verkopen, dat zou voor de meiden extra belastend zijn. Maar ik weet het niet. Na morgen moeten we ook plannen maken over wanneer ik de kinderen heb en wanneer jij. Gelukkig heeft mijn moeder een ruim huis en is het redelijk in de buurt van hun school. Maar eerst moeten we morgen met de meisjes praten.' Hij is weer op een stoel neergezakt en verbergt zijn gezicht in zijn handen. 'Ik had dit nooit gewild, Femke, maar ik kan niet meer.'

Femke staat op en knielt neer naast zijn stoel. 'Alsjeblieft, Jurre, geef me nog een kans. Nog één kans, alsjeblieft! Ik beloof je –'

'Stop,' onderbreekt hij haar. Hij staat op en loopt de kamer uit.

Femke hoort hoe hij de trap opgaat. Dan wordt het stil in huis.

Als Femke veel later naar boven gaat, en bij de slaapkamer van de kinderen om de hoek kijkt, is iedereen in diepe rust. In hun eigen slaapkamer is het donker en stil, blijkbaar is Jurre naar de zolder gegaan, waar een matras op de grond ligt.

Ze slaapt die nacht niet.

18

Met een zucht van opluchting loopt Femke weg van het schoolplein. Vandaag zijn Anna en Suze eindelijk weer naar school. De zomervakantie was lang en moeilijk.

Merel moet morgen haar rooster halen, zij gaat naar de brugklas van de school waar Jurre werkt.

Merel... met haar is geen land te bezeilen, zo dwars en lastig is ze. Jarenlang heeft ze zich afgezet tegen Jurre, maar sinds Jurre en Femke uit elkaar zijn, heeft ze zich tegen haar moeder gekeerd en lijkt Jurre geen kwaad meer te kunnen doen.

Langzaam loopt Femke in de richting van haar huis. Dat is in elk geval een geluk, het ziet er naar uit dat ze hier kan blijven wonen met de kinderen.

Jurre, die tot nog toe bij zijn moeder woont, krijgt per 1 september tijdelijk de beschikking over een driekamerappartement. Een jonge collega van hem neemt een sabbatical om een jaar te reizen en hij wilde zijn flat wel zolang aan Jurre verhuren. Zo heeft Jurre een jaar de tijd om verder te zoeken naar passende woonruimte voor hem en de kinderen. Jurre wil na de scheiding co-ouderschap, maar dan zal hij eerst betere woonruimte moeten vinden. Ze hebben afgesproken dat, zolang hij in het kleine appartement woont, de meisjes om het weekend een paar nachtjes bij hem zijn.

Voor die afspraak tot stand kwam, hebben ze eindeloos heen en weer gemaild en gesproken. Zoals over bijna alle afspraken, want Femke heeft zich in het begin tegen ieder voorstel van Jurre verzet. Nu is ze moe van het strijden en begint ze eindelijk in te zien dat ze de scheiding niet kan tegenhouden door dwars te liggen. Het geeft alleen maar steeds meer bitterheid en onbegrip, en ongewild krijgen de kinderen daar ook wat van mee.

Femke voelt zich verdrietig en boos; ze vindt nog steeds dat zij niet alleen schuldig is aan hun breuk. Ze durft het niet meer hardop te zeggen, omdat niemand het met haar eens lijkt te zijn, maar ze blijft erbij dat Emma en Peter de voornaamste oorzaak zijn van hun problemen. En haar boosheid betreft misschien wel het meeste Jurre, met zijn overdreven eerlijkheidsgevoel. Waarom kon hij haar leugens over Peter niet vergeven? Ze heeft hem toch uitgelegd waarom ze het allemaal geheim heeft gehouden? Dat hij er kwaad en teleurgesteld over zou zijn, had ze wel verwacht. Maar scheiden om zo'n klein dingetje? Nee, dat begrijpt ze niet.

Toen ze hem dat een keer verweet in hun eindeloze en oeverloze gesprekken afgelopen maanden, had hij zijn hoofd geschud en geantwoord: 'Je snapt het nog steeds niet, hè? Het gaat niet om een klein leugentje, je hebt hier al maanden over gelogen. En in alle jaren van ons huwelijk nam je het al niet zo nauw met eerlijkheid. Ik kan je gewoon niet vertrouwen, Femke. Liegen is voor jou net zo gewoon als ademhalen: je denkt er niet eens bij na.'

Na die opmerking had ze zich woedend en gekwetst gevoeld. Ze wist later niet meer precies hoe ze gereageerd had, maar ze heeft fel teruggeslagen met woorden. Nu is ze moe van alles. Haar vechtlust is weg en ze laat het verder maar over zich heen komen.

Intussen is ze thuisgekomen. Zoals verwacht ligt Merel nog op bed. Femke begint de keuken op te ruimen en haalt een stofzuiger door de kamer. Als de telefoon gaat, kijkt ze even op de display. Haar moeder, ziet ze. Ze neemt niet op.

De volgende ochtend staat Merel klaar om naar school te gaan. Niemand van haar vriendinnen van de basisschool gaat naar dezelfde school als zij. Maar het was Merels eigen keuze. Femke kijkt naar het witte gezichtje van haar oudste, die traag haar boterham eet.

'Vind je het spannend, Merel?' Femke slaat haar armen om haar heen.

Merel leunt zowaar even tegen haar moeder aan. 'Ja, best wel,' zegt ze zacht. 'Alles is ook zo rot.'

Even voelt het weer als vroeger, zij samen tegen de hele wereld. Femke houdt haar stevig vast. 'Het komt heus wel goed, meisje,' zegt ze zacht. 'Zo'n eerste dag is voor iedereen spannend moet je maar denken.'

Merel knikt, dan maakt ze zich weer los uit haar moeders armen. 'Dan ga ik maar.'

Femke kijkt haar na als ze wegfietst. Ze voelt zich opeens schuldig naar Merel. Ze heeft geen contact met haar biologische vader en de man die ze vader mocht gaan noemen, is nu ook weer verdwenen uit haar dagelijks leven.

'Je moeder maakt er een puinhoop van, Mereltje,' mompelt ze. Dan raapt ze zich weer bij elkaar en gaat naar boven. Vandaag de bedden van de jongste twee maar verschonen en de wasmachine aanzetten.

Nu Femke zich niet meer dwars opstelt ten opzichte van Jurre, verloopt alles vlotter. Maar er moeten veel dingen geregeld en vastgelegd worden. Afspraken over de kinderen, maar ook over talloze praktische en financiële zaken. Femke krijgt steun van haar ouders maar tegelijk voelt ze een onuitgesproken verwijt van hun kant.

Verder staat ze er vooral alleen voor. Met Eveline heeft ze geen contact meer en naar de kerk gaat ze niet. Ze heeft ontdekt dat de meeste van hun vrienden en kennissen eigenlijk vooral de vrienden en kennissen van Jurre waren. Eveline heeft verschillende keren gebeld en geappt, maar Femke heeft aangegeven dat ze geen zin heeft om met haar te praten.

Van Peter heeft ze een kwade mail ontvangen. Hij was beledigd dat ze hem zo had tegengewerkt in het contact met zijn dochter, zoals hij het omschreef. Volgend jaar zou hij zeker weer komen en zich niet opnieuw laten afschepen.

Ze heeft kort geantwoord dat ze bij haar beslissing blijft: Merel mag als ze achttien is zelf kiezen of ze contact met hem wil. En ze heeft hem ook gemaild dat ze, mede door het gedoe met hem, gescheiden is van Jurre en dat ze is verhuisd. Dus kom niet onverwacht naar Nederland, want op mijn oude adres vind je ons niet meer. Vooruit, dit leugentje kan er ook nog wel bij.

Begin november lijkt er een soort rust te komen in de situatie. Alles wat geregeld moest worden, is besproken. Femke is moe van alles, ze verzet zich niet meer tegen voorstellen van Jurre, zoals ze de eerste maanden deed. Binnen een paar maanden zal de scheiding nu een feit zijn.

Op een avond wordt er aangebeld. Femke heeft net de jongste twee meisjes welterusten gezegd en loopt de trap af. Als ze de deur opendoet ziet ze tot haar verbazing Emma staan.

'Hé, vriendinnetje!' Emma doet een stap naar voren en slaat haar beide armen om Femke heen. 'Je reageert niet meer op mijn appjes, dus ik dacht, ik ga maar weer eens bij je langs. Alles goed?'

Femke doet een stap naar achteren. 'Kom binnen,' zegt ze koel.

Emma doet de voordeur achter zich dicht en terwijl ze haar jas losknoopt, volgt ze Femke naar de woonkamer.

'Waar is iedereen?' Emma gaat op de bank zitten. 'De kindjes al naar bed?'

Femke is blijven staan, ze zegt nors: 'Merel is boven op haar kamer en Anna en Suze liggen op bed, ja.'

'En Jurre, natuurlijk weer druk met werk, sport en kerk? Jeetje Fem, je mag best wat enthousiaster zijn! Kom ik niet gelegen of zo?'

'Jurre en ik zijn uit elkaar,' zegt Femke.

'Néé!' Emma lijkt oprecht geschokt. 'Dat meen je niet! Waarom heb je me dat niet laten weten?'

Femke lacht bitter. 'En dan, had jij dan gezorgd dat hij niet weg zou gaan? Sterker nog, het is mede aan jou te wijten dat hij weg is.'

Emma fronst haar wenkbrauwen. 'Wat bedoel je?'

Femke aarzelt even, maar dan vertelt ze wat er gebeurd is door het onverwachte bezoek van Peter. 'En jij hebt hem mijn adres gegeven, je wordt dus bedankt!' eindigt ze fel.

Emma heeft zwijgend geluisterd, maar dan zegt ze: 'Wat een onzin, zeg! Is hij weggegaan om één leugentje? En wil je mij de schuld geven van je scheiding omdat ik je adres heb gegeven aan een oude gemeenschappelijke vriend? Hoor je zelf niet hoe belachelijk het is wat je zegt?

'Kom op, Femke, er zal wel meer aan de hand geweest zijn. Maar het is natuurlijk heel lekker om iemand anders de schuld te geven van je eigen mislukking.' Emma staat op van de bank en knoopt haar jas weer dicht. 'Weet je wat het met jou is?' vervolgt ze. 'Jij hebt nooit gepast in dat burgerlijke, christelijke wereldje van Jurre. Meid, trek er je lering uit en ga eindelijk eens leven! Ook al ben je alleen met drie kinderen, de wereld is groter dan Amersfoort!'

Ze doet een paar stappen in de richting van de deur. 'Denk hier eens over na en als je weer redelijk kunt praten, neem dan contact met me op. Want ik wil je nog steeds helpen. Al heb je dat bepaald niet verdiend. Mens, wat ben jij onredelijk!' Dan loopt ze naar de gang, Femke verbijsterd achterlatend in de kamer.

Als de voordeur dichtgevallen is, komt Merel de kamer binnen. 'Wie was dat, mama?' vraagt ze.

'Een vroegere vriendin,' zegt Femke. 'Ben je klaar met je huiswerk? Ga dan eerst snel douchen, dan drinken we daarna nog een kopje thee voor je gaat slapen.'

Merel loopt de trap weer op en Femke gaat naar de keuken om de waterkoker aan te zetten. Terwijl ze tegen het aanrecht geleund staat, probeert ze haar kalmte terug te krijgen. Maar haar hart bonkt van woede.

De woorden van Emma blijven door haar hoofd gaan: natuurlijk heel lekker om iemand anders de schuld te geven van je eigen mislukking. Haar eigen mislukking, is dat het?

Al snel is Merel weer beneden en Femke schenkt twee bekers thee in. Ze dwingt haar gedachten een andere kant op en probeert te luisteren naar wat Merel vertelt over school. Gelukkig heeft ze het prima naar haar zin en gaat het leren haar goed af.

Pas als Merel naar bed is, staat Femke zich toe om het gesprekje met Emma opnieuw te beleven. Er is nog een zinnetje dat in haar hoofd is blijven haken. *Jij hebt nooit gepast in dat burgerlijke, christelijke wereldje...* Is dat het, ging het mede daarom mis tussen Jurre en haar? Had Emma gelijk met die opmerking?

Nee, het is die andere opmerking van Emma die haar het meest geraakt heeft. Ze zei eigenlijk hetzelfde als wat zowel Jurre als Eveline haar al eens heeft voorgehouden: dat ze te gemakkelijk een ander de schuld geeft. Is dat dan toch waar? Of had Emma gelijk met die andere opmerking en past zij gewoon niet in dat milieu waarin ze door haar huwelijk terecht is gekomen? Is Jurre overdreven in zijn eis van oprechtheid, de volstrekte eerlijkheid, waar ook Eveline het over had?

Femke blijft heel lang beneden zitten, allerlei herinneringen komen omhoog. Gesprekken met Jurre, maar ook inzichten die ze hoorde tijdens de gesprekskring van de kerk, opmerkingen van Eveline. Eerlijk gezegd voelde ze zich juist bij deze groep mensen meer geaccepteerd en op haar gemak dan bij welke andere groep ook. Dus daarin had Emma zeker geen gelijk. Maar die andere opmerking van haar, over anderen de schuld geven...?

Femke denkt terug aan het begin van haar relatie met Jurre en alle jaren erna. Jurre heeft nooit onredelijke dingen van haar verwacht, moet ze toegeven. Alleen die bijna krampachtige wens van eerlijkheid van hem, veroorzaakt door de teleurstelling in zijn eerste relatie, door het bedrog van zijn toenmalige vriendin. Maar moet zij daarvoor boeten? Zij is toch niet achter Jurres rug om een relatie met een ander begonnen, zoals die Lilian? Ze heeft er niet om gevraagd dat Peter van Australië naar Nederland zou komen. Dus hoe kan Jurre haar dat verwijten?

Nee, het is goed zo. Ze passen gewoon niet bij elkaar, Jurre stelt eisen waaraan zij niet kan voldoen.

Als ze eindelijk in bed ligt, bedenkt ze dat ze beter meteen deze afgelopen zomer wat inschikkelijker had kunnen zijn. Wellicht was dan nu alles al achter de rug geweest, de laatste handtekening gezet en was de scheiding al een feit geweest. Dat zou rust hebben gegeven!

Maar voor ze zichzelf tenslotte in slaap huilt, beseft ze dat die gedachte niet klopt. Ze houdt zichzelf voor de gek. De scheiding van Jurre zal haar geen rust geven, alleen een diep verdriet, grote spijt en een onnoembaar verlangen naar hem.

Het is te laat, er is geen weg terug. Ze heeft Jurres liefde en vertrouwen volkomen verspeeld. Bij de gelegenheden dat ze elkaar nog ontmoeten is hij koel en afstandelijk, onverschillig eigenlijk. De pijn die ze de eerste weken in zijn ogen zag, is verdwenen. Hij praat tegen haar als tegen een willekeurige vage kennis.

De decembermaand komt en Femke heeft het zwaar. De jongste meisjes zijn uitgelaten en vrolijk rond 5 december, maar tegen de tijd dat de kerstvakantie begint is daar niks meer van over. Suze heeft al drie keer gevraagd of 'papa nou echt niet thuis mag komen' met het kerstfeest. Zo geduldig als ze kan opbrengen, legt Femke steeds weer uit dat papa nu ergens anders woont.

'Jullie gaan gezellig eerste kerstdag met papa naar oma en tweede kerstdag zijn jullie weer hier bij mij. Dan gaan we naar tante Nora en oom Job, ook leuk toch?'

'Maar als wij bij papa zijn, ben jij helemaal alleen,' zegt Suze.

'Dat ben ik toch altijd als jullie bij papa zijn? Dat vind ik helemaal niet erg, hoor,' stelt Femke haar gerust.

Als ze samen met Anna en Suze de kerstboom optuigt, begint Anna opeens te huilen.

'Wat is er?' vraagt Femke. 'Prik je je aan de naalden?'

Anna schudt haar hoofd. 'Nee,' zegt ze met een snik, 'ik vind het gewoon niet leuk. Vorig jaar gingen we met papa de kerstboom neerzetten. Kunnen jullie het echt niet goedmaken, mama?'

Voor Femke kan reageren, hoort ze Suze zeggen: 'Daar moet

je voor bidden, Anna, dat doe ik ook altijd in bed. Dat helpt echt wel, hoor.'

Die opmerking bezorgt Femke een brok in haar keel. Maar de ontroering over Suzes woorden verandert in pijn als ze vanuit een andere hoek van de kamer opeens de stem van Merel hoort, die op minachtende toon zegt: 'Nee hoor, Anna, dat hoef je niet te doen, want bidden helpt helemaal niks.'

Femke weet niet anders te doen dan de piek uit de doos te pakken en zegt dan zo opgewekt als ze maar kan opbrengen: 'Suus, ik til jou op, dan mag jij de piek erop zetten.'

Gelukkig lijken de meisjes afgeleid te zijn, maar in haar eigen hoofd blijft het gesprekje nog lang hangen. Dit soort opmerkingen maakt Suze wel vaker en soms is Femke bijna jaloers op het kinderlijke geloof en vertrouwen van haar jongste. Had zij dat ook maar, misschien was alles dan wat gemakkelijker.

Vorig jaar, toen ze regelmatig met Eveline meeging naar die gespreksgroep, toen had ze soms het gevoel dat het geloof toch echt wel iets moois was, iets waarvan ze meer wilde weten, om anders met de dingen om te gaan. Ook de gesprekken met Eveline daarover waren fijn geweest. Maar dat is ze nu helemaal kwijt, ze weet niet eens meer of ze gelooft. Als God er echt zou zijn, waarom heeft Hij dan niet gezorgd dat haar huwelijk niet kapot zou gaan?

Ze blijft nadenken over de opmerking van Suze. Zou Jurre haar hebben verteld dat ze moet bidden om een verzoening tussen hen? Of heeft ze dat zelf bedacht? Femke heeft het niet gevraagd, want ze wil over zulke dingen helemaal niet praten met de kinderen. Ze bidden voor het eten en aan het eind van de avondmaaltijd lezen ze, zoals ze al jaren doen, uit de kinderbijbel. Anna vindt het leuk om voor te lezen, dus meestal laat ze het haar doen. Maar verder kan Femke hier niks mee. Na de opmerking van Merel denkt ze: ze heeft gelijk, bidden helpt niks. Anders zou het toch een kleine moeite voor God moeten zijn om Jurre weer bij haar terug te brengen?

19

Half januari is alles rond, de scheiding is een feit. Na de kerstvakantie is Femke weer aan het werk gegaan, opgelucht dat de feestdagen achter de rug waren. Ook de meisjes hebben het ritme van school en sporten weer te pakken.

Femke is zo druk met werk, de kinderen en alles wat daarbij komt kijken dat ze nauwelijks tijd heeft om na te denken. En dat is goed, gewoon doorgaan, dat is het beste. Maar in de weekenden dat de kinderen bij Jurre zijn, valt de stilte steeds weer op haar. Dan lukt het haar moeilijker om haar verstand op nul te zetten en maar door te rennen. Eigenlijk brengt ze dan de meeste tijd in bed door, te moe en te somber om zich aan te kleden.

Op een zaterdagmiddag, als ze in haar oude joggingbroek en trui op de bank hangt en net haar eerste slok wil nemen van de zoveelste beker koffie van vandaag, wordt er aangebeld. De overgordijnen, die vandaag nog niet open zijn geweest, beschermen haar gelukkig voor blikken van degene die voor de deur staat. Femke verwacht geen bezoek, dus ze blijft rustig zitten, wat zappend op de tv.

Opnieuw wordt er aangebeld. 'Ik ben er niet,' mompelt Femke.

Maar haar bezoeker lijkt het nog niet op te geven, want er wordt voor de derde keer gebeld. Nu wordt Femke toch wat onrustig, ze staat op en loopt naar het raam. Als ze het gordijn een heel klein beetje opzij doet, kan ze wellicht zien wie er voor de deur staat. Eerst doet ze de schemerlamp uit, zodat het bijna helemaal donker is in de kamer, dan maakt ze een klein kiertje bij de overgordijnen. Meteen deinst ze verschrikt achteruit, haar bezoekster staat vlak achter het raam en ze kijken elkaar van dichtbij aan in het vage licht van de buitenlamp.

Eveline staat daar. Zij schrikt duidelijk ook en doet een stap naar achteren.

Femke laat snel het gordijn los, zodat het weer dichtvalt. Als Eveline opnieuw aanbelt, begrijpt Femke dat ze niet van plan is om het op te geven. Met tegenzin loopt ze naar de gang, in het voorbijgaan doet ze de lamp weer aan. Dan trekt ze de deur een klein stukje open.

'Sorry, Eveline, ik heb hier geen zin in, ik...' begint ze.

'Dat weet ik, maar ik heb het koud, dus ik wil toch graag heel even binnen met je praten.' Zonder Femkes toestemming af te wachten, stapt ze naar binnen.

Femke is overdonderd en doet een paar stappen naar achteren.

'Femke, mag ik alsjeblieft even met je praten?' vraagt Eveline vriendelijk als ze tegenover elkaar in de gang staan.

Zonder antwoord te geven gaat Femke haar voor naar de woonkamer. Daar pakt ze de afstandsbediening en zet de tv uit.

'Ga maar zitten,' zegt ze op stugge toon, terwijl ze zelf weer op de bank gaat zitten.

'Dank je.' Eveline gaat aan de andere kant van de hoekbank zitten.

Femke steekt haar hand uit naar haar koffie, maar bedenkt zich dan. Het voelt wel heel raar om alleen koffie te gaan zitten drinken en Eveline moet zo snel mogelijk weer de deur uit!

'Laat je koffie niet koud worden, Fem,' zegt Eveline en het klinkt zo gewoon en hartelijk dat de tranen opeens in Femkes ogen springen. 'Hé, kom op, ik ben je vijand niet, hè?' Eveline buigt zich naar voren en klopt Femke even op de knie.

Femke veegt langs haar ogen en knikt. 'Wil je ook koffie?' vraagt ze dan toch.

Een paar minuten later zitten ze weer samen op de bank, elk met een beker koffie in de hand. Femke heeft zich hersteld en ze heeft al bijna spijt van haar aanbod om ook voor Eveline koffie te maken.

'Wat kom je doen?' vraagt ze afstandelijk. 'Als je weer komt om me van van alles en nog wat te beschuldigen, mag je weer gaan.'

Eveline schudt haar hoofd. 'Nee, daar kom ik niet voor,' zegt ze. 'Maar ik denk vaak aan je. Ik maak me zorgen over jou, over jullie, dus ik dacht, ik ga gewoon bij je kijken hoe het gaat.'

'Nou, daar kan ik kort over zijn,' zegt Femke, 'de meisjes en ik redden ons wel, hoor!'

'Daar ben ik blij om,' zegt Eveline en het klinkt oprecht.

Even blijft het stil, dan vraagt Femke opnieuw: 'Maar waar kom je nou eigenlijk voor?'

'Wat ik net zei, ik wilde gewoon graag weten of het goed gaat met je. Ik geef om je, Femke, ik mis je als vriendin.'

'Maar...?' zegt Femke.

'Wat bedoel je?' vraagt Eveline.

'Ik dacht dat er nog een "maar" zou komen.' Femke haalt haar schouders op. '"Ik mis je als vriendin, maar het is jouw schuld," of zoiets. Jij vond toch ook al dat alles mijn schuld was rond de scheiding?'

Ze kijkt naar Eveline, die langzaam haar hoofd schudt. 'Dat wilde ik helemaal niet zeggen, er is helemaal geen maar. Ik mis je gewoon, ik mis onze vriendschap en ja, ik ben misschien wel te fel geweest, de laatste keer dat we elkaar spraken. Dat spijt me, daar zat je op dat moment niet op te wachten. Al meende ik sommige dingen wel, maar jij vroeg mijn mening helemaal niet, dus ik had toen beter kunnen zwijgen en je gewoon mijn steun moeten aanbieden.'

'Nou ja, het is nu eenmaal zo gegaan,' zegt Femke op doffe toon. 'En je meende wat je toen zei, je vond echt dat alles mijn eigen schuld was, dat was duidelijk. En misschien had je wel een beetje gelijk, iedereen schijnt dat te vinden. Laten we er maar niet meer over praten, ik denk er al lang niet meer aan.' Even is ze stil, dan gaat ze zacht verder: 'Het is fijn voor Jurre dat hij aan jullie goede vrienden heeft, ik red me ook wel, hoor.'

'Wat bedoel je met "iedereen schijnt dat te vinden"?' vraagt Eveline dan aarzelend.

'Jurre heeft het gezegd, Emma heb ik nog een keer gesproken en zij vond ook dat ik de schuld te gemakkelijk naar een ander schoof. Mijn ouders zeggen het niet, maar ik weet dat ze ook vinden dat het allemaal mijn eigen schuld is. Dus je hoort het, je had vast wel gelijk met wat je toen zei.'

Na een korte stilte vraagt Eveline voorzichtig: 'Vind jij dat zelf ook?'

'Wat maakt dat nog uit?' reageert Femke op vermoeide toon.

'Ik denk zeker dat dat nog uitmaakt.'

Femke moet haar best doen om haar tranen binnen te houden als ze zegt: 'Weet je Eveline, ik wil hier eigenlijk niet meer over praten. En weet je waarom niet? Het is veel gemakkelijker voor me om boos te zijn op Jurre, op Emma en op Peter, om anderen de schuld te geven van alle ellende, dan om toe te geven dat ikzelf misschien inderdaad wel de meeste fouten heb gemaakt. Daar zou ik niet mee kunnen leven.'

Nu lopen de tranen toch over haar wangen. Met een bons zet ze de lege mok op tafel en gaat op heel andere toon verder: 'En nu wil ik er niet meer over praten. Lief dat je langskwam, maar doe dat maar niet meer. Het is zoals het is, praten verandert daar niks aan.' Ze staat op. 'Als je het niet erg vindt, ik moet nog douchen en me aankleden, dus ik ga je gedag zeggen.'

Eveline staat ook op, maar in plaats van naar de deur te lopen, gaat ze naar Femke toe. Ze slaat haar beide armen om haar heen en houdt haar stevig vast. 'Lieve Femke, je zegt: "Wat maakt dat nog uit?" Ik denk dat dat zeker wat uitmaakt. Ik geloof dat het gemakkelijker is om naar anderen te wijzen in plaats van te aanvaarden dat een groot deel van de schuld bij jezelf ligt. Maar toch is het de enige manier om weer een beetje rust en vrede in je leven te vinden. In zoverre maakt dat zeker wat uit, je moet je bitterheid kwijtraken om verder te kunnen. Nu zeg ik waarschijnlijk weer dingen die je helemaal niet van me wilt horen, maar geloof me, ik zeg deze dingen juist omdat ik om je geef!'

Femke is heel stil blijven staan. Pas als Eveline haar weer loslaat, reageert ze. 'Het is lief bedoeld van je, maar het is te laat, het heeft allemaal geen zin meer. Mijn huwelijk is voorbij, ons gezin is kapot. Natuurlijk heb ik de afgelopen maanden veel nagedacht en ik ben heus wel gaan inzien dat ik veel fouten heb gemaakt, dat het anders had gemoeten.

'Jurre zei een keer iets waar ik nog vaak aan moet denken: als je met een beschuldigende vinger naar een ander wijst, wijzen er tegelijkertijd drie vingers naar jezelf. Ik ben gaan beseffen dat hij waarschijnlijk gelijk had. Maar ach, of het nou allemaal mijn schuld was of dat het van alles een beetje was, het doet er niet meer echt toe. Er is geen weg terug. Zelfs niet...' Ze glimlacht een beetje wrang. 'Zelfs niet als je maar hard genoeg bidt, zoals Suze denkt.' Ze stopt even, dan gaat ze zacht verder: 'In het begin heb ik ook weleens aan God gevraagd of Hij de hele ellende ongedaan wilde maken. Maar nee...'

'Ach... heeft Suze dat gezegd? Nee, God geeft lang niet altijd wat we vragen. Maar vaak geeft Hij wel het inzicht over hoe we verder moeten.'

'Ook daar merk ik niet veel van,' zegt Femke.

'Soms zie je dat veel later pas.' Eveline loopt nu wel naar de gang. 'Bedankt dat je met me wilde praten. Ik hoop dat ik nog eens mag komen.'

Femke knikt. 'Jij bedankt,' zegt ze. 'Enne... sorry dat ik vorige zomer zo tegen je tekeer ben gegaan.'

Eveline geeft haar een bemoedigend klopje op haar arm. 'Het is wel goed, Fem. En weet je, ik bid voor je.'

'Dat is mooi,' zegt Femke een beetje schor. 'Al weet ik niet of het veel zal helpen.'

Dan gaat de deur achter Eveline dicht. Femke gaat terug naar de kamer. Ze heeft veel om over na te denken.

20

'Opschieten, Anna,' spoort Femke haar dochter aan. 'Binnen een paar minuten zal papa hier wel zijn om jullie op te halen. Heb je je voetbalspullen al klaarstaan?'

'O nee.' Anna gaat de trap alweer op. 'En ik moet ook nog naar de wc.'

Het is een mooie zaterdagmorgen in oktober en Jurre zal zo de meisjes komen halen voor de rest van het weekend.

'Daar is papa.' Suze trekt de voordeur open. 'Papaaa!' roept ze blij.

'Ha meisje.' Jurre knuffelt Suze en glimlacht naar Femke en Merel. 'Goedemorgen! Merel, ben jij er klaar voor? En waar is Anna, nog niet klaar zeker?'

'Zoals gewoonlijk!' zegt Femke met een kleine zucht. En dan, na een lichte aarzeling vraagt ze: 'Wil je misschien koffie?'

Jurre kijkt verrast naar haar. 'Graag!' zegt hij dan.

Femke loopt naar de keuken, terwijl ze bedenkt dat zoiets een halfjaar geleden totaal ondenkbaar was geweest. Toen wachtte Jurre buiten tot de meisjes klaar waren en zorgde Femke zelf dat ze uit beeld bleef. Ze had zelfs geen zin om hem te groeten.

Maar de afgelopen maanden is daar langzaam verandering in gekomen. Het is een verbetering, vindt Femke, zeker voor de kinderen. Zij gaan op deze manier veel meer ontspannen weg en de overgang van de ene naar de andere ouder verloopt tegenwoordig soepel. Ook Merel, die steeds heel duidelijk heeft laten merken dat ze aan Jurres kant stond, is meegaander geworden. Hoewel ze nog steeds een echte puber is, bij wie Femke soms geen goed kan doen, gedraagt ze zich minder opstandig tegen Femke.

Toch vindt Femke het zelf nog steeds moeilijk als ze Jurre zo ontspannen ziet. Blijkbaar heeft hij helemaal vrede met de situatie, want hij praat tegen haar of ze een oude, vertrouwde kennis is. Terwijl ze zelf nog iedere keer als ze Jurre ziet de pijn voelt van het gemis, ja, van liefde voor hem. Het lijkt zelfs wel of dat steeds erger wordt.

De enige met wie ze hier een enkele keer over praat, is Eveline. Na die bewuste zaterdagmiddag in januari heeft hun vriendschap zich weer voorzichtig hersteld. Deze zomer hebben ze veel gesprekken met elkaar gehad, soms pittige gesprekken, waarin Eveline weleens dingen zei die Femke liever niet wilde horen. Nu wist ze echter dat Eveline haar niet wilde veroordelen, maar juist wilde helpen.

'Je moet vrede bij jezelf vinden, en ik hoop voor je, ook bij God,' heeft haar vriendin gezegd. 'Pas als je rust en evenwicht in jezelf vindt, kun je verder met je leven, zelfs zonder Jurre.'

Over de diepte van haar gevoelens voor Jurre zegt ze de laatste tijd niet veel meer tegen Eveline, ze houdt die voor zichzelf. Toch kan ze het niet laten om regelmatig aan haar vriendin te vragen of ze Jurre de afgelopen week nog heeft gezien en of het goed met hem gaat. Op die laatste vraag krijgt ze steeds vaker een bevestigend antwoord.

En ze ziet het zelf ook, als ze hem de koffie brengt, kletst hij ontspannen met Merel. Ja, het is haar wel duidelijk, Jurre heeft vrede met zijn leven zoals het nu is. Hij lijkt tevreden met zijn werk en de meisjes, en hij is blij dat hij het appartement van zijn collega nog een jaar langer kan huren.

Had zij dat gevoel ook maar voor haar leven!

Als Anna eindelijk klaar is en ze vertrokken zijn, ruimt Femke snel de koffiebekers en de glazen van de meiden op. Ze gaat vandaag een dagje winkelen met haar zusje Lisa. Gelukkig kan ze wel weer genieten van dit soort gezellige uitjes.

Een paar weken later staat Femke op zaterdag op het voetbalveld. Het is nog droog, maar het is goed te voelen dat het inmiddels november is. De wedstrijd is pas tien minuten bezig, maar Anna heeft zojuist een doelpunt gemaakt, haar eerste van dit seizoen.

Femkes gedachten gingen opeens terug naar die voetbalwedstrijd van ongeveer twaalf jaar geleden, toen haar zusje Lotte haar eerste doelpunt scoorde. De dag dat ze Jurre voor het eerst heeft ontmoet.

Ze heeft Anna gebracht omdat Jurre belde dat hij zich verslapen heeft. Nu is hij onderweg naar het voetbalveld, dus Femke kan eigenlijk wel weer naar huis gaan. Na de wedstrijd zal Jurre samen met Anna de andere twee ophalen.

'Ik blijf wel even tot we zeker weten dat papa op tijd hier is,' heeft ze tegen Anna gezegd voor de wedstrijd begon.

Ze weet dat ze niet alleen Anna maar ook zichzelf voor de gek houdt, ze wil gewoon Jurre even zien. Als een verliefde puber, moppert ze in zichzelf. Van hieruit kan ze precies op de parkeerplaats kijken en na tien minuten ziet ze Jurres auto aankomen. Ze treuzelt nog heel even, dan keert ze zich van het veld af en loopt langzaam weg.

Halverwege komen ze elkaar tegen. Jurre staat stil en zegt: 'Bedankt, Femke, dat je Anna wilde brengen. Echt heel erg sorry, ik heb die wekker gewoon helemaal niet gehoord, stom hè?'

'Er zijn ergere dingen, hoor,' zegt ze vriendelijk. 'Je hebt wel een doelpunt gemist, ze staan 1-0 voor. Een doelpunt van Anna nota bene!'

'Je meent het! Ah dat is jammer, maar fijn voor haar dat jij er getuige van was.'

Ze knikt. 'Ja, nou, dan ga ik maar.'

'Ja, goed,' zegt hij. 'Maar we kunnen natuurlijk ook nog even samen kijken, de eerste helft? Of heb je het te koud?'

Verrast knikt ze. 'Ja, dat is goed. Merel en Suus houden elkaar wel even bezig.'

Langzaam lopen ze terug naar het veld. Femke weet niets meer te zeggen en ook Jurre zegt niks. Zwijgend staan ze naast elkaar. Het voelt opeens ongemakkelijk.

'Nou,' zegt Femke na een minuut of vijf, 'ik denk dat ik zo maar ga.'

'Ja, dat is goed.' Jurre kijkt naar haar en even lijkt het of hij nog iets wil zeggen, maar er komt niets.

'Dan zie ik je zo wel. Ik zal zorgen dat de koffie klaar is als je Merel en Suze komt halen, goed?'

Hij knikt en kijkt haar aan. Nog steeds zegt hij niets.

'Tot straks dan.'

Op het moment dat Femke zich omdraait, zegt Jurre: 'Ik moet heel erg denken aan die wedstrijd van Lotte, toen.' Hij kijkt haar niet aan, maar hij kijkt strak voor zich uit. 'Denk jij daar nog weleens aan?'

'Ja...' zegt ze zacht, 'ik moest daar ook net aan denken. Kon ik het maar opnieuw doen, dan zou ik veel dingen anders doen.'

'Ik ook,' zegt hij en nu kijkt hij haar wel aan.

Femke voelt dat ze beeft en ze voelt die tranen alweer komen. 'Jij?' Haar stem is schor.

'Ja, ik ook.'

'Maar het is te laat,' fluistert ze.

Hij blijft haar heel ernstig aankijken en dan zegt hij: 'Ik geloof dat er soms een weg terug is, denk jij dat ook?'

Ze knikt aarzelend. 'Als jij dat denkt, geloof ik het ook.'

'Zullen we samen, heel rustig en voorzichtig op zoek gaan naar die weg?' vraagt hij en ze ziet ook in zijn ogen tranen.

'Ja!' zegt ze en het klinkt als een belofte.